KB219001

첫사랑

투르게네프 중단편선

첫사랑

이반 투르게네프 | 김학수 옮김

문예출판사

Первая Любовь

Иванъ Сергѣевичъ Тургеневъ

차례

• 주석은 모두 옮긴이 주다.

첫사랑

손님들은 이미 오래전에 흩어져 갔다. 시계는 열두 시 반을 쳤다. 방에 남은 사람은 주인과 세르게이 니콜라예비치 그리고 블라디미르 페트로비치뿐이었다. 주인은 초인종을 눌러, 남은 밤참을 치우라고 분부했다.

"그럼 결정됐군요."

안락의자에 깊숙이 몸을 파묻고 여송연에 불을 댕기면서 주인은 이렇게 말했다.

"우리는 제각기 자기의 첫사랑 얘기를 해야 한단 말입니다. 그럼 세르게이 니콜라예비치, 우선 당신부터 시작해주십시오."

투실투실하고 희멀건 얼굴에, 오동통한 몸집을 가진 세르게이 니콜라예비치는 먼저 주인 쪽을 바라보고 다음에 천장으로 눈을 돌렸다.

“내겐 첫사랑이라는 것이 없었습니다.”

드디어 그가 입을 열었다.

“나는 대뜸 두 번째 사랑부터 시작했으니까요.”

“그건 또 어떻게요?”

“아주 간단하죠. 나는 열여덟 살 때 처음으로 무척 귀엽게 생긴 아가씨의 궁둥이를 쫓아다녔습니다. 그러나 별로 새로운 맛이라는 걸 모르고 쫓아다녔지요. 그다음에도 많은 여자를 사랑해보았지만 역시 마찬가지였어요. 솔직히 말한다면 나는 여섯 살 때 내 보모에게 처음이자 마지막으로 사랑을 느꼈습니다. 그러나 하도 오래전의 일이 돼서, 기억에 남아 있다 해도 누가 그런 얘기에 흥미를 느낄 수 있겠습니까?”

“그럼 어떻게 할까요?”

주인이 입을 열었다.

“내 첫사랑도 그다지 재미있는 건 못 됩니다. 나는 지금의 아내인 안나 이바노브나와 알기 전까지는 아무도 사랑해본 적이 없으니까요. 게다가 아내와는 모든 일이 기름칠을 한 듯 순조롭게 진전됐습니다. 양쪽 아버님들 사이에서 혼담이 나오자 우리는 금방 서로 눈이 맞아서 지체 없이 결혼해버렸다. 이런 형편이었으니까 내 이야기는 두어 마디로 끝나고 맙니다. 솔직히 말씀드려서, 내가 첫사랑 얘기를 끄집어낸 것은 당신들에게 기대를 걸었기 때문이었습니다. 당신들은 아직 노인이라고는 할 수 없으나, 그래도 꽤 나이가 많은 홀아비들이니까요. 블라디미르 페트로비치, 당신이라면 우리에게 좀 재미있는 얘기를 들려줄 수 있을 테죠?”

"내 첫사랑은 그야말로 보통의 사랑이 아닙니다."

백발이 뒤섞인 검은 머리에, 마흔 살가량 되어 보이는 블라디미르 페트로비치는 약간 머뭇거리며 대답했다.

"아아!"

주인과 세르게이 니콜라예비치는 동시에 입을 열었다.

"그렇다면 더욱 좋군요. 좀 들어봅시다."

"그러지요. 아니, 그만둡시다. 이야기하지 않는 편이 좋겠어요. 나는 말재주가 없어서 싱겁고 짤막한 얘기가 되지 않으면, 또 길게 늘어놔서 요령을 잡을 수 없는 얘기가 되고 말 테니까요. 그래도 원하신다면 생각나는 모든 것을 수첩에서 적어서 그걸 읽어드리지요."

두 친구는 처음엔 동의하려 하지 않았으나 블라디미르 페트로비치는 끝내 자기주장을 고집했다. 2주 후에 그들은 다시 모였고, 블라디미르 페트로비치는 자기 약속을 이행했다.

그의 수첩에는 다음과 같은 얘기가 적혀 있었다.

1

나는 그때 열여섯 살이었다. 그것은 1833년 여름의 일이다.

나는 모스크바에서 양친과 함께 살았다. 우리는 네스쿠치느이 공원 맞은편, 칼루가 성문(城門) 근처에 있는 어느 별장을 빌려 쓰고 있었다. 나는 대학에 들어갈 준비를 하고 있었지만, 별로 서두르지도 않았고 제대로 공부하지도 않았다.

아무도 나의 자유를 구속하는 사람은 없었다. 특히 마지막 가정교사와 헤어진 후부터는 제멋대로 하고 싶은 짓을 했다. 그 프랑스인 가정교사는 자기가 '폭탄처럼' 러시아 땅에 굴러떨어졌다는 생각에 사로잡혀 언제나 마음이 들떠 있었다. 그리고 무서운 표정을 얼굴에 띠고 날마다 아침부터 저녁까지 침대에서 뒹굴었다. 아버지는 나에게 상냥스레 대해주었지만 그래도 무관심한 편이었고, 어머니는 내가 외아들이었는데도 나에 대한 관심이 거의 없다고 해도 과언이 아니었다. 어머니의 마음은 다른 걱정거리에 쏠리고 있었기 때문이다. 아버지는 아직도 젊은 데다가 매우 보기 드문 미남자였으며, 열 살이나 손위인 어머니와는 타산 결혼(打算結婚)을 한 셈이었다. 어머니는 슬픔 속에서 나날을 보냈다. 다시 말해서 언제나 흥분하든가, 질투를 일으키든가, 화를 냈다. 그러나 아버지 앞에서만은 그런 티를 드러내지 못했다. 어머니는 아버지를 몹시 두려워했고, 한편 아버지는 엄격하고 냉정하여 언제나 거리를 둔 태도를 취했다. 나는 그토록 침착하고, 자신 있고, 자기 힘만 믿는 사람을 본 적이 없다.

이 별장에서 보낸 처음 몇 주일을 나는 언제까지나 잊지 못할 것이다. 화창한 날씨가 계속되었다. 우리는 5월 9일, 바로 성 니콜라오 알베르가토 축일에 시내에서 이곳으로 이사해 왔다.

나는 산책을 했다. 별장 정원이나 네스쿠치느이 공원을 거닐기도 하고, 어떤 때는 성문 밖으로 나가기도 했다. 그럴 때면 언제나 무슨 책, 예를 들면 카이다노프의 교과서 따위를 가지고 갔지만 그것을 펼치는 일이란 없었고, 그보다는 외워두었던 많은 시를 소리 높여 읊기 일쑤였다. 피는 몸속에서 용솟음치고 가슴은 들먹거렸다. 정말 달콤하면서도 우스꽝스러웠다. 나는 줄곧 겁에 질려 무엇인가를 기다렸다. 그리고 모든 것에 놀라움을 느끼면서 끊임없이 무엇인가에 대해 마음의 준비를 하고 있었다. 마치 아침놀이 물들었을 때 종루 주위를 나는 제비 떼처럼, 공상은 언제나 같은 환상의 주위를 빠른 속도로 맴돌면서 장난을 쳤다. 나는 깊은 생각에 잠기기도 하고, 슬픔에 젖기도 하고, 어떤 때는 눈물을 흘리기까지 했다. 때로는 노래하는 듯한 시의 구절이며, 때로는 황혼의 아름다움에 휩쓸려 나오는 눈물과 우수를 통하여, 용솟음치는 삶과 젊음의 기쁜 감정이 마치 봄의 풀처럼 파릇파릇 싹트기 시작했다.

나는 승마용 말 한 필을 가지고 있었다. 말에 손수 안장을 얹고는 혼자서 어디든 먼 곳까지 몰고 나가곤 했다. 쏜살같이 말을 달리면서 스스로 무술 경기에 나온 기사라고도 생각하고, 그때 바람결은 얼마나 즐겁게 내 귓전을 스치고 지나갔던가! 혹은 하늘을 우러러보면서 그 눈부신 햇빛과 푸른 하늘을 활짝 열어젖힌 가슴으로 들이마시기도 했다.

지금 생각해보니 여자의 모습이라든가, 여자의 사랑이라든가 하는 환영이 그 당시 나의 머릿속에 뚜렷한 윤곽으로 떠오른 적은 한 번도 없었던 것 같다.

그러나 내가 생각하는 모든 것, 내가 느끼는 모든 것에는 무엇인지 모를 새로운, 말할 수 없이 감미로운, 여성에 대한 예감, 알 듯 말 듯 하면서도 부끄러운 예감이 숨어 있었다.

이러한 예감, 이러한 기대는 내 온몸에 스며들었다. 나는 기대를 호흡했다. 그 감정은 피의 한 방울 한 방울에까지 스며들어, 나의 모든 혈관을 줄달음질쳤다. 그리고 그 감정은 곧 실현될 수 있는 운명을 지니고 있었다.

별장은 여러 개의 원주가 있는 목조 건물 본채와, 작고 낮은 두 개의 딴채로 되어 있었다. 왼쪽에 있는 딴채는 값싼 도배지를 만드는 자그마한 공장이 차지하고 있었다. 나는 여러 번 그리로 구경을 가 보았는데, 해쓱하게 야윈 얼굴에 머리칼이 헝클어지고 기름투성이 옷을 걸친, 바싹 마른 열 명가량의 소녀들이 네모진 인쇄기의 판때기를 누르는 나무 지렛대 위로 쉴 새 없이 뛰어오르면서 연약한 체중으로 가지각색의 도배지 무늬를 찍어내고 있었다. 오른쪽 딴채는 비어 있어서 셋방으로 내놓았다.

5월 9일에서 3주일가량 지난 어느 날, 이 딴채 들창의 덧문들이 열리고 그 안에서 두 여인의 얼굴이 나타났다. 한 가족이 그리로 이사해 왔다. 지금도 생각나지만, 바로 그날 점심에 어머니는 하인에게 이웃에 새로 이사 온 사람이 누구냐고 물었다. 그 여인이 자세키나 공작 부인이라는 말을 듣고 처음에는 그래도 어느 정도 경의를 표하는 말투로 이야기했다.

"아, 공작 부인이야……."

그러나 곧 이렇게 덧붙였다.

"아마 어느 가난뱅이 공작 부인이겠지."

"짐차 석 대로 이사 오셨어요."

접시를 공손하게 내밀며 하인이 말했다.

"자가용 마차도 없는 것 같고, 가구도 아주 초라하더군요."

"그래."

어머니는 말을 받았다.

"하지만 어쨌든 잘됐어."

아버지가 차가운 눈초리로 흘끗 바라보자 어머니는 곧 입을 다물고 말았다.

사실 자세키나 공작 부인이 부유한 여자일 리는 만무했다. 그녀가 세를 든 딴채는 낡아빠진 데다가 좁고 납작한 집이어서 웬만큼이라도 돈푼이나 가진 사람이라면 그런 집에 들 생각을 하지 않을 것이기 때문이다. 하기는 그때 나는 그런 이야기를 귓등으로 흘려버렸다. 공작이라는 칭호도 나에게는 아무런 감명을 주지 못했다. 나는 얼마 전에 실러의《군도(群盜)》*를 읽었기 때문이다.

2

나는 매일 저녁 엽총을 가지고 뜰을 돌아다니며 까마귀를 쫓곤 했다. 조심스럽고, 욕심 많고, 교활한 그 새를 나는 미워했다. 바로 이 얘기와 관련되는 그날, 나는 여느 때처럼 정원으로 나갔다. 나무가 양쪽에 늘어선 정원의 가로수 길을 아무 소득 없이 모조리 돌아다니고 나서(까마귀는 나를 알아보고는 멀리서 이따금씩 까옥까옥 울고 있을 뿐이었다) 우연히 나지막한 담장으로 다가갔다. 담장은 오른쪽 딴채 저쪽으로 뻗어 있었는데, 딴채에 딸린 좁다란 마당과 우리 집

---

* 봉건 시대를 배경으로, 영주의 절대 권력에 도전한 사람들 이야기가 실려 있다.

정원을 구분 지었다. 나는 머리를 숙이고 걸어갔다. 갑자기 사람들의 말소리가 들려왔다. 나는 담장 너머를 바라보고는 그만 돌처럼 굳고 말았다. 이상한 광경이 눈앞에 나타난 것이다.

나에게서 불과 대여섯 걸음 떨어진 푸른 딸기나무 덩굴에 둘러싸인 풀밭 위에, 줄무늬가 있는 장밋빛 옷을 입고 하얀 수건을 머리에 쓴, 날씬한 몸매의 키가 큰 여자가 서 있고, 그 주위로는 네 명의 청년이 옹기종기 모여 있었다. 여자는 작은 회색 꽃으로 그들의 이마를 돌아가며 때려주고 있었다. 꽃 이름이 무엇인지는 모르지만 어린애들이 곧잘 가지고 노는 꽃이었다. 조그마한 주머니처럼 생긴 그 꽃은 무엇이든지 단단한 물체에다 두드리면 탁 하고 요란스럽게 터졌다. 청년들은 좋아라고 이마를 내밀었다. 나는 측면에서 그녀를 바라보았는데 그녀의 거동에는 말할 수 없는 매력이 풍겼다. 명령하는 듯하면서도 상냥하게 어루만져주는 것 같은, 조소하는 듯하면서도 한편으로는 귀여운 무엇인가가 엿보여서 나는 놀랍고도 기쁜 나머지 하마터면 소리를 지를 뻔했다. 나도 저 아름다운 손가락으로 이마를 얻어맞아봤으면, 그럴 수 있다면 이 세상의 모든 것을 당장 그 자리에서 내던져버려도 좋을 것 같은 마음이 들었다. 엽총이 손에서 미끄러져 풀 위에 떨어졌다. 나는 온갖 것을 잊고 그 날씬한 몸매며, 가느다란 목과 예쁜 손, 흰 머릿수건 밑으로 보이는 약간 헝클어진 금발이며, 반쯤 감긴 영리한 눈과 속눈썹, 그리고 그 밑의 갸름한 볼…… 이런 것을 뚫어지게 바라보았다.

"이봐, 젊은 친구."

갑자기 누군가의 목소리가 곁에서 들렸다.

"남의 아가씨를 그렇게 바라보는 법이 어디 있어?"

나는 온몸이 움찔하고, 정신이 아찔해졌다. 바로 곁의 담장 너머에 검은 머리를 짧게 깎아 올린 어떤 사내가 비웃는 눈초리로 나를 노려보고 서 있었다. 그 순간, 그녀는 이쪽을 돌아보았다. 표정이 풍부하고 활기 있는 얼굴에서 빛나는 커다란 회색 눈동자가 내 눈에 들어왔다. 그녀는 얼굴 전체를 가늘게 떨면서 웃음을 지었다. 흰 이가 빤짝이고 눈썹은 아주 야릇하게 위로 치켜 올라갔다. 나는 얼굴이 빨개져서 풀 위에 떨어진 엽총을 주워 들고 커다란, 그러나 짓궂은 데가 없는 호탕한 웃음소리를 등 뒤로 들으며 내 방으로 도망쳐 들어와 침대에 몸을 던지고는 두 손으로 얼굴을 가렸다. 가슴속에서는 방망이질을 하는 것 같았다. 나는 몹시 부끄럽기도 하고 한편 유쾌하기도 했다. 여태껏 경험해본 일이 없는 흥분을 느낀 터였다.

잠시 숨을 돌린 후 나는 머리를 다시 빗고 옷을 매만지고 나서 아래층으로 차를 마시러 내려갔다. 젊은 여인의 모습이 눈앞에서 어른거렸다. 심장은 숨 가쁜 고동을 멈췄지만 어쩐지 기분 좋게 조여드는 것 같았다.

"너 어쩐 일이냐?"

아버지가 불쑥 이렇게 물었다.

"까마귀는 잡았니?"

나는 아버지에게 모든 것을 이야기하려다가 꾹 참고 그저 히죽이 웃어 보이기만 했다. 잠자리에 들어갈 때 나는 무엇 때문에 그러는지 나 자신도 모르며 한쪽 발을 쳐들고 세 번이나 뱅그르르 맴을 돌았다. 그리고 포마드를 바르고 자리에 누운 후, 밤새도록 죽은 사람처럼 늘어지게 잠을 잤다. 새벽녘에 잠이 깨었으나 머리를 조금 쳐들고 환희에 찬 눈으로 주위를 잠깐 둘러보고는 다시 잠들어버렸다.

3

'어떻게 하면 저 집 사람들과 사귈 수 있을까?'

이튿날 아침 눈을 뜨기가 무섭게 내 머리에 이런 생각이 떠올랐다. 차를 마시기 전에 정원으로 나갔지만 담장에 너무 가까이 가지는 않았고 또 아무와도 만나지 않았다. 차를 마신 다음 별장 앞 한길을 몇 차례나 오락가락하며 멀리서 들창 안을 엿보았다. 커튼 뒤로 그녀의 얼굴이 보인 것 같아서 나는 깜짝 놀라 이내 멀찌감치 물러나와버렸다.

'어쨌든 사귀고 봐야 할 텐데.'

네스쿠치느이 공원 앞에 널찍이 깔린 모래밭을 이리저리 거닐며 나는 생각했다.

'그러나 어떻게 해야 사귈 수 있느냐, 그게 문제란 말이야.'

나는 어제 그녀와 만났던 장면을 세세한 것까지 그대로 다시 눈앞에 그려보았다. 어쩐 일인지 그녀가 내게 웃음을 던지던 일이 유난히 선명하게 머릿속에 떠올랐다. 그러나 내가 두근거리는 가슴을 안고 여러 가지 방안을 궁리하고 있는 동안, 운명은 이미 나를 위해 적절한 배려를 하고 있었다.

내가 집에 없는 사이에 어머니는 새로 이사 온 이웃에게서 편지를 받았다. 그 편지는 우체국의 통지서나 싸구려 포도주의 병마개 따위에나 쓰는 갈색 봉랍(封蠟)을 붙인 회색 종이에 쓰여 있었다. 공작 부인은 무식하기 짝이 없는 말투와 지저분한 필적으로 쓴 이 편지를 보내서 어머니에게 자기를 보살펴달라고 청했다. 공작 부인의 말로는, 어머니가 그녀와 그 자녀의 운명을 손아귀에 넣은 몇 사람의 명사들과 절친한 사이기 때문이라고 했다. 그녀는 중대한 소송 사건에 휘말려 있었다.

'저는 품위 있는 숙녀의 한 사람으로서' 그녀는 편지에 이렇게 썼다.

'역시 품위 있는 숙녀인 당신께 청을 드리고자 하는 것이오며, 이 기회를 이용할 수 있게 된 것을 기쁘게 생각하는 바입니다.'

그리고 편지 끄트머리에 그녀는 방문을 허락해주었으면 좋겠다고 했다. 내가 돌아왔을 때 어머니는 기분이 좋지 않아 보였다. 마침 아버지도 집에 계시지 않아서 아무도 의논해볼 사람이 없었던 것이다. '품위 있는 숙녀로서' 더욱이 공작 부인에게 답장을 보내지 않을 수 없는 일이었다. 그러나 어떻게 회답을 써야 할지 어머니는 망설였다.

프랑스어로 쓰는 것도 어색할 것 같았고, 그렇다고 러시아어 맞춤법에는 어머니도 그리 자신이 없었다. 어머니는 자기 실력을 잘 알았기 때문에 창피를 당하고 싶지 않았다.

어머니는 내가 집에 돌아오자 매우 반가워하면서 곧 공작 부인을 찾아가서, 어머니는 언제나 힘자라는 데까지 부인을 도와드릴 용의가 있으며, 오후 한 시경에 오셨으면 좋겠다는 말을 전하라고 했다.

나는 은근히 품고 있던 소원이 뜻밖에도 이처럼 빨리 성취되어 기뻤고 한편으로는 놀랍기도 했다. 그러나 나는, 당황하는 기색을 조금도 나타내지 않았다. 그리고 새 넥타이와 프록코트를 입으려고 우선 내 방으로 갔다. 정말 싫어서 못 견딜 지경이었지만, 아직도 집에서는 더블칼라가 붙은 재킷을 입었다.

4

내가 무의식중에 온몸을 떨면서 비좁고 지저분한 딴채의 문간방에 들어서자, 거무죽죽한 구릿빛 얼굴에 돼지처럼 심술궂은 눈을 한 백발의 하인이 나를 맞았다. 여태껏 내가 한 번도 본 일이 없는 깊은 주름살이 이마에서 관자놀이로 쭉쭉 박힌 노인이었다. 그는 뜯어먹다 남은 청어 가시를 접시에 담아 가지고 나오다가 옆방으로 통하는 문을 발로 닫으면서 갈기갈기 찢어진 음성으로 물었다.

"무슨 일로 오셨습니까?"

"자세키나 공작 부인께서는 댁에 계시오?"

"보니파티!"

금이 간 질그릇 소리와 같은 여자의 외치는 목소리가 안쪽에서 들려왔다.

하인은 아무 말 않고 나에게 등을 돌렸다. 제복의 등은 몹시 닳아 빠졌고, 문장(紋章)이 그려진 녹슨 단추가 겨우 한 개 남아 붙어 있었다. 그는 접시를 마룻바닥에 내려놓고 들어가버렸다.

"경찰서에 다녀왔나?"

조금 전에 들려온 그 여자의 음성이었다. 하인이 무엇이라 중얼거렸다.

"뭐? 누가 찾아왔다구?"

다시 여자의 목소리였다.

"옆집 도련님이? 그럼 어서 들어오시라고 해."

"어서 응접실로 들어오십시오."

하인은 다시 내 앞에 나타나서 마룻바닥에 놓은 접시를 집어 들며 말했다. 나는 옷깃을 매만지고 응접실이라는 데로 들어갔다.

내가 발을 들여놓은 곳은 그리 깨끗하다고는 볼 수 없는 자그마한 방이었는데, 급작스럽게 부려놓은 것 같은 가구 등속은 초라하기 짝이 없었다. 들창 가에 놓인, 한쪽 팔걸이가 떨어져나간 안락의자에는, 쉰 살가량 되어 보이는 밉게 생긴 부인이 낡은 녹색 옷에 알락달락한 털실 숄을 목에 감고 맨머리로 앉아 있었다. 그녀의 까무잡잡한 눈은 나를 집어삼킬 듯이 쏘아보았다.

나는 그녀에게 가까이 가서 머리를 숙여 인사했다.

"실례합니다. 자세키나 공작 부인이십니까?"

"네, 내가 자세키나 공작 부인입니다. 그런데 당신은 V 씨의 아드님이시오?"

"그렇습니다. 저는 어머니의 심부름으로 댁에 찾아왔습니다."

"자, 어서 앉으시지. 보니파티! 내 열쇠 어디 있는지 못 봤나?"

나는 자세키나 부인에게 그녀의 편지에 대한 어머니의 회답을 전했다. 그녀는 굵고 불그스름한 손가락으로 들창 언저리를 톡톡 두드리며 내 말을 귀담아듣다가, 내 말이 끝나자 다시 한번 나를 눈여겨 바라보았다.

"대단히 감사해요. 꼭 찾아가 뵙지요."

그녀는 한참 만에 입을 열었다.

"한데 당신은 아직 젊으시군! 실례지만 올해 몇이시오?"

"열여섯 살입니다."

나는 약간 말을 더듬으며 대답했다.

공작 부인은 주머니에서 무엇인지 하나 가뜩 써놓은, 손때가 반지르르한 서류를 꺼내더니 그것을 코밑에 바싹 가져다가 이리저리 뒤적거리기 시작했다.

"참 좋은 나이군요."

의자 위에서 이리저리 몸을 비틀기도 하고 엉덩이를 들썩거리기도 하면서 그녀는 불쑥 말했다.

"뭐 그렇게 예의를 차릴 필요는 없어요. 어서 편히 앉으세요. 우리 집에선 누구나 허물없이 지내니까."

나는 '지나치게 허물없이 구는구나' 하는 생각이 들어서 불현듯 혐오를 느끼며 부인의 볼썽사나운 외모를 샅샅이 살펴보았다.

그 순간, 응접실에 붙은 저쪽 방문이 홱 열리더니, 어제 뜰에서 본 그 여자가 문지방에 나타났다. 그녀는 한 손을 쳐들어 보였다. 그리고 그 얼굴에는 엷은 미소가 스쳐갔다.

"이 앤 내 딸이랍니다."

팔꿈치로 그녀를 가리키며 공작 부인은 말했다.

"지노치카, 이분은 이웃집 V 씨의 아드님이시란다. 실례지만 당신 이름은?"

"블라디미르라 합니다."

나는 자리에서 일어서며 흥분한 나머지 목쉰 소리로 대답했다.

"그럼 부칭(浮稱)은?"

"페트로비치입니다."

"아, 그래요! 내가 잘 아는 경찰서장이 한 분 있는데 그분 이름도 블라디미르 페트로비치입니다. 보니파티! 열쇠는 내 호주머니 속에 들어 있으니까 찾을 필요 없어."

그녀는 여전히 엷은 미소를 품은 눈을 약간 가늘게 뜨고 고개를 옆으로 비스듬히 기울인 채 나를 바라보고만 있었다.

"난 벌써 무슈 볼리데마르를 만난 일이 있어요."

그녀가 입을 열었다. 은방울을 굴리는 듯한 그녀의 음성은 달콤하면서도 차가운 느낌을 주며 내 등골을 스치고 지나갔다.

"내가 이렇게 프랑스식으로 당신 이름을 부르는 것을 용서하겠지요?"

"좋을 대로 불러주십시오."

나는 굳어버린 혓바닥으로 우물쭈물 대답했다.

"어디서 만났다는 거냐?"

공작 부인이 물었다.

딸은 어머니의 물음에는 대답도 않고 내게서 시선을 옮기지 않으며 물었다.

"지금 바쁘신가요?"

"아뇨, 바쁠 건 없습니다."

"그럼 털실 감는 걸 좀 도와주시지 않겠어요? 이리 오세요, 내 방으로."

그녀는 내게 머리를 까딱해 보이고는 응접실에서 나가버렸다. 나는 그 뒤를 따라갔다.

우리가 들어간 방 안에 놓인 가구는 그래도 좀 괜찮은 편이었고, 또 그 가구들은 아주 그럴듯하게 배치되어 있었다. 하기는 그 순간 나는 거의 아무것도 똑똑히 살펴볼 여유가 없었다. 나는 마치 꿈속에서처럼 몸을 움직이며, 우스꽝스러울 만큼 긴장된 행복감을 온몸으로 느끼고 있었다.

공작의 딸은 자리에 앉더니 새빨간 실뭉치를 꺼내 들었다. 그리고 자기 앞의 의자에 앉으라고 손짓한 다음 열심히 실뭉치를 풀어 헤쳐서 그것을 내 양쪽 손에 걸어놓았다. 그렇게 하는 동안 그녀는 장난을 치는 듯한 느릿느릿한 태도로, 벌어진 듯 만 듯한 입술에 여전히 밝으면서도 심술궂은 미소를 띠며 내내 침묵을 지켰다. 그녀는 트럼프를 꺾어 쥐고 거기다 털실을 감기 시작했다. 그러다가 갑자기 무엇이라 표현할 수 없는 밝은 눈길로 재빨리 내 얼굴을 훑어보아서 나는 순간적으로 눈을 내리깔고 말았다. 보통 반쯤 감은 것 같은 가느다란 그녀의 눈이 어쩌다 동그랗게 치뜰 때, 그 얼굴은 광채가 넘치는 듯 돌변했다.

"어제 나를 보고 어떻게 생각했지요, 무슈 볼리데마르?"

잠시 후에 그녀가 이렇게 물었다.

"아마 나를 나쁜 여자라고 생각하셨죠?"

"나는…… 나는 아무것도 생각하지 않았습니다……. 어떻게 내가 감히 그런 생각을……."

나는 어리둥절해서 대답했다.

"내 말 좀 들어봐요."

그녀는 말을 받았다.

"당신은 아직 나를 잘 모르시겠지만 나는 참 이상한 여자예요. 나는 언제나 다른 사람한테 사실을 듣고 싶어요. 당신이 열여섯 살이란 말을 들었는데, 나는 스물한 살이나 먹었으니 내가 훨씬 손위가 아니에요? 그러니까 당신은 언제나 나한테 곧이곧대로 말해야 하고…… 또 내 말을 잘 들어야 해요."

이렇게 말하고 그녀는 다시 덧붙였다.

"내 얼굴을 좀 봐요. 왜 나를 보지 않지요?"

나는 더욱 어쩔 줄 몰랐지만, 그러나 눈을 들어 그녀를 보았다. 그녀는 살짝 웃어 보였는데, 그 미소는 아까와는 달리 퍽이나 호의를 품었다.

"날 좀 보라니까."

그녀는 음성을 낮추면서 상냥하게 말했다.

"난 누가 내 얼굴을 쳐다봐도 기분 나쁘지 않으니까요. 난 당신 얼굴이 맘에 들었어요. 우린 금방 친구가 될 거라는 생각이 들어요. 그런데 당신은 내가 마음에 들었어요?"

그녀가 아양 떠는 말투로 물었다.

"아가씨……."

나는 겨우 입을 열었을 뿐이었다.

"첫째로 이제부터 나를 지나이다 알렉산드로브나라고 불러줘요. 둘째로는 어린애가(그녀는 말을 고쳤다), 젊은 남자가 자기가 느낀 바를 솔직하게 말하지 않는다는 건 못된 버릇이에요. 그건 어른들이나 하는 것이지요. 어때요, 내가 당신 맘에 들었죠?"

그녀가 이처럼 나에게 허물없는 태도로 말한다는 것은 무척 기쁜 일이기는 했지만, 나는 은근히 비위가 상했다. 그래서 나는, 내가 어린애가 아니라는 것을 그녀에게 보여주려고 될 수 있는 한 조금도 거리낌 없는 점잖은 표정을 지으며 입을 열었다.

"그야 물론 마음에 들다뿐이겠습니까, 지나이다 알렉산드로브나. 나는 그걸 숨길 생각은 없습니다."

그녀는 천천히 사이를 두고 머리를 끄덕여 보였다.

"당신한텐 가정교사가 붙어 있나요?"

그녀는 갑자기 생각난 듯이 물었다.

"아뇨. 가정교사 같은 건 없어진 지 벌써 오랩니다."

나는 거짓말을 했다. 그 프랑스인과 헤어진 지 아직 한 달도 지나지 않았다.

"오오! 그래요. 그럼 이젠 어른이 다 된 셈이군요."

그녀는 가볍게 내 손가락을 두드렸다.

"손을 똑바로 들어요!"

이렇게 말하고 그녀는 열심히 실을 감기 시작했다.

그녀가 눈을 들지 않는 것을 다행이라 생각하고 나는 그녀를 찬찬히 살펴보기 시작했다. 처음에는 흘끗흘끗 몰래 보았지만, 얼마 후엔 차츰 대담해졌다. 그녀의 얼굴은 어제보다 더욱 예쁘게 보였다. 어느 모로 보아도 가냘프고 총명하고 귀엽기만 했다. 그녀는 흰 커튼을 드리운 들창을 배경으로 하고 앉아 있었다. 햇빛이 그 커튼을 뚫고 들어와서 그녀의 부드러운 금발과 깨끗한 목덜미, 동그스름한 어깨와 고요하고도 가냘픈 가슴에 부드러운 광선을 비춰주었다. 그렇게 그녀를 바라보고 있는 사이에, 어느덧 그녀는 내게 더없이 귀중하고, 더없이 친근한 존재가 되어버렸다! 나는 퍽이나 오래전부터 그녀를 알았고, 또 그녀와 알기 이전의 일은 아무것도 기억에 없을뿐더러, 이 세상에 살아 있었던 것 같지도 않았다. 그녀는 이미 낡아버린, 거무죽죽한 옷을 입고 앞치마를 두르고 있었다. 나는 그 옷과 앞치마의 주름을 하나하나 기쁜 마음으로 쓰다듬어주고 싶은 생각이 들었다. 치마 밑으로 구두코가 뾰족이 내보였다. 나는 경건한 마음으로 그 구두에 이마를 조아리고 싶은 생각마저 들었다.

'지금 나는 이렇게 그녀 앞에 앉아 있다.'

나는 생각했다.

'나는 드디어 이 여인과 교제하게 되었다. 아아, 얼마나 행복한 일이냐!'

나는 환희에 넘쳐 하마터면 의자에서 벌떡 일어날 뻔했으나, 마치 맛있는 음식을 먹는 어린애처럼 두 다리를 조금 버둥거렸을 뿐이었다. 나는 물속에 있는 고기처럼 즐거웠다. 한평생 이 방에서 나가고 싶지 않았다.

그녀의 눈까풀이 살며시 위로 올라갔다. 그리고 또다시 그녀의 맑은 눈이 내 앞에서 상냥하게 빛났다. 그 얼굴에는 여전히 엷은 웃음이 떠돌았다.

"당신은 나만 뚫어지게 바라보고 있었군요."

그녀는 천천히 말하더니 손가락으로 나를 위협하는 시늉을 했다.

나는 얼굴을 붉혔다.

'이 여잔 무엇이든지 다 아는 모양이다. 무엇이든지 죄다 보고 있다.'

이런 생각이 내 머릿속을 스쳐갔다.

'그렇지, 모를 리가 있나. 보지 못할 리가 있나!'

갑자기 옆방에서 무엇인지 덜컹 하는 소리가 나더니 사벌이 절거덕거렸다.

"지나!"

공작 부인이 응접실에서 부르는 소리가 들렸다.

"벨로브조로프가 너한테 고양이 새끼를 가져왔구나."

"고양이 새끼!"

지나이다는 이렇게 소리치고 의자에서 발딱 일어나더니, 내 무릎 위에 털실 뭉치를 집어던지고 그냥 달려 나가버렸다.

나도 따라 일어나서 실뭉치와 꾸러미를 들창 가에 얹어놓고 응접실로 나오다가 깜짝 놀라 우뚝 발걸음을 멈추고 말았다. 방 한가운데는 알록달록한 고양이 새끼가 다리를 벌리고 앉아 있고, 지나이다는 그 앞에 무릎을 꿇고 조심조심 고양이의 턱을 받쳐 들고 있었다. 공작 부인 곁에는 불그레한 얼굴에 눈알이 튀어나온, 희끄무레한 고수머리의 젊은 경기병이 들창과 들창 사이의 벽을 거의 다 차지하다시피 하고 서 있었다.

"아이 참, 우스워라!"

지나이다는 거듭 말했다.

"눈도 회색이 아니구 새파란 데다가, 귀는 또 어쩌면 이렇게 클까! 빅토르 예고르이치, 고마워요! 당신은 참 친절한 분이셔!"

나는 경기병이 어제 본 청년들 가운데 하나라는 것을 알 수 있었다. 그는 빙긋이 웃으며 머리를 숙여 보였는데, 그 순간 발꿈치의 박차가 짤각 하고, 사브르 자루도 절거덕 소리를 냈다.

"어제 당신이 귀가 큰 얼룩 고양이를 갖고 싶다고 하셨기에…… 그래서 내가 이놈을 구해 왔지요. 당신의 말은 곧 법령이니까요."

이렇게 말하고 그는 다시 머리를 꾸벅 숙였다.

고양이는 가느다란 소리로 야옹 하고 방바닥을 핥기 시작했다.

"배가 고픈가 봐요!"

지나이다는 호들갑스럽게 소리쳤다.

"보니파티! 소냐! 우유를 좀 가져와."

낡아 빠진 노란 옷에 빛바랜 수건을 목에 감은 하녀가 우유 접시를 손에 들고 들어와서 고양이 앞에 놓았다. 고양이는 꿈틀하고 몸을 떨더니 눈을 가느다랗게 뜨고 핥기 시작했다.

"어쩌면 혓바닥이 저렇게 빨갈까!"

지나이다는 마룻바닥에 닿을 정도로 머리를 숙이고 고양이의 코끝을 옆으로 들여다보며 말했다.

고양이는 다 먹고 나자 배가 부른지, 건방진 꼴을 하고 앞발을 들었다 놓았다 하며 가르릉거리기 시작했다. 지나이다는 일어서더니 하녀를 돌아보고 쌀쌀한 어조로 말했다.

"고양인 저리 갖다 둬."

"고양이를 가져온 대가로, 당신의 손을!"

경기병은 어색한 웃음을 지으며 말하고, 새 군복을 팽팽하게 입은 건장한 몸집을 뒤로 젖혔다.

"양쪽 다!"

지나이다는 대답하면서 그에게 두 손을 내밀었다. 경기병이 그 손에 키스하는 동안에 그녀는 사내의 어깨너머로 나를 바라보았다.

나는 그 자리에 꼼짝 않고 서서, 웃어야 할 것인지, 무엇이라 말해야 할 것인지, 그렇지 않으면 그냥 잠자코 있어야 할 것인지 분간할 수가 없었다. 그때 열어젖힌 현관문 밖으로 우리 집 하인인 표도르가 나타났다. 그는 내게 손짓했다. 나는 기계적으로 그에게 걸어나갔다.

"왜 그래?"

"마님께서 도련님을 불러오라고 해서 왔어요."

그는 소곤소곤 말했다.

"대답을 들었으면 빨리 돌아올 것이지, 뭘 하느냐고 화를 내고 계십니다."

"그렇지만 내가 뭐 여기 오래 있었나?"

"한 시간도 넘었습니다."

"한 시간이 넘었다구!"

나는 엉겁결에 그의 말을 되뇌었다. 그리고 응접실로 돌아가서 인사를 하고 뒷걸음질을 치며 물러나오려 했다.

"어디 가세요?"

경기병 뒤에서 얼굴을 내밀며 공작의 딸이 물었다.

"이젠 가봐야겠어요. 그럼 그렇게 말씀드리겠습니다."

나는 부인을 바라보며 덧붙였다.

"부인께서 오후 한 시에 저희 집에 오신다구요."

"그렇게 말해줘요, 도련님."

공작 부인은 급작스럽게 코담뱃갑을 꺼냈는데, 어찌나 요란스럽게 냄새를 맡는지 몸부림이 쳐질 지경이었다.

"그럼 그렇게 말해줘요."

부인은 눈물이 글썽한 눈을 껌벅이며, 신음하는 듯한 소리로 거듭 말했다.

나는 다시 한번 인사를 하고 발길을 돌려 밖으로 나와버렸다. 내 뒷모습을 누군가 바라보고 있으리라는 것을 느꼈을 때, 으레 나이 어린 사람들이 경험하는 그런 멋쩍은 기분을 등에 느끼면서.

"이거 봐요, 무슈 볼리데마르, 자주 놀러 와야 해요."

지나이다는 이렇게 소리치고는 또 웃어대기 시작했다.

'저 여자는 뭣 때문에 웃기만 할까?'

아무 말 않고 시무룩해서 내 뒤를 따라오는 표도르를 거느리고 집으로 돌아오며 나는 이런 생각을 했다.

어머니는 내게 잔소리를 했다. 그리고 공작 부인네 집에서 뭘 하며 그렇게 오래 붙어 있었는지 이상하게 여기는 것 같았다. 나는 어머니에게 아무 대답도 하지 않고 내 방으로 들어가버리고 말았다. 나는 갑자기 서러워져서 견딜 수가 없었다. 울음이 터지려는 것을 간신히 참았다. 나는 그 경기병에게 질투를 느꼈다.

5

공작 부인은 약속한 대로 어머니를 찾아왔으나, 어머니의 환심을 사지는 못했다. 나는 그 자리에 있지는 않았지만, 식사할 때 어머니가 아버지에게 말하기를 그 자세키나 공작 부인은 '지극히 저속한 여자' 같다고 했다. 그녀는 세르게이 공작에게 교섭해달라고 어머니에게 치근치근 들러붙어서 애원했다고 한다. 그리고 그녀는 줄곧 치사스러운 금전 관계의 사건에 관계하고 있는 것으로 보아, 필경 이만저만한 사기꾼이 아닐 것이라고 했다. 그렇지만 어머니는 공작 부인을 딸과 함께 내일 점심에 초대했다고 했다. ('딸과 함께'란 말을 듣고 나는 접시에 코를 틀어박을 듯이 얼굴을 숙였다.) 그래도 역시 이웃이고 이름이 있는 사람인데 모른 척할 수야 있겠느냐고 어머니는 덧붙여 말했다.

어머니의 말을 듣고, 아버지는 그 부인이 누군지 이제야 생각난다며 다음과 같이 말했다.

아버지는 젊었을 때, 죽은 자세키나 공작을 잘 알았다. 그 사람은 훌륭한 교육을 받기는 했지만 머릿속에 든 것이 없는 난봉꾼이었고 파리에서 오랫동안 살았기 때문에 사교계에서는 '파리지엔'이라고 불렸다. 그는 굉장한 부자였으나 도박으로 전 재산을 탕진한 후, 무슨 이유에선지 똑똑히는 알 수 없지만, 필경 돈 때문에, 어떤 하급 관리의 딸과 결혼했다. (하기는 좀 더 좋은 상대를 골라잡을 수도 있었으련만, 하고 아버지는 냉소를 띠었다.) 결혼 후엔 투기사업에 손을 대서 맨손이 되어버렸다고 한다.

"제발 돈을 빌려달라는 소리나 하지 말았으면 좋겠는데."

어머니가 말했다.

"그럴 가능성이 아주 농후하지."

아버지는 침착한 어조로 말을 받았다.

"그 여자는 프랑스어를 할 줄 압디까?"

"아주 엉망이에요."

"흠, 잘하든 못하든 우리한테야 뭐 상관있나. 당신은 딸도 초대했다고 했는데, 누구한테 들은 말이지만 아주 예쁜 데다가 상당히 교양이 있는 아이라더군."

"그래요? 그럼 어머닐 닮지는 않은 모양이군요."

"아버지를 닮지도 않았겠지."

아버지는 대답했다.

"그 사람도 교육을 받기는 했지만 좀 모자란 데가 있었어."

어머니는 한숨을 쉬고 생각에 잠겼다. 아버지는 입을 다물었다. 이런 대화가 오가는 동안 나는 몹시 어색한 기분이었다.

식사가 끝난 후 나는 정원으로 나왔으나, 총은 손에 들지 않았다. 나는 '자세키나 집 정원'에는 접근하지 않겠다고 마음속으로 맹세했지만, 걷잡을 수 없는 힘이 나를 그쪽으로 이끌었다. 그리고 그것은 허사가 아니었다. 담장에 채 가까이 가기도 전에 나는 지나이다를 발견했다. 이번에는 그녀 혼자뿐이었다. 그녀는 두 손으로 책을 들고 천천히 샛길을 걷고 있었다. 내가 있는 것도 모르는 눈치였다.

나는 그냥 그녀를 지나칠 뻔했으나, 문득 정신을 차리고 헛기침소리를 냈다. 그녀는 돌아다보았지만, 발길을 멈추지 않고 둥그런 밀짚모자에 늘어진 하늘빛 리본을 한 손으로 걷으며 나를 보고 생긋 웃어 보이더니, 다시 눈을 책으로 떨어뜨렸다.

나는 모자를 벗어 들고 잠시 그 자리에 주춤하고 섰다가 무거운 가슴을 안고 발길을 돌렸다.

'Que suis-je pour elle?(나는 저 여자에게 무엇이 되나?)'

왠지 모르게 프랑스어로 생각이 떠올랐다.

귀에 익은 발걸음 소리가 내 뒤에서 들려왔다. 뒤를 돌아다보니 아버지가 언제나처럼 가볍고 빠른 걸음걸이로 이쪽을 향해 걸어왔다.

"저 아가씨가 공작의 딸이냐?"

아버지는 물었다.

"네."

"넌 저 아가씰 아니?"

"오늘 아침 공작 부인한테 갔다가 만났어요."

아버지는 걸음을 멈춰 섰다가, 곧 뒤꿈치로 몸을 돌리더니 오던 쪽으로 다시 돌아갔다. 지나이다 옆에까지 가자 아버지는 그녀에게 점잖게 머리를 숙여 인사했다. 지나이다 역시 인사를 했으나 적이 놀란 얼굴로 책을 든 손을 아래로 내렸다. 나는 그녀의 시선이 옆을 지나가는 아버지에게서 떠나지 않는 것을 보았다. 아버지는 언제나 독특하면서도 고상하고 멋진 옷차림을 하고 있었다. 그러나 아버지의 모습이 이때처럼 맵시 있게 보인 적은 없었고, 그 회색 모자가, 알맞게 숱이 빠진 곱슬머리 위에 이때처럼 보기 좋게 얹힌 적도 없는 것 같았다.

나는 지나이다 쪽으로 가려 했으나, 그녀는 나를 거들떠보지도 않고 다시 책을 들여다보며 저쪽으로 가버렸다.

6

그날 저녁과 이튿날 아침 나절을, 나는 왠지 풀이 죽어 일종의 마비 상태에서 지냈다. 공부라도 해볼 생각으로 카이다노프의 교과서를 손에 들었으나, 이 유명한 책의 깊고 지루한 글줄이며 책장이 헛되이 눈앞을 어른거릴 뿐이었던 것을 지금도 기억하고 있다. 나는 계속해서 열 번가량 '율리우스 시저는 군인으로서 용기가 뛰어난 사람이었다'라는 구절을 되풀이해서 읽어보았으나, 아무것도 머릿속에 들어오지 않아 책을 던져버리고 말았다. 저녁 식사 전에 나는 또다시 포마드를 바르고는 프록코트를 입고 넥타이를 맸다.

"너 왜 그러니?"

어머니가 물었다.

"아직 대학생도 아니고, 더군다나 시험에 합격할지 어떨지도 모르면서. 재킷을 맞춰준 지가 며칠도 안 됐는데 벌써 그걸 벗어던질 작정이냐?"

"손님이 오신다지 않았어요!"

나는 거의 절망에 찬 음성으로 낮게 말했다.

"바보 같은 소리 작작해! 그게 손님은 무슨 손님이란 말이냐!"

어머니 말엔 순종하는 수밖에 없었다. 나는 하는 수 없이 프록코트를 재킷으로 바꿔 입었지만 넥타이만은 풀지 않았다. 공작 부인 모녀는 식사하기 30분 전에 나타났다. 부인은, 이미 내 눈에 익은 노란 숄을 걸치고 새빨간 리본이 달린 구식 실내모를 썼다. 그녀는 다짜고짜로 수표 얘기를 꺼내더니 한숨을 섞어가며 자기의 가난한 처지를 호소했다. 그리고 조금도 체면을 차리지 않고 치근치근 애걸

했다. 그녀는 자기 집에서처럼 요란스럽게 담배를 코에 대고 냄새를 들이마시며 의자 위에서 제멋대로 몸을 이리저리 돌리고 엉덩이를 들썩거렸다. 그녀는 자기가 공작 부인이라는 것을 조금도 염두에 두지 않는 것 같았다.

그 대신 지나이다는 그야말로 공작의 딸답게 거의 거만할 정도로 위신을 지키고 있었다. 그 얼굴에는 냉정하고도 엄숙한 표정이 깃들어 움직일 줄 몰랐다. 그녀의 이런 새로운 표정도 아름답게 보이기는 했으나 아주 딴 사람 같았고, 어제와 같은 눈길과 미소는 전혀 찾아볼 수가 없었다. 그녀는 옥색 깃이 달린 얇은 비단옷을 입고 머리는 영국식으로 길게 땋아서 양쪽 볼 위로 늘어뜨렸다. 이 머리 모양은 그녀의 차가운 표정과 잘 어울렸다.

아버지는 식사를 하는 동안 그녀의 옆에 앉아서, 다른 사람에게서 볼 수 없는 우아하고 침착한 태도로 친절히 그녀를 접대했다. 그러면서 이따금 그녀의 얼굴을 흘끔흘끔 바라다보았다. 그녀도 가끔 아버지를 쳐다보곤 했는데, 그 눈길은 거의 적의를 품은 것같이 야릇했다.

아버지와 지나이다는 프랑스어로 얘기했다. 지금도 기억하지만 그때 지나이다의 발음이 어찌나 고왔던지 깜짝 놀랄 지경이었다. 공작 부인은 사양하지 않고 넙적넙적 음식을 먹으며 요리 솜씨를 칭찬했다. 어머니는 공작 부인이 몹시도 귀찮다는 듯이 멸시를 품은 시무룩한 표정으로 마지못해 대꾸했다. 아버지는 이따금 눈에 띌락 말락 할 정도로 미간을 찌푸렸다. 지나이다 역시 어머니의 마음엔 들지 못했다.

"그따위 거만한 계집애가 어디 있어."

이튿날 어머니는 이런 소리를 했다.

"참, 내, 제가 뭘 뽐낼 게 있다고. 그리세트* 같은 얼굴을 해 가지고서!"

"당신은 그리세트를 본 일이 없지 않소?"

아버지가 핀잔을 주었다.

"네, 보지 못한 게 다행이에요!"

"물론 다행일 거야. 그러나 본 일도 없으면서 어떻게 그리세트 같으니 어쩌니 하고 말할 수 있느냐 말이야?"

지나이다는 나에게 아무런 관심도 표시하지 않았다. 식사가 끝나자 공작 부인은 곧 돌아가겠다고 인사했다.

"앞으로 두 분께서 잘 돌봐주시기만 바랍니다. 마리야 니콜라예브나, 그리고 표트르 바실리치."

그녀는 어머니와 아버지에게 노래 부르는 듯한 어조로 말했다.

"어쩔 수 있어야죠. 한때는 좋은 시절도 있었지만 다 지나가버리고 말았지요. 나도 귀족은 귀족이지만."

그녀는 볼썽사납게 웃으며 덧붙였다.

"입에 풀칠도 못할 처지에 명예가 무슨 소용이겠어요!"

아버지는 공손히 인사를 하고 그녀를 현관문까지 배웅했다. 나는 꽁지 빠진 잠자리 같은 재킷을 입고 흡사 사형 선고를 받은 죄수처럼 그 자리에 버티고 서서 마룻바닥만 내려다보았다. 지나이다의

---

* 프랑스 하류 계급의 말괄량이 여자

쌀쌀한 태도가 나를 낙심케 했다. 그러나 그녀가 내 옆을 지나치면서 어제와 같은 상냥한 표정을 두 눈에 띠며 재빨리 속삭였을 때 나의 놀라움이 얼마나 컸는지 모른다.

"저녁 여덟 시에 우리 집에 오세요. 알았지요, 꼭 와야 해요."

나는 그저 두 손을 벌려 보였을 뿐이었다. 그녀는 하얀 숄을 머리 위에 뒤집어쓰더니 총총걸음으로 나가버렸다.

7

여덟 시 정각에 나는 프록코트를 입고 앞머리를 높이 치켜올려 빗고는 공작 부인네가 사는 딴채 현관으로 들어섰다. 어제 본 그 하인이 침울한 눈초리로 나를 바라보며 마지못해 걸상에서 엉거주춤하고 일어섰다. 응접실에서는 떠들썩한 소리가 들려왔다. 나는 문을 열었다가는 깜짝 놀라 멈칫하고 한 발자국 뒤로 물러섰다. 응접실 복판에 놓인 의자 위엔 공작의 딸이 남자의 모자를 들고 올라섰고, 그 주위를 다섯 명의 사내가 어깨를 비비대며 에워쌌다. 그들은 모자에 손을 집어넣으려고 발돋움을 했으나 그녀는 더욱 높이 치켜들며 이리저리 빼돌렸다. 그녀는 나를 발견하자 소리를 질렀다.

"잠깐만 기다려요, 기다려! 새 손님이 왔으니까. 저 사람한테 표를 줘야 해요."

그리고 의자에서 껑충 뛰어내리더니 내 프록코트의 소매를 붙잡으며 말했다.

"자, 어서 들어오세요. 왜 이렇게 버티고 섰어요? 여러분, 소개

합니다. 이분은 옆집 도련님인 무슈 볼리데마르예요. 그리고 이분은……."

그녀는 나에게 손님들을 한 사람씩 차례로 소개했다.

"말레프스키 백작, 다음은 의사 선생인 루신, 시인인 마이다노프, 예비역 대위 니르마츠키, 그리고 경기병 벨로브조로프, 이분은 만나뵌 일이 있죠. 서로 사이좋게 지내기 바랍니다."

나는 몹시 어리둥절하여 누구 한 사람에게도 제대로 인사를 하지 못했다. 루신이라는 의사는 엊그제 정원에서 내게 사정없이 무안을 준, 바로 그 까무잡잡한 친구라는 것을 알아차렸지만 그 밖의 사람들은 초면이었다.

"백작!"

지나이다는 말을 이었다.

"무슈 볼리데마르한테 표를 만들어줘요."

"그건 불공평합니다."

백작은 폴란드 사투리가 약간 섞인 말로 대꾸했다. 그는 멋지고 사치스러운 옷차림을 하고, 검은 머리에다 표정이 풍부한 밤색 눈에 코는 희고 오뚝했으며, 조그만 입 위에는 가느다란 콧수염을 기른 사내였다.

"이 사람은 우리와 함께 내기를 하지 않았으니까요."

"불공평하고말고."

벨로브조로프와 예비역 대위라는 신사가 덩달아 말했다. 마흔 전후로 보이는 대위는 형편없는 곰보 얼굴에 흑인 같은 곱슬머리에다 등과 다리마저 구부러졌는데, 견장도 없는 군대 예복을 가슴패기까지 헤쳐놓았다.

"표를 만들라고 하지 않았어요!"

공작의 딸은 재촉했다.

"내 말에 반항하겠다는 건가요? 무슈 볼리데마르는 우리와 처음 놀게 됐으니까, 오늘은 이분한테 그런 규칙은 내세우지 말기로 해요. 어서 잔소리 말고 내가 하라는 대로 표를 만들라니까!"

백작은 어깨를 흠칫했으나 공손히 머리를 숙여 보이더니, 반지를 여러 개 낀 흰 손에 펜을 들고 종잇조각을 찢어서 거기다 이름을 써넣기 시작했다.

"그렇다면 볼리데마르 씨에게 약간 설명을 해드려야겠습니다."

루신이 빈정대는 듯한 말투로 입을 열었다.

"그러지 않으면 안 될 것이, 이분은 지금 몹시 얼떨떨한 모양이니까. 이거 보시오, 친구. 우린 지금 내기를 하고 있단 말이오. 이 집 아가씨가 벌을 받게 되었는데 제비를 바로 뽑은 사람에겐 아가씨 손에 키스할 권리가 부여되지요. 내 말 알아들었소?"

나는 그의 얼굴을 한 번 흘끗 쳐다보았을 뿐, 여전히 얼빠진 사람처럼 서 있었다. 지나이다는 다시 의자 위로 뛰어올라가더니 아까처럼 모자를 흔들기 시작했다. 모두들 모자에 손을 뻗었다. 나도 그들이 하는 대로 했다.

"마이다노프 씨."

그녀는 키가 큰 청년에게 말했다. 그는 야윈 얼굴에 조그만 눈이 근시처럼 보이고 검은 머리카락이 굉장히 길게 자란 사내였다.

"당신은 시인이니까 마음을 관대하게 가져야 해요. 당신의 표를 무슈 볼리데마르한테 양보하세요. 그렇게 하면 저분은 기회를 두 번 갖게 될 테니까."

그러나 마이다노프는 고개를 가로 흔들었고, 이때 기다란 머리채가 너풀거렸다. 나는 맨 나중에 모자 속에 손을 넣어 표를 한 장 집어 펼쳐보았다. 아아! 종잇조각에 쓰여 있는 '키스'라는 두 글자를 보았을 때 내 마음은 어떠했으랴!

"키스!"

나는 엉겁결에 부르짖었다.

"브라보! 이분이 뽑았어요."

지나이다가 내 말을 받았다.

"아이 좋아라!"

그녀는 의자에서 내려오더니 무엇이라 표현할 수 없이 맑고 달콤한 눈길로 내 얼굴을 들여다보았다. 나의 심장은 금방 터져나갈 것만 같았다.

"당신도 기쁘죠?"

그녀는 다시 내게 물었다.

"나 말입니까……?"

나는 혀가 굳은 소리로 반문했다.

"그 표를 나한테 파십시오."

별안간 벨로브조로프가 내 귓전에다 커다란 소리로 외쳤다.

"100루블을 드리지요."

내가 대답 대신 분노에 찬 눈초리를 경기병에게 던지는 것을 보고 지나이다는 손뼉을 쳤고, 루신은 "됐어!" 하고 소리를 질렀다.

"그렇지만,"

루신은 말을 이었다.

"진행자의 자격으로 나는 모든 것이 규칙대로 시행되도록 감독할 책임이 있소. 무슈 볼리데마르, 한쪽 무릎을 꿇고 앉으시오. 우리 사이에선 그렇게 하게 되어 있으니까요."

지나이다는 내 앞에 서서 나의 거동을 자세히 보려는 듯이 고개를 옆으로 갸우뚱하고 거드름을 피우며 한 손을 내밀었다. 나는 눈이 뱅글뱅글 돌았다. 한쪽 무릎을 털썩 꿇고는 지나이다의 손가락에 몹시도 서투르게 입술을 갖다 댔다. 그래서 코가 그녀의 손톱에 걸려 가벼운 생채기까지 나고 말았다.

"그만!"

루신이 소리치며 나를 붙잡아 일으켰다.

내기 놀음은 그냥 계속되었다. 지나이다는 나를 자기 곁에 앉혔다.

그녀는 사내들을 골탕 먹이는 방법을 정말 신기할 만큼 여러 가지로 생각해냈다. 한번은 그녀가 입상(立像)이 되어 보여야 했는데, 그때 그녀는 못생긴 니르마츠키를 발판으로 선택하여 그에게 무릎을 꿇고 엎드려 얼굴을 가슴 안에 틀어박고 있으라고 명령했다. 웃음소리가 터져 나와 한참 동안 멎을 줄을 몰랐다.

예의범절을 따지는 귀족의 집안에서 자라며 딴 사회와 격리되어 엄격한 교육을 받아온 소년인 나는, 이렇게 떠들썩한 고함 소리며, 체면이고 뭐고 없이 난폭할 만큼 들뜬 분위기, 여태껏 경험한 바 없는 처음 사귄 사람들을 대하게 되자 굉장히 흥분해버리고 말았다. 나는 마치 술 취한 사람 같았다. 나는 딴 사람보다도 더 큰 소리로 웃고 떠들어대기 시작했다. 그래서 무슨 의논할 일 때문에 이베르스키 성문 근처에서 불러온 하급 관리와 옆방에서 얘기를 하던 늙은 공작 부인까지도 내가 노는 꼴을 보러 일부러 나왔을 정도였다. 그러나 나는 더없이 기분이 들떠서 누가 나를 비웃든, 누가 나를 흘겨보든 그런 것은 전혀 개의치 않았다.

지나이다는 계속해서 나에게 우선권을 주어 나를 자기 곁에서 놓아주지 않았다. 무슨 벌인가 받게 되었을 때 나는 그녀와 나란히 붙어 앉아서 얇은 비단 숄을 함께 뒤집어쓴 일도 있었다. 나는 그녀에게 '나의 비밀'을 고백해야 했다. 지금도 기억하지만, 우리 두 사람의 머리는 갑자기 비밀스러운, 반쯤 투명하고 향긋한 안개에 싸여버렸다. 이 안개 속에서 그녀의 눈은 아주 가까운 곳에서 부드럽게 빛났고, 방긋이 벌려진 입술은 뜨거운 입김을 내뿜었으며 흰 이가 드러나 보였다. 그리고 그녀의 머리카락은 내 얼굴을 간지럽히며 화끈거리게 했다. 나는 잠자코 있었다. 그녀는 신비스럽기도 하고 깜찍하게 보이기도 하는 야릇한 미소를 띠다가 드디어 속삭였다.

"어때요, 네?"

나는 그 말에 얼굴을 붉히며 외면을 하고 말았다. 숨 쉬는 것조차 조심스러웠다.

놀음도 싫증이 났다. 우리는 줄 돌리기*를 시작했다. 아아! 내가 어쩌다 잘못해서 지나이다한테 따끔하게 손가락을 얻어맞을 때, 나

---

* 둥그런 줄 안에 고양이 노릇을 하는 사람이 들어가 앉아서, 그 줄을 돌리며 둘레에 있는 사람의 손을 치면 맞은 사람이 대신 고양이가 되는 놀이

는 얼마나 깊은 환희를 느꼈던가! 그다음부터 나는 일부러 멍청한 꼴을 하고 있었지만, 그녀는 나를 약 올려줄 생각에선지 앞으로 내놓은 나의 손을 건드리려 하지도 않았다.

그러나 그날 저녁 우리의 장난은 그 정도로 끝난 것이 아니었다! 우리는 피아노도 치고, 노래도 하고, 춤도 추고, 또 집시들의 흉내도 냈다. 니르마츠키를 곰으로 가장시키고 소금물까지 먹였다. 말레프스키 백작은 트럼프를 가지고 여러 가지 재주를 부려 보이고 나서, 그 트럼프를 전부 뒤섞더니 비스트*의 끝수가 높은 트럼프 패를 몽땅 자기한테 오게 했다. 거기에 대해 루신은 '그에게 찬사를 드리는 영광'을 가졌다. 마이다노프는 자기가 지은 서사시 〈살인자〉의 한 구절을 낭독했다(시대는 로맨티시즘의 전성기를 택했다). 그는 검은 표지에 핏빛으로 제목을 박아서 출판한다고 했다. 그다음 우리는 이베르스키 성문에서 온 관리의 무릎 위에서 모자를 훔쳐다가 모자를 돌려준다는 조건으로 그가 카자흐 춤을 추게 했고, 보니파티 영감에게 부인용 모자를 씌우기도 하고, 또 지나이다가 남자 모자를 뒤집어쓰기도 했다. 우리의 장난은 일일이 헤아릴 수 없을 정도였다. 다만 벨로브조로프 한 사람만은 성난 것처럼 얼굴을 찌푸리고 줄곧 구석에 처박혀 있었는데, 이따금 시뻘겋게 충혈된 눈으로 금방이라도 우리에게 덤벼들어 나뭇조각처럼 모두를 이리저리 집어던질 기세를 보였다. 그러다가도 지나이다가 한번 노려보며 손가락으로 위협하는 시늉을 하기만 하면 다시 쑥 기어들어 가고 말았다.

---

* 트럼프 놀이의 일종

마침내 우리는 지쳐버렸다. 공작 부인은, 그녀 자신이 말하듯이 아주 너그러운 성미여서 아무리 떠들어대도 싫은 내색을 나타내지 않았지만, 그래도 역시 피로를 느꼈던지 좀 누워야겠다고 말했다. 밤참이라고 나왔는데 그것은 오래되어 꼬들꼬들한 치즈와 햄을 다져 넣은, 다 식어빠진 괴상한 고기만두뿐이었다. 그러나 나는 그 고기만두가 어떤 고급 만두보다 맛있었다. 포도주는 겨우 한 병밖에 나오지 않았는데 그나마 병은 거무죽죽하고 마개 있는 데가 부풀어 오른 것 같은 이상한 모양이었고, 그 속에 든 포도주도 붉은 물감 냄새가 풍겼다. 나는 녹초가 되어, 정신이 몽롱할 만큼 행복을 느끼면서 딴채에서 나왔다. 헤어질 때 지나이다는 내 손을 꽉 붙잡고 다시금 뜻 모를 미소를 띠었다.

무겁고 축축한 밤공기가 나의 상기된 얼굴을 스쳤다. 소나기라도 한바탕 퍼부으려는 것 같은 날씨였다. 검은 비구름이 뭉게뭉게 피어나서 윤곽이 연기처럼 변하여 순식간에 하늘을 덮었다. 한 줄기 바람이 우중충한 나무 사이에서 불안스럽게 몸부림치고, 먼 지평선 저쪽에서는 천둥소리가 성난 듯이 혼자 으르렁거렸다.

나는 뒷문으로 해서 내 방으로 들어갔다. 나한테 딸린 하인이 마룻바닥에 누워서 자고 있었으므로, 나는 그의 몸을 타고 넘어가지 않을 수 없었다. 하인은 잠에서 깨어 나를 보더니, 어머님이 또 화를 내며 나를 부르러 보내려는 것을 아버님이 말리셨다고 보고했다. (여태껏 나는 어머니에게 밤 인사를 드리지 않고, 축복도 받지 않고 자리에 들어간 일이 한 번도 없었다.) 그렇지만 하는 수 없었다!

나는 하인에게, 옷은 내 손으로 갈아입겠다고 말하고 촛불을 껐다. 그러나 나는 옷도 갈아입지 않았고 자리에 눕지도 않았다.

나는 마치 마술에 걸린 것처럼 오랫동안 넋을 잃고 의자에 앉아 있었다. 내가 느끼고 맛본 것은 실로 새롭고 감미로웠다. 나는 시선을 고정한 채로 꼼짝도 않고 앉아서 조용히 숨을 쉬었다. 그리고 이따금 오늘 저녁의 일을 생각하고 소리 없이 웃었다. 또 나는 사랑에 빠졌나 보다, 이것이 다름 아닌 연애로구나 하고 생각하면서 마음속이 선뜩해졌다. 지나이다의 얼굴이 눈앞의 어둠 속에 조용히 떠올랐다. 그리고 언제까지나 사라지지 않고 어둠 속을 떠돌았다. 그 입술은 여전히 뜻 모를 미소를 품었고, 그 눈은 약간 엇비슷하게 무엇을 묻고 싶은 듯, 혹은 깊은 생각에 잠긴 듯, 상냥하게 나를 바라보았다. 바로 아까 그녀와 헤어지던 순간과 꼭 같은 그런 눈길이었다.

드디어 나는 의자에서 일어나, 조용히 침대에 다가가서 옷도 갈아입지 않고 조심조심 베개에 머리를 얹었다. 마치 거칠게 움직였다가는 마음속의 충만한 감정을 쫓아버리게 될까 봐 걱정하는 것처럼…….

자리에 눕고서도 나는 눈을 감을 생각조차 하지 않았다. 얼마 지나지 않아 무엇인가 약한 광선 같은 것이 자꾸만 방 안으로 비쳐 들어오는 것을 깨달았다. 나는 몸을 일으켜서 들창을 바라보았다. 들창의 창살이 신비롭게 희멀건 유리 위에 뚜렷이 떠올랐다.

'뇌우로구나.'

확실히 뇌우는 뇌우였다. 그러나 아주 먼 곳에서 오는지 천둥소리조차 들리지 않았다. 다만 무수히 가지가 뻗은 것 같은 기다란 번개가 쉴 새 없이 먼 하늘에서 희미하게 번쩍이고 있을 뿐이었다. 번

쩍거린다기보다는 차라리 숨이 끊어져가는 새가 날개를 푸덕푸덕 움직이면서 떠는 것 같았다.

나는 자리에서 일어나 창가로 다가가서 그대로 아침까지 서 있었다……. 번개는 잠시도 멎지 않았다. 그날 밤은 사람들이 흔히 말하는 이른바 '참새의 밤'*이었다. 나는 벙어리처럼 침묵을 지키는 모래밭과, 네스쿠치느이 공원의 시커먼 숲과 먼 건물의 누르스름한 정면을 바라보았다. 희미한 번갯불이 번쩍 할 때마다 그 건물도 부르르 떠는 듯이 보였다. 나는 시선을 딴 데로 옮길 수 없었다. 소리도 없는 이 번갯불은, 억제된 것같이 희미한 이 섬광은, 내 심중에 남몰래 불타오르는 말 없는 충동에 호응하는 듯했다.

날이 밝아오기 시작했다. 아침놀이 진분홍 반점을 이루며 나타났다. 해가 떠오를 시간이 가까워지자 번개도 차츰 빛을 잃고, 기다랗던 섬광도 짧아져갔다. 그 가냘픈 전율도 점점 줄어들고, 드디어 떠오르는 태양의 분명하고 찬란한 햇빛 속으로 빠져 들어가 사라지고 말았다.

내 마음속의 번갯불도 사라졌다. 나는 말할 수 없는 피로와 정적을 느꼈다. 그러나 지나이다의 자태는 승리의 개가를 부르며 여전히 내 마음속에서 떠날 줄을 몰랐다. 다만, 그 자태도 이제는 침착해진 것같이 보였다. 마치 못가의 풀숲으로부터 물 가운데로 나온 백조처럼, 자기를 에워싸고 있던 보기 흉한 주위로부터 떨어져 나온 것 같은 느낌이었다. 그래서 나는 잠을 청하기 전에, 신뢰와 존경에

---

* 번개와 천둥이 치며 비가 내리는 밤

찬 마음으로 다시 한번 그녀의 모습에 작별의 키스를 했다.

오오, 첫눈에 불타오르던 애정이여, 감동한 영혼의 부드러운 음향이여, 그 아름다움과 그윽함이여, 첫사랑의 감격의 감미로운 기쁨이며…… 그것들은 어디 있는가, 지금은 어디 있는가.

8

이튿날 아침, 차를 마시러 아래층에 내려갔을 때 어머니는 내게 잔소리를 했다. 그러나 각오하고 있던 정도는 아니었다. 어머니는 어젯밤에 무엇을 하며 놀았는지 말해보라고 했다. 나는 여러 가지 상세한 부분을 생략하고, 전체적으로 보아 매우 순진한 느낌을 주도록 애쓰며 간단히 대답했다.

"어쨌든 그 사람들은 점잖은 인간들이 아니야."

어머니는 말했다.

"그러니까 너는 그런 집에 드나들지 말고 시험 준비나 열심히 해라."

내 시험공부에 대해 어머니가 걱정을 한대야 겨우 이런 말 몇 마디로 끝나고 마는 것을 알았기 때문에 거기 대해 대꾸할 필요도 없다고 생각했다. 그러나 차를 마시고 난 후 아버지는 내 팔을 붙잡고 함께 정원으로 나와서, 내가 자세킨의 집에서 본 것을 모두 털어놓게 하였다.

아버지는 나에게 기묘한 감화력을 주었다. 그리고 아버지와 나의 관계도 기묘했다. 아버지는 나의 교육을 거의 돌보지 않다시피 했으나, 그렇다고 내게 모욕을 주는 일도 없었다. 어디까지나 나의 자유를 존중하여, 이런 표현을 할 수 있을는지 모르지만, 아버지는 내게 공손한 태도까지 취했다. 단지 나를 자기 곁에 너무 가까이 오지 못하게 할 뿐이었다.

나는 아버지를 좋아했고, 또 아버지에게 매혹되었다. 내 눈에는 아버지가 남성으로서 모범적인 인물로 보였다. 만일 아버지의 손이 나를 멀리하고 있다는 것을 부단히 마음속에서 느끼지 않았다면, 나는 정말이지 열정적으로 그를 따르며 사랑했을지 모른다! 그 대신 마음이 내킬 때면 아버지는 불과 한마디의 말이나 손짓 하나로, 순식간에 한없는 신뢰감을 내 가슴속에 불러일으킬 수 있었다. 그러면 내 영혼의 문은 열린다. 나는 총명한 친구나 관대한 스승을 대하는 것처럼 아버지를 상대로 열심히 지껄여댄다. 그러나 아버지는 결국 또다시 나를 버리고 만다. 아버지의 손은 다시금 나를 떼밀어내는 손길이 틀림없다.

아버지는 이따금 기분이 몹시 쾌활해질 때가 있었는데, 그럴 때면 그는 마치 어린애처럼 나와 함께 장난을 치고 뛰놀기를 사양하지 않았다(대체로 아버지는 과격한 운동을 즐겼다). 언젠가 한 번, 여태껏 단 한 번밖에 없었다. 아버지는 무엇이라 말할 수 없을 만큼 상냥하고 부드럽게 나를 애무해준 일이 있었다. 나는 그때 하마터면 울음을 터뜨릴 뻔했다. 그러나 그 쾌활함과 상냥함은 순식간에 흔적조차 없이 사라지고, 조금 전에 두 사람 사이에 일어났던 일은, 미래에 대한 아무런 희망도 기약할 수 없는 것이 되어버리고 말았다. 나는 마치 꿈을 꾼 것처럼 허전함을 느꼈다.

나는 곧잘 아버지의 현명하고 시원스럽게 잘생긴 얼굴을 물끄러미 쳐다보았다. 그러면 가슴이 울렁거리고 나의 몸과 마음이 송두리째 그에게 휩쓸려 들어가는 것을 느끼게 된다. 아버지는 내 마음속을 빤히 들여다보고 있는 듯이, 옆을 지나는 길에 내 뺨을 가볍게 두드려주지만, 그러고는 그냥 훌쩍 가버리든가, 무슨 일을 하기 시작하든가, 그렇지 않으면 그에게서만 볼 수 있는 일종의 독특한 태도로 금세 얼음덩어리처럼 굳어버렸다. 그러면 나도 그만 위축된 채 얼어붙고 만다. 어쩌다 한 번씩 나타나는 나에 대한 아버지의 애정의 발작은, 입 밖에 내지는 않더라도 첫눈에 알아차릴 수 있는 나의 애원의 힘이 불러일으키는 것이 절대로 아니었다. 발작은 언제나 예기치 않았던 때 갑자기 나타났다. 아버지의 성격에 대해, 후에 여러 가지로 생각해본 나는 이러한 결론을 얻었다. 아버지는 나나, 가정생활 같은 데 붙잡혀 있을 정신적 여유가 없었다. 그는 좀 더 다른 것을 사랑했고, 또 그 다른 것을 마음껏 향락했다.

"자기 힘이 미치는 것은 자기가 차지해야지, 딴 사람 손에 넘겨줘선 안 돼. 그리고 자기는 자기 자신의 것이 돼야 해. 여기에 인생의 온갖 묘미가 있는 거야."

아버지는 언젠가 내게 말한 적이 있었다. 또 언젠가 나는 젊은 민주주의자의 견지에서 아버지와 자유에 대해 토론한 일이 있다(그는 그날, 말하자면 '착한 아버지'였는데, 그런 때는 그에게 무슨 말이든지 지껄일 수 있었다).

"자유라……."

아버지가 입을 열었다.

"너는 무엇이 인간에게 자유를 주는지 알고 있느냐?"

"무엇이지요?"

"의지야. 자기 자신의 의지란 말야. 의지는 자유보다도 귀중한 권력을 인간에게 주지. 자기가 하고 싶은 짓을 할 수 있다면, 자유로운 몸이 될 수도 있고, 또 명령을 내릴 수도 있게 되거든."

아버지는 무엇보다도 먼저 삶을 향락하려 했다. 그리고 실제로 삶을 향락했다. 어쩌면 그때 이미 아버지는 자기가 인생의 '묘미'를 오래오래 맛볼 수 없다는 것을 느끼고 있었을지도 모른다. 아버지는 마흔두 살이라는 나이에 세상을 하직하고 말았다.

나는 자세킨의 집을 방문한 데 대해 아버지에게 상세히 얘기했다. 아버지는 벤치에 앉아서 채찍 끝으로 모래에다 무엇인지 끼적거리며 귀를 기울이는 듯, 혹은 귓등으로 흘려버리는 듯한 태도로 내 말을 듣고 있었다. 그리고 간혹 웃음소리를 섞어가며 무엇 때문인지 명랑하고 농담을 하려는 듯한 눈으로 나를 들여다보면서, 짤막한 질문을 던지기도 하고 내 말에 대꾸도 하며 나를 놀렸다. 처음에 나는 지나이다의 이름조차 입 밖에 낼 용기가 없었지만, 끝내 입을 다물고 있을 수가 없어서 그녀에 대한 칭찬을 늘어놓기 시작했다. 아버지는 여전히 입가에 웃음을 띠고 있었다. 그는 잠시 생각에 잠겨 있는 것 같더니, 기지개를 켜며 일어섰다.

나는 아버지가 집에서 나올 때, 말에 안장을 얹으라고 한 것이 생각났다. 그는 훌륭한 기수여서 라레이* 씨보다 훨씬 일찍부터 사나

---

* 미국의 말 조련사

운 말을 다루는 기술을 익히고 있었다.

"저도 함께 따라가도 돼요, 아버지?"

나는 물었다.

"안 돼."

아버지는 대답했다. 그 얼굴에는 여느 때와 같은, 상냥하기는 해도 무관심한 표정이 떠올랐다.

"가고 싶으면 너 혼자 가거라. 그리고 나는 말이 필요 없다고 마부한테 일러라."

아버지는 나에게 등을 보이고 돌아서서 빠른 걸음으로 걸어가버렸다. 나는 그 뒷모습을 바라보았다. 이윽고 아버지는 대문 밖으로 사라져버렸으나, 담을 따라가는 아버지의 모자가 자세킨의 집으로 들어가는 것이 보였다.

아버지는 옆집에서 한 시간 이상은 있지 않았다. 그리고 곧 시내로 들어갔다가 저녁 무렵에야 집으로 돌아왔다.

점심을 먹은 후 나는 자세킨의 집으로 갔다. 응접실에 들어갔더니 늙은 공작 부인이 혼자 앉아 있었다. 내가 들어온 것을 보자, 뜨개바늘 끝을 실내모 밑으로 찔러 넣어, 머리를 긁적거리면서 느닷없이 진정서 한 장 정서해줄 수 없겠느냐고 부탁했다.

"네, 써드리지요."

나는 걸상 귀퉁이에 걸터앉으며 대답했다.

"될 수 있는 대로 글씨는 큼직큼직하게 써줘요."

손때 묻은 종이를 한 장 내주며 공작 부인은 말했다.

"그리고 오늘 중으로 써주실 순 없을까요, 도련님?"

"네, 오늘 중으로 꼭 써드리지요."

옆방으로 통하는 문이 조금 벌어지더니 그 틈으로 지나이다의 얼굴이 엿보였다. 머리는 아무렇게나 뒤로 쓸어 넘겼고 창백한 얼굴은 수심에 잠겨 있었다. 그녀는 크고 차가운 눈으로 나를 바라보더니 그대로 살며시 문을 닫았다.

"지나야, 얘, 지나야!"

공작 부인이 불렀다.

지나이다는 대답이 없었다. 나는 부인의 진정서를 가지고 돌아와서 그것을 쓰느라고 하룻저녁을 붙어 앉아 있었다.

9

나의 '미친 사랑'은 그날부터 시작되었다. 지금도 기억에 남아 있지만, 나는 새로 직장에 들어간 사람이 느끼는 것과 같은 기분을 경험했다. 나는 이미 단순한 소년이 아니라 사랑에 빠진 사내가 되었다. 그날부터 나의 미친 사랑이 시작되었다고 했지만, 나의 괴로움도 바로 그날부터 시작되었다고 다시 덧붙여 말할 수 있을 것이다.

지나이다가 곁에 없으면 나는 아주 풀이 죽어 아무것도 머릿속에 들어오지 않았고 모든 일이 손에 잡히질 않았다. 날마다 아침부터 저녁까지 줄곧 그녀만을 생각했고, 나는 우울 속에 빠졌다. 그런데 그녀 앞에서도 나는 활기를 회복하지 못했다. 나는 질투를 하거나, 나의 하잘것없음을 스스로 의식하거나, 공연히 뿌루퉁해지거나, 어리석게 노예처럼 굽실거리거나 했다. 그렇건만 억제할 수 없는 힘이 나를 자꾸만 그녀에게로 끌고 갔다. 그리고 나는 언제나 무의식 중에 행복의 전율을 느끼며 그녀의 방 문턱을 넘어섰다.

지나이다는 내가 자기를 연모한다는 것을 곧 알아차렸고, 나도 숨기려 하지 않았다. 그녀는 나의 연정을 재미있게 생각하여, 나를 희롱하기도 하고 달래기도 하고, 또 괴롭히기도 했다. 자기가 딴 사람에게 최대의 환희와 깊은 비애의 유일한 원천이 되고, 아무런 책임도 지지 않는 절대적인 힘을 부릴 수 있다는 것은 상쾌한 일일 것이다. 나는 지나이다의 손안에 든 말랑말랑한 납(蠟) 같은 존재였다.

하기는 나 혼자만이 그녀를 연모하고 있었던 것은 아니다. 그녀의 집을 찾아오는 모든 사내들이 그녀에게 홀딱 반해 있었다. 그리고 그녀는 그들을 모두 밧줄에 묶어서 자기 발밑에 꿇어 엎드리게 했다. 그들의 마음속에 때로는 희망을, 때로는 불안을 불러일으키며 마음대로 그들을 조종하는 것(그것을 그녀는, 저희끼리 서로 맞붙어 싸우게 하는 거라고 했다)을 그녀는 낙으로 삼았다. 그런데도 그들은 거기에 거역할 생각은 꿈에도 않고 기꺼이 그녀에게 복종했다.

싱싱하고도 아름다운 그녀의 몸 전체에는 교활함과 어수룩함, 기교와 단순함, 조용함과 활발함, 이런 것들이 뒤섞인 특이한 매력이 넘쳤다. 그녀의 말 한마디, 그녀의 일거일동에는 미묘하고 경쾌한 아름다움이 넘치고, 그녀의 모든 것이 독특한 연기력을 보여주었다. 그녀의 얼굴도 쉴 새 없이 변화하여, 언제나 표정이 풍부했다. 그것은 냉소와 수심과 정열을 거의 동시에 나타냈다. 바람 불고 맑게 갠 날의 구름처럼, 여러 가지 감정이 가볍고 재빠르게 그녀의 눈과 입술을 끊임없이 스쳐 갔다.

지나이다의 숭배자들은 한 사람 한 사람 모두가 그녀에게 필요한 존재였다. 그녀가 "나의 맹수"라고 부르기도 하고 어떤 때는 그저 "내 사람"이라고 부르는 벨로브조로프는, 그녀를 위해서라면 불 속에라도 기꺼이 뛰어들 만한 위인이었다. 지력(智力)이나 그 밖의 재능에 자신이 없는 그는 끊임없이 그녀에게 청혼하면서, 다른 사내들은 다만 말로만 애정을 표시하는 데 지나지 않는다고 은근히 비꼬았다.

마이다노프는 그녀의 영혼의 시적 금선(琴線)을 울리려고 했다. 문학을 하는 사람들 거의 모두가 그렇듯 그도 원래가 냉정한 성격이었지만, 그래도 그녀만은 그야말로 열렬히 사모하노라고 맹세했을 뿐만 아니라, 아마도 자기 스스로 그것을 마음속에 다짐하는 것 같았다. 그리고 헤아릴 수 없이 많은 시로써 그녀를 찬미하고 몹시 어설프고 감격 어린 어조로 그 시를 그녀에게 낭독해주었다. 그녀는 그를 동정하기는 했지만 한편으로는 약간 비웃는 태도를 보였다. 그녀는 그를 그리 미덥게 생각하지 않았으므로 그의 진정을 토로한 작품을 실컷 듣고 나서는 다시 푸시킨의 시를 낭독하게 했는데, 그녀의 말을 빌리면 그것은 탁한 공기를 깨끗이 하기 위해서라고 했다.

루신은 빈정거리기 잘하고 노골적인 말을 예사로 지껄이는 의사였는데, 그녀의 사람됨을 누구보다도 잘 알았다. 그리고 그녀가 없는 데서나 있는 데서나 함부로 그녀를 욕했지만, 누구보다도 그녀를 사랑했다. 그녀는 그를 존경했으나 그렇다고 유달리 취급하는 일은 없었다. 그리고 때때로 심술궂은 만족의 빛을 보이며, 어떤 사내도 역시 자기 손아귀에 들어 있다고 느끼게 했다.

"나는 애정이란 걸 모르는 몹쓸 계집이에요. 원래가 배우의 소질을 타고난 여자니까요."

언젠가 그녀는 내가 있는 자리에서 그에게 말했다.

"좋아요! 그럼 손을 내놓으세요. 내가 바늘로 찔러드릴 테니. 당신은 이 젊은 사람에게 부끄럽게 생각하시겠지요. 그리고 아프시겠지요. 그래도 당신은 성실한 양반이니까 아마 웃으실 거예요."

루신은 빨갛게 달아오른 얼굴을 옆으로 돌리면서 입술을 깨물었지만 그래도 결국은 손을 내밀었다. 그녀가 바늘로 푹 찌르자 과연 그는 웃기 시작했다. 그녀는 꽤 깊이 바늘을 찔러 넣고는, 공연히 이리저리 굴리는 사내의 눈을 들여다보며 깔깔거리고 웃어댔다.

지나이다와 말레프스키 백작과의 관계가 나에게는 가장 알기 어려웠다. 그는 잘생기고 재간 있고 영리한 인간이기는 했지만, 불과 열여섯 살의 소년인 내 눈에도 어쩐지 수상하고 사기꾼 같은 데가 있는 것처럼 보였다. 나는 지나이다가 그것을 깨닫지 못하는 데 놀랐다. 그러나 어쩌면 그녀는 그 엉터리를 눈치챘으면서도 별로 그 점을 싫어하지 않았는지도 모른다. 불규칙한 교육, 기묘한 교제와 습관, 줄곧 옆에 붙어 있는 어머니, 가정의 불행과 무질서, 젊은 여자에게 부여된 자유, 주위의 사람보다 뛰어나다는 의식, 이 모든 것이 거의 경멸하는 듯한 무관심한 태도와 자포자기적인 그녀의 성격을 키웠다. 어떤 일이 생기더라도, 즉 보니파티가 와서 설탕이 하나도 없다고 말해도, 무슨 하잘것없는 소문이 들려와도, 손님들이 서로 다투어도, 그녀는 곱슬곱슬한 머리채를 흔들며 "쓸데없이!"라고 말할 뿐 별로 염두에 두는 빛이 없었다.

그 대신, 나는 온몸의 피가 한꺼번에 머리로 치솟아 오르는 것같이 느끼는 일이 종종 있었다. 가령 말레프스키가 여우처럼 교활하게 건들건들 몸을 흔들며 그녀에게 다가가서 우아한 태도로 그녀의 의자 뒤에 기대고는 흐뭇하고 아첨하는 것 같은 웃음을 띠며 그녀의 귀에 대고 소곤거리고, 그녀는 그녀대로 가슴 위에 두 팔을 끼고 사내를 찬찬히 쳐다보면서 따라 웃으며 고개를 간닥거릴 때는 정말 참을 수 없었다.

"말레프스키 같은 사람을 집에 들이다니, 당신도 어지간하군요."

언젠가 내가 그녀에게 말했다.

"그래도 그분은 아주 멋진 수염을 가지고 있지 않아요?"

그녀가 대꾸했다.

"하지만 그런 건 당신이 참견할 필요 없어요."

또 언젠가 그녀는 이런 말을 했다.

"혹시 당신은 내가 그분을 사랑하고 있는 게 아닌가 생각할지 몰라도, 그렇지 않아요. 나는 내가 높은 위치에서 내려다보아야 하는 그런 남자는 사랑할 수 없으니까요. 나한테는 나를 꼼짝 못 하게 정복할 수 있는 그런 사람이라야 하거든요. 그렇지만 그런 사람하고 맞닥뜨릴 것 같진 않으니 다행이라고나 할까요! 난 누구의 손아귀에도 잡히지 않을 거예요, 절대로!"

"그럼 당신은 결코 아무도 사랑할 수 없겠군요?"

"그렇다고 당신까지도? 내가 정말 당신까지도 사랑하지 않을까요?"

이렇게 말하고 그녀는 장갑 끝으로 내 콧잔등을 두드렸다.

그렇다. 지나이다는 나를 마음껏 희롱했다. 3주 동안 나는 매일같이 그녀와 만났는데 그녀는 갖은 방법으로 나를 골려주었다. 그녀가 우리 집에 놀러 오는 일은 별로 없었지만, 나는 그것을 섭섭하게 생각하지 않았다. 우리 집에 오면 그녀는 의젓한 사교계의 아가씨, 공작의 따님으로 표변했고, 나도 그녀를 피하려 했다. 어머니한테 꼬리를 밟히지 않을까 겁났기 때문이다. 어머니는 지나이다에게 매우 악감을 품고 증오의 눈으로 우리를 감시했다. 아버지는 그다지 두렵지 않았다. 아버지는 나에 대해 아무것도 눈치채지 못한 듯이 대해주었다. 그리고 지나이다와는 그다지 얘기를 주고받지 않았으나 아버지의 말은 유식하고 의미심장한 것 같았다.

나는 공부도 독서도 그만두고 말았다. 가까운 시외를 산책하거나 멀리 말을 달리는 것도 중지해버렸다. 마치 다리를 잡아매어 놓은 딱정벌레처럼, 나는 그리운 딴채의 둘레를 쉴 새 없이 뱅글뱅글 돌고만 있었다. 나는 언제까지나 그곳을 떠나고 싶지 않았다. 그러나 그럴 수도 없는 일이었다. 어머니의 잔소리가 심했고, 또 어떤 때는 지나이다가 쫓아버렸기 때문이다. 그럴 때면 나는 방 안에 틀어박혀 있거나, 그렇지 않으면 정원 끝까지 가서, 높은 석조 온실이 허물어진 곳에 기어올라가서는 한길로 향한 벽에다 발을 늘어뜨린 채, 몇 시간이고 꼼짝 않고 앉아서 아무것도 보려 하지 않고, 언제까지나 언제까지나 멍청히 앞만 바라보고 있었다.

곁에서는 먼지투성이가 된 쐐기풀 위를 하얀 나비 몇 마리가 날개를 팔랑거리며 이리저리 날아다녔다. 날쌔게 보이는 참새 한 마리가 가까운 데 있는, 동강이 난 붉은 벽돌 위에 앉아서 연방 온몸을 앞뒤로 돌리며 꼬리를 부챗살처럼 펴고는 신경을 자극하는 소리로 짹짹거렸다. 아직도 나를 의심쩍게 생각하는 까마귀란 놈들은 벌거숭이가 된 자작나무의 높고 높은 꼭대기에 앉아서 이따금 생각난 듯이 까옥거렸다. 태양과 바람은 그 엉성한 나뭇가지에서 조용히 희롱하고, 돈스키 수도원의 종소리는 때때로 바람을 타고 은근히 서글프게 들려왔다. 나는 가만히 앉아서 보고 또 듣는다. 그러고 있노라면 그 어떤 형용할 수 없는 느낌이 마음속에 넘쳐온다. 그 속에는 우수도, 환희도, 미래에 대한 예감도, 희망도, 삶의 공포도, 그 밖의 온갖 것이 다 포함되어 있었다. 그러나 나는 그때 그러한 것은 전혀 깨닫지 못했기 때문에, 내 마음속에서 발효하는 것 중에 어느 한 가지도 이름을 붙일 수는 없었을 것이다. 차라리 이들 모든 것을 통틀어 하나의 이름으로, 지나이다라고 불러야 했을지도 모른다.

그렇지만 지나이다는 흡사 고양이가 쥐를 가지고 놀 듯, 줄곧 나를 희롱했다. 그녀가 아양을 떨면 나는 금방 흥분해서 녹아버리는 듯한 기분이 되었고, 그러다가 갑자기 몰인정하게 밀쳐버리면 그녀에게 가까이 갈 수도 없었고 그녀를 똑바로 바라볼 수도 없었다.

지금도 생각나지만, 그녀는 며칠을 두고 내게 아주 냉정한 태도를 보인 적이 있었다. 나는 완전히 겁쟁이가 되어 벌벌 떨면서 딴채에 들어가서는 되도록 늙은 공작 부인 곁에 붙어 있으려 했다. 하기는 바로 그 무렵에 공교롭게도 부인은 노기가 등등해서 노상 고래고래 고함만 치고 있었다. 수표 사건이 불리하게 돼서 벌써 두 번이나 경찰관과 이러쿵저러쿵 말이 있었던 터였다.

어느 날 나는 담 옆을 따라 걷다가 지나이다를 발견했다. 그녀는 두 손을 땅에 짚고 땅 위에 앉아서 꼼짝 않고 있었다. 나는 살그머니 물러나려 했으나 그녀는 갑자기 얼굴을 들더니 명령하는 듯이 손짓해 보였다. 나는 그 자리에 멈칫 서버렸다. 그녀의 손짓이 무슨 뜻인지 몰랐기 때문이다. 그녀는 다시 같은 손짓을 되풀이했다. 나는 즉시 담을 뛰어넘어 좋아라고 그녀의 곁으로 달려갔다. 그러나 그녀는 눈짓으로 나를 제지하고 두어 발 떨어진 좁다란 길을 손가락으로 가리켰다. 나는 어떻게 해야 할 바를 모르고 어리둥절해서 길가에 무릎을 꿇었다. 그녀의 얼굴이 너무나 창백했고, 깊은 비애와 피로의 빛이 그 하나하나의 윤곽에 너무나 뚜렷이 나타나 있는 것을 보고 나는 가슴이 터질 것 같았다. 나는 엉겁결에 중얼거렸다.

"무슨 일이 있었나요?"

지나이다는 손을 뻗쳐 무슨 풀인지를 뜯어서 이빨로 씹어보고는 곧 저쪽으로 홱 던져버렸다.

"당신은 정말 나를 사랑하고 있지요?"

한참 만에 그녀는 이렇게 물었다.

"그렇죠?"

나는 아무런 대답도 못 했다. 하기는 대답할 필요가 어디 있었겠는가!

"그렇죠!"

그녀는 여전히 나를 바라보며 같은 말을 되풀이했다.

"그야 그렇겠죠. 그 눈과 똑같이 생긴 눈이겠죠……."

그녀는 이렇게 덧붙이고 생각에 잠기더니 별안간 두 손으로 얼굴을 가렸다.

"난 모든 게 다 싫어졌어."

그녀는 소곤거렸다.

"이 세상 끝에라도 아주 가버렸으면. 정말 견딜 수 없어. 난 이런 일을 수습할 수 없어요……. 그리고 내 앞길에 기다리는 건 뭘까! 아아, 난 괴로워……. 정말 괴로워 죽겠어!"

"무엇 때문에 그러십니까?"

나는 겁을 먹고 물었다.

지나이다는 대답을 않고 다만 어깨를 흠칫해 보였을 뿐이다. 나는 여전히 무릎을 꿇고 비통한 마음으로 그녀를 바라보았다. 그녀의 한마디 한마디는 내 가슴속에 깊이깊이 파고들었다. 그 순간 나는 그녀를 슬프게 하지 않기 위해서라면 기쁘게 생명을 바칠 수 있을 것 같았다. 나는 눈을 모아 그녀를 바라보았다. 그리고 무엇 때문에 그녀가 괴로워하는지는 몰랐지만, 그녀가 참을 수 없는 슬픔의 발작에 못 이겨 뜰에 나와, 갑자기 발목이 부러진 듯 땅 위에 쓰러지는 광경을 똑똑히 머릿속에 그려볼 수 있었다.

주위는 온통 밝은 빛이 차서 푸르렀다. 바람은 나뭇잎을 산들산들 흔들고, 이따금 지나이다의 머리 위에 뻗친 기다란 딸기나무 가지도 흔들었다. 어디선지 비둘기가 구구 울었다. 꿀벌은 듬성듬성한 풀 위를 낮게 날아다니며 붕붕거렸다. 눈을 들면 푸른 하늘이 부드럽게 펼쳐져 있었다. 나는 말할 수 없이 슬프기만 했다.

"나한테 무슨 시든지 읊어주세요."

지나이다는 낮은 소리로 말하며 팔꿈치에 얼굴을 기댔다.

"난 당신이 시를 읊어주는 게 좋아요. 당신의 읊조림은 노래를 부르는 거와 같지만 그건 상관없어요. 젊다는 증거니까. 〈그루지야의 언덕에서〉*를 들려주세요. 하지만 우선 편히 앉으세요."

나는 앉아서 〈그루지야의 언덕에서〉를 읊었다.

"사랑하지 않을 수 없기 때문에……."

지나이다는 이러한 구절을 되풀이했다.

"그래서 시가 좋다는 거죠, 이 세상에 없는 걸 말해주니까. 그리고 실제로 있는 것보다 더 훌륭할뿐더러 진실에 훨씬 가까운 것을 들려주니까……. 사랑하지 않을 수 없기 때문에, 사랑하고 싶지 않다고 생각해도 하지 않을 수가 없는걸요!"

그녀는 다시 입을 다물더니 갑자기 벌떡 일어섰다.

"자, 가요. 마이다노프가 어머니한테 와 있어요. 그가 장편 소설을 써 가지고 왔는데 그냥 두고 나와버렸어요. 그 사람도 지금 풀이 죽어 있을 거야. 그러나 하는 수 없어요! 당신도 언젠가는 알게 되겠지만……, 제발 나한테 화를 내지는 말아주세요!"

지나이다는 바쁜 듯이 내 손을 잡고 앞장을 서서 뛰어갔다. 우리는 딴채로 들어갔다. 마이다노프는 엊그제 출판되어 나온 자작 서사시 〈살인자〉를 낭독하기 시작했지만 나는 귀담아 들으려 하지 않았다. 그는 목청을 뽑아 사운각(四韻脚) 장단조의 시를 고함을 쳐가며 읽었다. 각운은 뒤죽박죽이 되어 마치 여러 개의 작은 방울이 한꺼번에 울리듯 공연히 커다란 소리만 냈다. 나는 쉴 새 없이 지나이

---

* 푸시킨의 시

다의 얼굴을 응시하며 그녀가 내게 말한 마지막 말의 뜻을 풀어보려고 애썼다.

> 혹시 남 모르는 연적이 있어,
> 뜻밖에 그대 마음을 사로잡은 것이 아니냐?

별안간 마이다노프가 코 막힌 소리로 외쳤다. 순간 나의 눈은 지나이다의 눈과 부딪쳤다. 그녀는 시선을 떨어뜨리고 얼굴을 약간 붉혔다. 그녀가 얼굴을 붉힌 것을 보자 놀란 나머지 내 온몸은 싸늘해졌다. 나는 이미 이전부터 그녀에게 질투를 했지만, 그 순간 그녀는 사랑에 빠졌구나 하는 생각이 번개처럼 내 머릿속에 번쩍였다.

'아아, 어쩌면 좋을까? 그녀는 누군가를 사랑하고 있다!'

10

나의 본격적인 번민은 그 순간부터 시작되었다. 나는 무척 애를 태우며 여러 가지로 생각해보고, 또다시 고쳐 생각해보았다. 그리고 되도록 그런 내색을 보이지 않으면서 끊임없이 지나이다를 관찰했다. 그녀에게는 어떤 변화가 생겼다. 그것은 명백했다. 그녀는 혼자서 산책하러 나가서는 오랜 시간을 헤매고 돌아다녔다. 어떤 때는 손님이 와도 나오지 않고 몇 시간이나 자기 방에 틀어박혀 있는 일도 있었다. 이전에는 그런 일이 전혀 없었던 것이다. 나는 갑자기 뛰어난 통찰력을 가지게 되었다. 적어도 가지게 된 성싶었다.

'저 사내가 아닐까! 혹은 이 사내가 아닐까!'

그녀를 사모하고 있는 사내들을 하나하나 모조리 꼽아보며 나는 마음속으로 이렇게 자문했다. 말레프스키 백작이(이렇게 인정한다는 것은 지나이다를 위해 수치스러운 일이기는 했지만) 다른 누구보다도 가장 위험한 인물이라고 마음속으로 점을 찍었다.

그러나 나의 관찰력은 내 코끝까지밖엔 미치지 못했고, 또 나의 비밀 정책은 누구의 눈도 속이지 못한 것 같았다. 적어도 의사인 루신은 내 뱃속을 빤히 들여다보고야 말았다. 하기는 루신 자신도 요새 태도가 달라졌다. 눈에 띄게 얼굴이 수척해졌고, 이전처럼 곧잘 웃어대기는 했지만 어쩐지 그 웃음소리는 허전하고 독기를 품은 것 같았다. 이전의 가벼운 풍자와 일부러 꾸민 듯한 노골적인 야유는 어느새 신경질적인 초조함으로 바뀌었다.

"여보게, 자넨 뭣 하러 이런 곳에 밤낮 찾아다니는 건가?"

어느 날 자세킨의 집 응접실에 나와 둘이서 남게 되었을 때, 루신은 내게 물었다(공작의 딸은 산책하러 나가서 아직 돌아오지 않았고, 공작 부인의 버럭버럭 고함치는 소리가 가운데 2층에서 들려왔다. 부인은 하녀에게 잔소리를 하고 있었다).

"자네처럼 젊은 시절엔 공부도 하고 일도 해야 할 게 아닌가. 그런데 자넨 대체 뭘 하는 거야?"

"내가 집에서 공부를 하는지 안 하는지 당신이 어떻게 압니까?"

이렇게 반박하는 내 말투에 허세가 깃들어 있지 않은 것은 아니었지만 한편 당황한 빛을 감출 수는 없었다.

"공부는 무슨 공부야! 정신은 딴 데 팔려 있는 주제에……. 하지만 자넨 상대를 선택하는 데 완전히 실패했어. 이 집이 도대체 어떤 집인지 자넨 그걸 모르겠나?"

"난 당신이 하는 말을 이해할 수 없습니다."

내가 대꾸했다.

"이해하지 못하겠다고? 그렇다면 더욱 좋지 않아. 난 자네한테 충고할 의무가 있다고 생각하네. 우리처럼 나이 먹은 독신자들이야 이런 데 찾아다녀도 무방하지. 우리는 까딱없거든. 쓴맛 단맛 다 본 인간들이 돼서 그야말로 겁날 게 없으니까. 하지만 자네는 아직 살가죽이 얇으니까, 이 집 공기는 자네한테 해롭단 말이야. 내 말을 믿는 게 좋을 걸세, 전염될지도 모르니까."

"그건 또 무슨 말씀입니까?"

"무슨 말이냐가 아니야. 그래, 자넨 지금 건강하다고 생각하나? 과연 자네는 정상적인 상태에 있다고 할 수 있느냐 말이야? 자네가 느끼는 그 기분이 과연 자네한테 이로울 게 있나?"

"내가 무얼 느낀다는 겁니까?"

나는 입으로는 이렇게 말했지만 속으로는 의사의 말이 옳다고 인정하지 않을 수 없었다.

"이거 봐, 젊은이."

의사는 마치 그 말속에 무엇인지 내게 몹시 모욕적인 뜻이 포함되어 있다는 듯이 의미심장한 표정으로 말을 이었다.

"자네가 누굴 넘겨짚을 수 있다고 생각하나? 안 될 말이지. 미안하지만 자네 마음속에 있는 건 얼굴에 죄다 나타나 있단 말일세. 하기야 나도 이러니저러니 자네한테 말할 수도 없긴 하지. 나 자신으로 말하더라도 만일……(의사는 여기서 이를 악물었다) 만일 자네처럼 미친 인간이 아니라면 이런 데 찾아다닐 리가 없으니까. 다만 내가 이상스레 생각하는 것은, 어째서 자네처럼 똑똑한 사람이 자기의 바로 옆에서 일어나는 일을 모르느냐는 거야."

"대체 무슨 일이 일어나고 있다는 겁니까?"

나는 신경질적으로 그의 말끝을 잡아챘다.

의사는 조소와 동정이 뒤섞인 야릇한 표정으로 물끄러미 나를 바라보았다.

"그러나 나도 좋은 사람은 못 돼."

그는 마치 혼잣말을 하듯 말했다.

"이 사람한테 그런 얘기를 할 필요가 어디 있는가. 한마디로 말하면."

그는 소리를 높여 말을 이었다.

"거듭 말하지만 이 집 분위기는 자네한테 이롭지 못해. 그야 재미있긴 하지. 그러나 실은 그런 게 아니라네! 온실 속에서도 기분 좋은 향기는 나지만, 그렇다고 그 속에서 아주 살 수는 없단 말이야. 여보게! 내 말을 알아들었으면 어서 카이다노프의 교과서나 다시 들여다보게!"

공작 부인이 들어와서 의사에게 이가 아파 죽겠다고 우는소리를 했다. 조금 후에 지나이다가 나타났다.

"이거 봐요, 의사 선생!"

공작 부인이 입을 열었다.

"저 애를 좀 나무라주세요. 온종일 얼음물만 마시고 있으니 그러잖아도 가슴이 약한 애가 어떻게 되겠어요?"

"왜 그러시죠?"

루신이 물었다.

"그래서 뭐 안 될 게 있나요?"

"안 될 게 있냐구요? 감기에 걸려서 앓다가 죽을 수도 있지요."

"정말요? 네? 그러나 죽어도 좋아요! 오히려 그게 나을 거예요!"

"원, 저런!"

의사가 중얼거렸다.

공작 부인은 방에서 나가버렸다.

"원, 저런?"

지나이다는 의사의 말을 흉내 냈다.

"산다는 게 정말 그렇게 재미있을까요? 한번 주위를 둘러보세요. 무엇이 신통한 게 있어요? 나는 얼음물을 마시는 게 참으로 기분이 좋아요. 순간적인 만족 때문에 일생을 희생해서는 안 된다고 당신은 정색하고 내게 설교를 할 수도 있겠지만, 난 이젠 행복이니 뭐니 하는 건 입 밖에 내기도 싫으니까요."

"변덕과 고집……. 당신에겐 이 두 마디면 족합니다. 당신의 성격은 이 두 마디 말에 전부 포함되어 있지요."

지나이다는 미친 듯이 웃어댔다.

"미안하지만 좀 늦었어요, 의사 선생님. 당신의 진찰은 들어맞지 않았어요. 좀 시대에 뒤떨어졌군요. 안경이라도 쓰시지요. 난 지금 변덕을 부릴 겨를이 없답니다. 당신들을 놀리거나 나 자신이 바보짓을 한다고 해서…… 그런 게 뭐가 재미있겠어요? 그리고 내가 고

집은 또 무슨 고집이에요? 무슈 볼리데마르……."

그녀는 갑자기 나를 돌아보며 발을 굴렀다.

"제발 그렇게 슬픈 얼굴을 하지 말아요. 나는 다른 사람한테서 동정을 받는 것이 제일 싫으니까요……."

이렇게 말하고 그녀는 총총걸음으로 나가버렸다.

"해로워. 이런 분위기는 자네한테 해롭단 말이야."

루신은 또 한 번 내게 말했다.

11

그날 저녁 자세킨의 집에는 언제나 놀러 오는 패들이 모였는데, 나도 그 속에 끼어 있었다.

화제는 마이다노프의 장편 시로 옮겨갔다. 지나이다는 진심으로 그 시를 칭찬했다.

"그러나 어떨까요?"

그녀는 마이다노프에게 말했다.

"내가 시인이라면 좀 더 다른 테마를 선택할 수 있을 것 같아요. 이건 어리석은 얘긴지는 몰라도, 이따금 기이한 생각이 머리에 떠오를 때가 있어요. 이른 새벽, 하늘이 장밋빛이나 회색으로 물들어 가고 있을 무렵, 잠을 못 이루고 뜬눈으로 있을 때면 한결 더해요. 예를 들면 내가 만일…… 이런 말 하면 당신들은 아마 웃을지도 모르지만……."

"천만에! 절대로!"

우리는 일제히 외쳤다.

"나는 말이에요."

그녀는 가슴 위에 두 손을 얹고 한옆으로 조용히 시선을 쏟으면서 말을 이었다.

"밤중에 고요한 강 위에 떠 있는 커다란 배를 탄, 수많은 젊은 여인들을 그릴 거예요. 달빛이 환하게 비쳐 내리는데 여인들은 흰옷에 흰 화환을 쓰고 모두들 노래를 부르거든요. 찬송가 같은 노래를 말이에요."

"알겠습니다, 알고말고요. 어서 다음을 말씀해주십시오."

마이다노프가 함축성 있는, 꿈꾸는 듯한 어조로 맞장구를 쳤다.

"그러자 별안간 강 언덕 쪽에서 왁자지껄하는 소리와 커다란 웃음소리, 횃불이 타는 소리, 장구 치는 소리가 들려오지요……. 그건 바쿠스의 여종들이 소리 높이 노래를 부르며 떼를 지어 달려오는 장면이에요. 이런 정경을 묘사하는 건, 시인 양반인 당신이 맡아서 해야 할 거예요. 다만 내가 바라는 건, 횃불은 아주 붉고 붉게, 무섭게 연기를 내며 타오르고, 바커스의 여종들의 눈은 머리에 둘러쓴 화환 밑에서 반짝여야 해요. 그리고 화환도 거무죽죽한 빛이라야 하고요. 또 호랑이 가죽이나 술잔을 잊어선 안 되고……. 그 밖에 금도 많이, 되도록 많이 써야 하겠지요."

"금은 어디다 사용해야 합니까?"

긴 머리털을 뒤로 젖히고 콧구멍을 벌름거리며 마이다노프가 물었다.

"어디다 쓰냐고요? 어깨에도 손에도 발에도 어디든지 모두. 옛

날엔 여자들이 발목에 팔찌같이 생긴 걸 끼고 다녔다지 않아요? 바커스의 여종들은 배에 탄 여인들을 자기 쪽으로 부릅니다. 여인들은 찬송가를 뚝 그치고 맙니다. 노래를 계속할 수가 없기 때문이죠. 여인들은 꼼짝도 하지 못하고 가만히 있습니다. 물결은 배를 강 언덕 쪽으로 밀고 갑니다. 그러자 갑자기 그들 가운데 한 여자가 조용히 일어서지 않겠습니까? 여기 이 장면은 잘 묘사해야 해요. 그녀가 달빛 속에서 살며시 일어나는 모양이라든지, 다른 동무들이 깜짝 놀라는 모양을 말이에요. 그녀가 뱃전을 넘어서자 바쿠스의 여종들은 그녀를 에워싸고 어둠 속으로 쏜살같이 끌고 사라져 버립니다……. 여기서 연기가 동그랗게 피어오르고 모든 것이 수라장으로 변해버리는 광경을 그려야 하지요. 다만 여인들의 비명소리가 들려올 뿐, 그리고 강가에는 끌려간 여인의 화환이 떨어져 있고……."

지나이다는 입을 다물었다.

'아아, 그녀는 사랑에 빠졌구나!'

나는 다시 이렇게 생각했다.

"그것뿐입니까?"

마이다노프가 물었다.

"그것뿐이에요."

"그것만으로는 커다란 서사시의 테마가 될 수 없지만 서정시의 재료로 당신의 아이디어를 한번 살려봅시다."

그는 점잔을 빼며 말했다.

"그건 로맨틱한 것이 되겠지요?"

말레프스키가 물었다.

"물론 로맨틱하지요. 바이런적인 데가 있습니다."

"하지만 내 생각으로는 위고가 바이런보다 좋은 것 같아요."

젊은 백작이 무뚝뚝하게 말했다.

"그리고 더 재미있고요."

"위고로 말하면 일급에 속하는 작가입니다."

마이다노프가 말을 받았다.

"내 친구인 튼코세예프도 자기가 쓴 〈엘 트로바도르〉라는, 스페인을 무대로 한 소설에서……."

"아아, 그 물음표가 거꾸로 된 책 말이지요?"

지나이다가 말을 가로챘다.

"그렇습니다, 스페인 사람들의 습관이 그런 모양이더군요. 내가 말하고자 하는 것은 그 튼코세예프가……."

"이거 보세요! 당신들은 또 클래시시즘이니 로맨티시즘이니 하는 걸 가지고 토론하려는 거군요."

지나이다는 다시 그의 말을 가로막았다.

"내기를 할까요?"

루신이 말을 받았다.

"아니, 내기는 재미없어요. 누가 비유를 그럴듯하게 하는지 그 놀이를 해요."

(이것은 지나이다가 생각해낸 놀이인데, 무엇이든 제목을 하나 내놓고 모두들 그것을 딴 사물과 비교해서 그중 제일 훌륭한 비유를 생각해낸 사람이 상을 받게 되어 있었다.)

그녀는 창가로 가까이 갔다. 태양이 지금 막 떨어진 뒤여서 하늘에는 붉고 기다란 구름이 드높이 떠 있었다.

"저 구름은 무엇과 비슷할까요?"

지나이다가 물었다. 그리고 우리의 대답을 기다리지도 않고 자기가 먼저 말했다.

"나는 저 구름이, 클레오파트라가 안토니오를 맞이하러 갈 때 타고 간 황금배의 진홍빛 돛과 같다고 생각해요. 그렇지요, 마이다노프, 요전에 당신이 나한테 그 얘길 들려주었지요?"

우리는 모두 〈햄릿〉의 폴로니어스처럼, 저 구름은 정말 그때의 돛과 흡사하다, 그 이상 근사한 비유는 아무도 생각해내지 못할 것이라고 규정지었다.

"그때 안토니오는 몇 살이었을까요?"

지나이다가 물었다.

"분명히 젊었을 겁니다."

말레프스키가 한마디 했다.

"그렇습니다, 젊었어요."

마이다노프가 자신 있는 말투로 확인했다.

"안토니오는 이미 마흔이 넘었었답니다!"

루신이 버럭 소리를 질렀다.

"마흔이 넘었다구요?"

지나이다가 그를 흘끗 쳐다보며 되물었다.

얼마 후에 나는 집으로 돌아왔다.

"그녀는 분명히 사랑에 빠졌어."

나의 입술에서 무의식중에 이런 말이 새어 나왔다.

"그러나 상대는 누굴까?"

12

며칠인지 흘러갔다. 지나이다는 점점 더 이상하게, 점점 더 알 수 없게 변해갔다. 어느 날 그녀의 방에 들어가보았더니, 그녀는 등의자에 걸터앉아서 뾰족한 책상 귀퉁이에 머리를 틀어박고 있었다. 그녀는 갑자기 몸을 일으켰다. 그 얼굴은 온통 눈물투성이였다.

"아! 당신이었군요!"

그녀는 잔인한 미소를 띠며 말했다.

"이리 좀 와요."

나는 그녀의 옆으로 갔다. 그녀는 내 머리 위에 손을 얹더니 느닷없이 머리털을 움켜쥐고 비틀기 시작했다.

"아야!"

나는 비명을 지르고 말았다.

"그래요! 아파해요! 그럼 난 아프지 않은 줄 아세요, 네?"

그녀는 한 말을 되풀이했다.

"어마!"

내 머리에서 한 줌의 털이 뽑힌 것을 보자 지나이다는 소스라치며 외쳤다.

"내가 이게 무슨 짓일까? 아아, 가엾은 무슈 볼리데마르!"

그녀는 뽑은 머리털을 조심스럽게 가지런히 모아서 반지 모양으로 손가락에 감았다.

"당신의 이 머리털, 메달에 넣어 늘 몸에 지니고 다닐게요."

이렇게 말하는 그녀의 두 눈에는 여전히 눈물이 반짝였다.

"그렇게 하면 당신 마음도 어느 정도 풀어드릴 수 있을 거예요……. 그럼 오늘은 이만 돌아가줘요."

나는 집으로 돌아왔다. 집에서는 불유쾌한 사건이 나를 기다렸다. 어머니가 아버지와 말다툼을 하고 있었던 것이다. 어머니는 무엇인지 아버지한테 따지고 들었으나 아버지는 여느 때처럼 냉정하고 점잖은 태도로 침묵을 지켰다. 그러다가 곧 밖으로 나가버렸다. 나는 어머니가 무슨 말을 했는지 잘 알아듣지 못했다. 그런 것에 귀를 기울일 만한 정신적 여유도 내게는 없었다. 다만 지금도 기억하는 것은 아버지와 말다툼이 끝난 다음 어머니는 나를 방으로 불러, 내가 자세킨의 집을 너무 자주 방문한다고 매우 못마땅하게 꾸중을 했는데, 어머니는 공작 부인은 무엇이든 못할 짓이 없는 여자라고 했다. 나는 어머니 손에 키스하고(이야기를 중단시키려 할 때 언제나 내가 쓰는 술책이었다), 내 방으로 물러나왔다.

지나이다의 눈물은 내 마음을 아주 혼란 상태에 빠뜨렸다. 나는 무엇을 어떻게 생각해야 할는지 갈피를 잡을 수 없어서 그냥 울고 싶을 뿐이었다. 비록 열여섯 살이었지만 나는 역시 어린애에 지나지 않았다. 나는 이미 말레프스키 같은 건 염두에도 없었다. 하기는 벨로브조로프는 날이 갈수록 더욱 험악한 표정으로 마치 늑대가 양을 노리듯 그 앙큼스러운 백작을 노려보았지만, 나는 아무것도, 또 누구에 대해서도 생각하지 않았다. 나는 갖가지 공상에 사로잡혀 줄곧 높은 담 위에 올라갔다. 우울하고 고독하고 불행한 청년으로 자처하고 가만히 앉아 있노라면 스스로 불쌍하게 여겨졌다. 이 쓰디쓴 느낌이 내게는 위안이 되었다. 나는 그 느낌 속에 마음껏 잠겨 있었다.

어느 날 내가 담장 위에 앉아서 물끄러미 먼 산을 바라보며 종소리에 귀를 기울이려니까, 문득 무엇인지 내 몸을 스치고 지나가는 것 같았다. 미풍도 아니고 몸부림도 아닌, 그 무슨 숨결 같은 것이라고 할까, 그 무엇이 접근해오는 데 대한 직감이라고나 할까, 그와 같은 것이었다. 나는 시선을 떨어뜨렸다. 그러자 발 아래 한길에서 연회색 옷을 입고 장밋빛 양산을 어깨에 얹은 지나이다가 바쁜 듯이 걸어가는 것이 보였다. 그녀는 나를 보자, 발을 멈추고 밀짚모자 챙을 추켜올리며 부드러운 눈길로 쳐다보았다.

"거기서 뭘 하고 있어요, 그런 높은 담장 꼭대기에서?"

몹시도 야릇한 미소를 띠며 그녀가 물었다.

"아, 그렇지."

그녀는 말을 이었다.

"당신은 밤낮 나를 사랑한다고 맹세했는데, 정말 나를 사랑한다면 어디 내 옆으로, 이 한길로 뛰어내려봐요."

지나이다의 말이 채 끝나기도 전에 나는 마치 누군가가 뒤에서 밀어낸 것처럼 벌써 밑으로 뛰어내렸다. 담장 높이는 2사젠* 이상이나 되었다. 내 몸은 발부터 땅에 닿았지만 너무도 가속도가 강했던

---

* 1사젠은 약 2미터

탓으로 몸의 중심을 잡을 수가 없었다. 나는 거기 쓰러진 채 한순간 정신을 잃고 말았다. 잠시 후에 정신을 차렸을 때, 눈을 뜨지 않았는데도 지나이다가 곁에 있다는 것을 느꼈다.

"나의 귀여운 어린애."

나에게 몸을 굽히며 그녀는 이렇게 말했다. 그 목소리에는 근심스러운 듯한 상냥함이 깃들어 있었다.

"어떻게 당신은 이런 짓을 할 수 있었을까……. 어쩌자고 내 말을 곧이듣느냐 말이에요. 나 역시 당신을 사랑하고 있는데……. 자, 일어나세요."

그녀의 가슴은 바로 내 가슴 가까이에서 호흡하고, 그 손은 내 머리를 쓰다듬었다. 그러자 갑자기 아아, 그때 나의 심정은 어떠했으랴. 그녀의 부드럽고도 싱싱한 입술이 내 얼굴 전체에 키스를 퍼붓기 시작했다. 내 입술에도 닿았다. 그렇지만 그때 지나이다는, 내가 눈을 뜨지 않았는데도 얼굴 표정으로 보아 의식을 회복했다는 것을 알아차렸는지 재빨리 몸을 일으키며 말했다.

"자, 일어나요, 장난꾸러기. 당신은 철부지야. 어쩌자고 이런 먼지 속에 그냥 누워 있지요?"

나는 몸을 일으켰다.

"내 양산이나 집어줘요."

지나이다는 말했다.

"어쩌면 저런 곳에 내동댕이쳐버렸을까. 그렇게 날 보지 말아요……. 그런 어리석은 짓이 어디 있어! 어디 다친 덴 없나요? 쐐기풀에 찔렸나요? 아니, 날 보지 말라고 그러는데도 참……. 이 사람이 아무것도 못 알아듣나? 대답도 않고……."

그녀는 혼잣말처럼 말을 이었다.

"무슈 볼리데마르, 어서 집으로 돌아가서 몸이나 깨끗이 씻으세요. 내 뒤를 따라오면 안 돼요. 따라오면 난 화를 낼 테예요. 그리고 다시는, 절대로……."

그녀는 말을 끝맺기도 전에 재빠르게 저쪽으로 가버렸다. 나는 길 가운데 쭈그리고 앉았다. 다리가 말을 듣지 않았기 때문이다. 쐐기풀에 찔린 손이 뜨끔거리고, 등은 욱신욱신 쑤시고, 머리가 빙글빙글 돌았다. 그러나 그때 내가 경험한 행복감은 내 일생에 두 번 다시 찾아오지 않았다. 그것은 달콤한 아픔이 되어 내 전신에 넘쳐흘렀고, 급기야는 환희에 찬 도약과 부르짖음이 되어 용솟음쳐 나왔다. 참으로 나는 아직도 어린애였다.

13

그날 하루 종일 나는 몹시도 유쾌하고 자랑스러운 기분이었다. 내 얼굴에 지나이다의 키스의 감촉을 생생하게 느끼며, 나는 환희의 전율 속에서 그녀가 한 한마디 한마디를 되풀이해서 생각해보았다. 나는 이 뜻하지 않은 행복을 너무나 소중히 간직하고 싶었기 때문에, 이 새로운 행복의 원인인 그녀를 보는 것조차 두려웠다. 아니, 차라리 보고 싶지도 않을 지경이었다. 이 이상 운명한테 바랄 것은 아무것도 없다. 이제는 오직 '마지막 숨결을 깨끗이 거두고 죽어버리면 그만이다'라는 심경이었다.

그러나 이튿날 딴채로 가면서 나는 몹시 당황했다. 비밀을 지킬 수 있다는 것을 딴 사람에게 알리고 싶어 하는 사람들처럼, 나는 점잖고도 거리낌 없는 듯한 가면을 쓰고 나의 심경을 감춰보려 했으나 그 노력은 허사였다. 지나이다는 아무런 동요의 빛도 보이지 않고 지극히 태연한 태도로 나를 맞이했다. 손가락으로 위협하는 듯한 시늉을 해 보이고 어디 다친 데는 없느냐고 물었을 뿐이었다. 나의 점잖고도 거리낌 없는 듯한 태도도, 신비스러운 기분도 순식간에 사라져버렸고, 동시에 당황한 마음도 없어졌다. 물론 지나이다에게 그 어떤 특별한 것을 기대한 것은 아니지만, 그녀의 침착한 태도는 마치 내 몸에 냉수를 끼얹은 것 같은 느낌을 주었다. 그녀의 눈에는 내가 역시 어린애에 불과하다는 것을 깨달았다. 나는 괴로워서 견딜 수가 없었다! 지나이다는 방 안을 이리저리 거닐며 내 얼굴을 볼 때마다 생긋하고 웃어 보였다. 그러나 그녀의 정신은 어딘가 먼 곳을 헤매고 있었다. 그것은 나도 분명히 알아차릴 수 있었다.

'내가 먼저 어제 얘기를 끄집어내볼까? 어제 어딜 그렇게 바쁘게 갔는지 한번 꼬치꼬치 캐물어볼까?'

그러나 나는 그저 한 손을 저었을 뿐, 한쪽 구석에 가서 앉아버리고 말았다.

벨로브조로프가 들어왔다. 나는 그가 나타나서 다행이라 생각했다.

"성질이 온순한 말은 구할 수가 없었습니다."

그는 엄숙한 어조로 입을 열었다.

"프라이타크가 한 필 틀림없이 얻어준다고 합니다만 믿을 수가 없어요. 걱정이 되는군요."

"무엇 때문에 그리 걱정이 된다는 거죠?"

지나이다가 물었다.

"어디 좀 얘기나 해보세요."

"무엇 때문에요? 당신은 말을 탈 줄 모르지 않습니까? 혹시 무슨 일이라도 생기면 어떡해요. 그건 그렇고 갑자기 또 왜 말을 타겠다는 겁니까?"

"그런 것까지 참견할 필요는 없어요, 나의 맹수님. 그렇다면 표트르 바실리예비치한테 부탁하겠어요."

(표트르 바실리예비치는 나의 아버지였다. 나는 지나이다가 아버지가 그런 청을 들어주리라 믿는 듯한 말투로 서슴지 않고 아버지 이름을 부르는 것을 의아하게 생각했다.)

"그렇습니까?"

벨로브조로프가 말을 받았다.

"그러면 그분과 함께 말을 타고 소풍을 가려는 겁니까?"

"그분과 함께 가든지 딴 분과 함께 가든지 당신한테는 매한가지겠죠. 당신하고 함께 가지 않는 것만은 확실하니까."

"나와는 함께 안 간다구요? 어서 마음대로 하십시오. 할 수 없지요. 어쨌든 나는 말을 구해드리겠습니다."

벨로브조로프는 말했다.

"그러나 알아들으시겠어요? 순한 말이라고 해서 소 같은 놈을 끌고 오면 안 돼요. 미리 다짐을 두겠어요. 나는 마음껏 한번 달려보고 싶으니까."

"아마 곧잘 달릴 수는 있을 겁니다. 그러나 대체 누구와 가는 겁니까, 말레프스키입니까?"

"왜 그분과 함께 가면 안 되나요, 맹수님? 그렇지만 걱정 마세요. 그렇게 눈을 번득거릴 필요는 없어요, 당신도 데리고 갈 테니. 당신도 아시지 않아요, 지금 말레프스키 같은 사람은 내 안중에 없다는 걸."

이렇게 말하며 그녀는 머리를 가로 흔들었다.

"나를 안심시키려고 그러시는 거지요?"

벨로브조로프는 투덜거렸다.

지나이다는 눈을 가늘게 떴다.

"그런 말로 안심이 됩니까? 오…… 오…… 오……, 맹수님도 참 딱하시군!"

지나이다는 달리 할 말이 없었는지 말머리를 돌렸다.

"무슈 볼리데마르, 우리와 함께 가지 않겠어요?"

"나는 사람이 많은 덴 좋아하지 않습니다……."

나는 눈을 밑으로 내리깐 채 중얼거리듯 대답했다.

"당신은 둘이 마주 앉는 편이 좋겠죠? 좋아요, 자유로운 자에겐 자유를 주고, 구함을 받은 자에겐 천국을 주라는 말이 있으니까."

그녀는 한숨을 내쉬며 말했다.

"그럼 벨로브조로프 씨, 어서 가서 수고 좀 해줘야겠어요. 말은 내일까지 필요하니까."

"그렇지만 돈은 어디서 생긴단 말이냐?"

공작 부인이 말참견을 했다.

지나이다는 미간을 찌푸렸다.

"어머니더러 내놓으라는 건 아니에요. 벨로브조로프가 나를 믿고 빌려줄 테니까."

"빌려줘? 빌려주다니……."

부인은 입속말로 중얼거리다가 별안간 목청이 터지도록 큰 소리로, "두냐슈카!" 하고 하녀를 불렀다.

"어머니, 제가 초인종을 드렸잖아요."

딸이 어머니를 나무랐다.

"두냐슈카!"

공작 부인은 다시 소리쳤다.

벨로브조로프는 인사를 했다. 나도 그와 함께 물러나왔으나 지나이다는 별로 만류하려는 기색도 없었다.

14

이튿날 아침 나는 일찍 일어나서 지팡이 하나를 만들어 가지고 성문 밖으로 나갔다. 멀찍이 나가서 슬픈 심사를 좀 풀어볼 작정이었다. 청명한 날씨인 데다가 그다지 덥지도 않았다. 즐겁고 상쾌한 바람이 땅 위를 감돌며 모든 것을 가볍게 흔들 뿐, 아무런 불안감도 없이 산들산들 불어왔다. 나는 오랫동안 산과 숲속을 헤맸다. 나는 자신을 몹시 불행한 사람이라 생각하였으므로 마음껏 우수에 잠기고자 집을 나왔다. 그러나 젊음, 상쾌한 날씨, 맑은 공기, 빠른 걸음걸이가 자아내는 흐뭇함, 푹신함, 풀 위에 조용히 몸을 누이는 아득함. 이런 것들이 자기 목적을 달성하여, 잊을 수 없는 그녀의 말과 키스의 추억이 다시금 내 마음속에 되살아났다. 어쨌든 지나이다는 나의 단호한 정신과 영웅적 행위를 정당히 평가하지 않을 수 없을 것이라 생각하니, 나는 적이 유쾌해졌다.

'그녀의 눈에는 딴 사내가 나보다 훌륭하게 보일지 모르지만, 그러나 염려할 것 없어! 그 대신 딴 사내들은 단지 입으로만 할 수 있다고 장담하는 것을 나는 실제로 해 보이지 않았던가! 더욱이 그녀를 위해서라면 더 어려운 일이라도 얼마든지 해 보일 수 있다!'

나는 이렇게 생각했다.

나의 상상력은 활동을 개시했다. 나는 자신과 적의 수중에서 그녀를 빼앗는 광경이라든가, 피투성이가 되어 그녀를 감옥에서 구출하는 장면이라든가, 마침내는 그녀의 발밑에서 죽어가는 정경을 마음속에 그려보았다. 나는 우리 집 응접실에 걸린, 말레크 아델이 마틸다를 안고 달리는 그림*을 생각해냈다. 그러나 금방 가느다란 자작나무 줄기를 타고 기어올라가는 커다랗고 얼룩덜룩한 딱따구리에 정신이 팔리고 말았다. 딱따구리란 놈은 마치 콘트라베이스의 잘록한 손잡이 뒤에서 얼굴을 내미는 악사(樂士)처럼, 쉴 새 없이 나무줄기 뒤에서 불안스럽게 좌우로 번갈아가며 주둥이를 내밀었다.

그러다가 나는 〈눈은 희지 않도다〉를 부르기 시작했는데, 어느새 그것은 그 당시 널리 유행하던 〈산들바람 불어올 때 그대를 기다리네〉라는 노래가 돼버렸다. 그다음 나는 호먀코프의 비극에 나오는 예르마크의 별에 부치는 구절을 우렁찬 목소리로 읊기 시작했다.

---

* 소피 코텐의 소설《마틸다, 혹은 십자군의 이야기에서 뽑은 수기》의 한 에피소드를 그린 그림

그러고는 감상적인 시를 한 수 지으려 했는데, 맨 끝 구절까지도 머리에 떠올랐다. '오오, 지나이다! 지나이다!'라는 구절이었지만 결국 아무것도 만들어낼 수는 없었다.

그러는 사이에 점심때가 되었다. 나는 골짜기로 내려왔다. 좁다란 모래밭 길이 꾸불꾸불 골짜기를 따라 시내 쪽으로 연결되어 있었다. 나는 그 길을 걷기 시작했다. 문득, 분명치는 않으나 말발굽 소리 같은 것이 등 뒤에서 들려왔다. 뒤를 돌아다본 나는 나도 모르게 걸음을 멈추며 모자를 벗었다. 아버지와 지나이다를 발견했기 때문이다. 두 사람은 말머리를 나란히 하고 오고 있었다. 아버지는 몸을 지나이다 쪽으로 굽히고 한 손으로 말의 목을 누르면서 무슨 얘긴지 열심히 했다. 그 얼굴엔 미소가 감돌았다. 지나이다는 약간 엄숙한 표정으로 눈을 내리깔고 입을 다문 채 잠자코 귀를 기울이고 있었다. 처음 내가 본 것은 두 사람뿐이었지만, 잠시 후에 골짜기 저쪽 모퉁이에서, 경기병의 제복을 입고 외투를 걸친 벨로브조로프가 거품을 입에 문 검정말을 타고 나타났다. 겉보기에도 늠름한 그 말은 머리를 좌우로 내저으며 코를 벌룽거리면서 날뛸 것 같은 자세로 가까이 왔다. 벨로브조로프는 고삐를 당기기도 하고 박차를 가하기도 했다. 나는 한옆으로 피해버렸다. 아버지는 말고삐를 고쳐 쥐며 지나이다에게 기울였던 몸을 바로잡았다. 그녀는 살며시 눈을 들어 아버지를 쳐다보았다. 이윽고 두 사람은 말을 달려 지나가버렸다. 벨로브조로프는 사벨을 절걱거리며 쏜살같이 그 뒤를 쫓아갔다.

'벨로브조로프의 얼굴은 저렇게 새빨간데……. 저 여자는…… 어

째서 그렇게 안색이 창백할까? 아침부터 대낮이 되도록 말을 달렸는데도 얼굴이 창백하다니, 웬일일까?'

나는 이렇게 생각하고는 걸음을 재촉하여 점심시간 조금 전에 집에 돌아왔다. 아버지는 이미 말쑥하게 옷을 갈아입고 세수를 하고는 어머니의 안락의자 옆에 앉아서 부드럽고도 낭랑한 목소리로 평론 잡지의 사회 면을 어머니에게 읽어주고 있었다. 그러나 어머니는 별로 귀담아듣는 눈치가 아니었다. 그러다가 나를 보자, 온종일 어디 가 있었느냐고 물은 다음, 도대체 알 수 없는 사람과 아무 데나 함께 싸돌아다니는 것은 질색이라고 말했다.

나는 혼자서 바람을 쐬고 왔다고 대답하려 했다. 그러나 아버지를 보자 왠지 입을 열 수가 없었다.

15

그 후 대엿새가량, 나는 별로 지나이다를 만나지 못했다. 그녀는 몸이 편치 않다고 했지만, 그래도 딴채를 드나드는 사내들이, 그들의 말을 빌린다면 당직하러 오는 것을 막지는 않았다. 다만 마이다노프만은 예외였다. 그는 감격할 기회가 없어져버리자 아주 풀이 죽어서 싫증을 내는 것 같았다. 벨로브조로프는 양복 단추를 모조리 채우고 얼굴이 빨게 가지고 시무룩해서 한쪽 구석에 앉아 있었다. 말레프스키 백작의 핼쑥한 얼굴에는 언제나 음흉한 인상을 주는 미소가 떠돌았다. 그는 확실히 지나이다가 자기를 곱게 보지 않게 되자, 이번에는 공작 부인의 비위를 맞추기에 여념이 없었다. 그래서 부인과 함께 마차를 세내어 가지고 모스크바 총독에게까지 다녀온 일이 있었다.

그 여행은 실패로 돌아갔고 말레프스키는 불쾌한 일까지 당했다. 총독이, 백작과 교통부 장교 사이에 말썽이 일어났던 어떤 사건을 끄집어냈기 때문이었다. 그래서 그는 그 당시 자기는 아직 경험이 없어서 그랬노라고 변명을 늘어놓지 않을 수 없었다.

루신은 하루에 두 번씩 찾아오긴 했지만, 오래 앉아 있는 일은 없었다. 나는 얼마 전에 그의 충고를 받은 이후부터 그를 약간 꺼리긴 했지만, 한편으로는 진심으로 그를 따르게 되었다. 어느 날 나는 그와 함께 네스쿠치느이 공원으로 소풍을 갔다. 그는 몹시도 상냥하고 친절하게 굴었고 갖가지 화초의 명칭이라든가 성질 같은 것을 설명해주었다. 그러다가 불쑥, 아닌 밤중에 홍두깨 격으로, 자기 이마를 두드리며 소리쳤다.

"아아, 나는 바보였어. 그 여자를 놀아먹은 계집이라고만 생각했으니 말이야! 아마도 사람에 따라서는, 자기를 희생한다는 것에 쾌감을 느낄 수도 있는 모양이거든."

"그건 대체 무슨 말입니까?"

내가 물었다.

"자네한텐 아무 말도 하고 싶지 않네."

루신은 무뚝뚝하게 대답했다.

지나이다는 나를 피했다. 눈치채지 않을 수 없었는데, 그녀는 내가 나타나기만 하면 불쾌한 것 같았다. 그녀는 무의식 중에, 정말 무의식 중에 나한테서 얼굴을 돌려버리곤 했다. 나는 그것이 괴로웠고, 안타까워 죽을 지경이었다. 그렇다고 어쩔 수도 없는 일이었다. 그래서 나는 될 수 있으면 그녀의 눈에 띄지 않도록 하면서 근근이 먼 데서 감시하려 했지만, 그것도 반드시 뜻대로 되는 것은 아니었다. 그녀에게는 여전히 그 어떤 원인 모를 변화가 일어나고 있었다. 얼굴이 아주 딴판이 되어가고, 모든 면에서 딴 사람이 된 것 같았다.

그녀의 이와 같은 변화가 특별히 나를 놀라게 한 것은, 어느 조용하고 따뜻한 저녁의 일이었다. 나는 가지가 무성한 말오줌나무 그늘 밑에 있는 나지막한 벤치에 앉아 있었다. 나는 언제나 이 장소를 좋아했다. 거기서는 지나이다의 방 창문이 보였기 때문이다. 나는 꼼짝 않고 앉아 있었다. 머리 위의 검푸른 나무 덤불 속에서는 새 한 마리가 분주하게 바스락 소리를 냈다. 그때 회색 고양이가 머리를 길게 펴고 살금살금 마당으로 기어 들어왔다. 금년 들어 처음 나타난 딱정벌레가, 이미 밝지는 않지만 그래도 아직 투명한 공기 속에서 윙윙거렸다. 나는 그대로 한자리에 앉아서 창문을 바라보며 이제나저제나 하고 창문이 열리기를 고대했다. 과연 창문이 열리고 거기 지나이다가 나타났다. 그녀는 흰 옷을 입었는데, 그 얼굴이나 어깨나 손이나 할 것 없이 백짓장처럼 창백했다. 그녀는 한참 동안 꼼짝 않고 서서 약간 찌푸린 눈썹 밑으로 눈을 모아 똑바로 앞만 바라보았다. 나는 여태껏 그와 같은 그녀의 눈길을 본 적이 없었다. 드디어 그녀는 두 주먹을 힘차게 움켜쥐더니 그것을 입술과 이마에 가져갔다. 그리고 불시에 손가락을 펴서 귀에 덮인 머리털을 뒤로 넘기며 고개를 홱 젖혔다. 그리고 무엇을 결심한 듯이 고개를 아래위로 끄덕이고 나서 창문을 탁 닫아버렸다.

사흘쯤 지나, 정원에서 그녀를 만났다. 나는 옆으로 피해버리려 했으나, 그녀 쪽에서 나를 불렀다.

"손 좀 잡아줘요."

그전처럼 상냥한 말투로 그녀는 말했다.

"꽤 오랫동안 얘기를 못했군요."

나는 그녀를 바라보았다. 그 눈은 잔잔히 빛났고, 얼굴에는 아지랑이 속을 통해서 보는 듯한 아늑한 미소가 감돌았다.

"아직도 몸이 불편하십니까?"

내가 물어보았다.

"아뇨, 이젠 다 나았어요."

이렇게 대답하며 그녀는 작은 장미꽃 한 송이를 따 들었다.

"몸이 좀 나른하긴 하지만 곧 괜찮아지겠죠."

"그럼, 또 그전처럼 되어주시겠습니까?"

지나이다는 장미꽃을 얼굴로 가져갔다. 꽃잎의 반영(反映)이 그녀의 뺨에 떨어진 것 같았다.

"정말 내가 변하긴 변한 모양이죠?"

그녀가 물었다.

"변하고말고요."

나는 입속말로 대답했다.

"내가 당신한테 너무 쌀쌀하게 굴었어요. 나도 알고 있죠."

지나이다가 다시 입을 열어 말했다.

"하지만 그런 것에 신경을 쓰진 마세요. 나도 달리 어쩔 수가 없었으니까. 그러나 새삼스럽게 이런 말을 하면 뭘 하겠어요!"

"내가 당신을 사랑하는 게 당신은 싫다, 그것뿐이겠죠."

나는 자신도 모르는 새 울분한 어조로 소리쳤다.

"아니에요, 사랑해주세요. 그렇지만 그전처럼 그렇게는 말고."

"그럼, 어떻게?"

"우리, 친구가 되어요. 그러지 않으면 안 돼요!"

지나이다는 내 코 밑에 장미꽃을 갖다 대며 말했다.

"내 말 좀 들어봐요. 나는 당신보다 훨씬 나이가 많지 않아요? 당신의 아주머니뻘이 된다고 할 수 있을 텐데. 정말이에요, 아주머니가 못 된다면 누님은 될 수 있겠죠. 그런데도 당신은……."

"당신 눈엔 내가 어린애로 보일 겁니다."

나는 그녀의 말을 가로챘다.

"그렇고말고요, 어린애지요. 그렇지만 귀엽고 잘생기고 영리한 애여서 나는 정말 좋아요. 그럼 이렇게 해요! 나는 오늘부터 당신을 시종으로 삼을 테니 그리 아세요. 시종이란 항상 주인 곁을 떠나서는 안 된다는 걸 잊지 마세요, 네? 자, 이게 당신이 새로 받은 직위의 표시예요."

그녀는 내 재킷 단춧구멍에다 장미꽃을 꽂아주며 덧붙였다.

"나의 총애를 받는다는 증거예요."

"그렇지만 이전엔 이와는 다른 종류의 총애를 받았습니다."

나는 낮은 소리로 중얼거렸다.

"어머나!"

지나이다는 곁눈으로 나를 쳐다보았다.

"참 기억력도 좋지! 그럼, 할 수 없어요. 난 지금도 그럴 수 있으니까…….”

이렇게 말하며 그녀는 몸을 굽히더니 내 이마에 깨끗하고 침착하게 키스를 했다.

나는 그녀가 하는 모습을 그저 바라보고 있었다. 지나이다는 재빨리 얼굴을 돌리며, “자, 우리 시종 양반, 나를 따라와요” 하더니 딴채 쪽으로 걸어갔다. 나는 그 뒤를 쫓아갔지만, 마음속에서는 줄곧 이상한 생각이 떠나지 않았다.

‘이 의젓한 여자가 정말 내가 아는 지나이다와 동일한 인물이란 말인가?’

그녀의 걸음걸이까지도 전보다 얌전해진 것 같았다. 그리고 그녀의 온몸에 전과는 다른 위엄이 깃든 것 같았고, 또 더욱 세련된 것같이 보였다.

아아! 이때 내 마음속에, 새로운 사랑의 불길이 얼마나 강하게 불타올랐던 것인가!

16

점심때가 지나서 딴채에는 다시 손님들이 모여들었다. 공작의 딸도 그 자리에 나타났다. 내가 좀처럼 잊을 수 없는 그 첫날 저녁에 모였던 멤버가 빠짐없이 모두 와 있었다. 니르마츠키까지도 어슬렁어슬렁 찾아왔다. 마이다노프는 이날 누구보다도 먼저 나타났는데, 기묘한 방법도, 어리석은 장난도, 떠들썩한 소음도 찾아볼 수 없었다. 말하자면 집시 분위기가 사라져버렸다.

지나이다는 모임에 새로운 분위기를 조성했다. 나는 시종의 자격으로 그녀의 곁에 앉았다. 지나이다는 제비를 뽑은 사람이 꿈 얘기를 하자고 제의했다. 그러나 그것은 뜻대로 진행되지 않았다. 꿈 얘기라는 것들이 도대체 재미가 없기도 하려니와(벨로브조로프는 말에게 잉어를 먹였더니 말의 모가지가 나무통으로 변해버리는 꿈을 꾸었다고 했다), 부자연스러운 것이 아니면 일부러 꾸며낸 것 같은 인상을 주었다. 마이다노프는 꿈 얘기를 한답시고 우리에게 한 편의 소설을 들려주었다. 이야기 속에는 무덤이 나오는가 하면, 현악기를 든 천사가 나오고, 또 말을 하는 꽃이 나오는가 하면, 이상한 소리가 먼데서 들려오는 대목도 있었다. 지나이다는 끝까지 다 들으려 하지 않았다.

"이젠 꿈 얘기가 창작이 되어버리고 말았으니…… 제각기 꾸며낸 얘기를 하기로 합시다. 그 대신 자신이 생각해낸 얘기가 아니면 절대 안 돼요."

지나이다가 말했다.

벨로브조로프에게 맨 먼저 이야기할 차례가 갔다. 젊은 경기병은 당황해서 버럭 고함을 질렀다.

"난 아무것도 생각해낼 수 없습니다!"

"바보 같은 소리 그만둬요!"

지나이다가 내쏘았다.

"예를 들면, 당신한테 아내가 있다고 상상해보세요. 그러면 당신은 부인과 어떤 생활을 할 것인지, 그걸 우리한테 얘기하면 되지 않아요? 아마 당신은 부인을 방에 가둬놓겠죠?"

"가둬놓겠지요."

"그리고 당신도 그 옆에 붙어 있겠죠?"

"반드시 붙어 있을 겝니다."

"그것 참 좋겠군요. 하지만 부인이 만일 싫증이 나서 당신을 배반한다면?"

"아마 죽여버릴 겝니다."

"그전에 달아나버린다면?"

"쫓아가서 죽여버려야지요."

"원, 저런! 그럼 내가 당신 아내라면? 그땐 어떻게 하시겠어요?"

벨로브조로프는 잠시 입을 다물고 있다가 대답했다.

"그때는 내가 자살하고 말겠습니다……."

지나이다는 그 말에 웃음을 터뜨렸다.

"내가 보기엔 당신의 얘기는 그리 길 것 같지 않군요."

두 번째 제비는 지나이다가 뽑았다. 그녀는 천장에 눈을 두고 잠시 생각에 잠기더니 드디어 입을 열었다.

"그럼 얘기하지요. 난 이런 생각을 했어요. 아주 으리으리한 궁전을 상상해주세요. 여름밤인데 호화찬란한 무도회가 열렸어요. 이 무도회는 젊은 여왕이 베풀었는데, 여기도 저기도 온통 금이니, 대리석이니, 수정이니, 비단이니, 그리고 등불, 다이아몬드, 꽃, 향불 할 것 없이 갖가지 사치스러운 물건으로 장식되어 있어요."

"당신은 사치를 좋아합니까?"

루신이 가로챘다.

"사치란 아름다운 것이니까요. 나는 아름다운 것이면 무엇이든지

다 좋아요."

그녀는 대꾸했다.

"훌륭한 것보다도 더 좋단 말씀입니까?"

그가 다시 물었다.

"어쩐지 빈정대느라고 묻는 말 같군요. 그런 건 난 모르겠어요. 내 얘기를 방해하지 마세요. 어쨌든 호화찬란한 무도회예요. 많은 손님이 모였는데 모두가 젊고 훌륭하고 늠름하며, 그리고 누구누구 할 것 없이 모두가 여왕을 사모하고 있어요."

"손님 가운데 여자는 없습니까?"

말레프스키가 물었다.

"없어요. 아니, 있기는 있어요."

"그럼 모두 못생긴 여자들뿐이겠군요?"

"미인들이지요. 그렇지만 남자들은 모두 여왕한테 반했거든요. 여왕은 늘씬하고 키가 큰데, 그 검은 머리엔 자그마한 금관을 쓰고 있어요."

나는 지나이다를 바라보았다. 그 순간 그녀는 우리보다 훨씬 고상하게 보였고, 움직일 줄 모르는 잔잔한 눈썹과 흰 이마에선 형용할 수 없이 밝은 예지와 위엄이 흐르는 것 같았다. 그래서 나는 마음속으로 '그 여왕이란 바로 당신입니다!' 하고 생각했을 정도였다.

지나이다는 얘기를 계속했다.

"모두들 여왕을 에워싸고, 제각기 있는 지혜를 다 짜내서 여왕의 마음에 들려고 말재주를 부립니다."

"그럼, 여왕은 아첨을 좋아하는군요?"

루신이 물었다.

"참 심술궂은 양반도 다 있어! 번번이 남의 말을 가로채고……. 그야 비위를 맞춰주는데 싫다고 할 사람이 어디 있겠어요?"

"마지막으로 한 가지만 더 묻겠습니다."

말레프스키가 끼어들었다.

"여왕한테는 남편이 있습니까?"

"거기까진 생각해보지 않았어요. 없다고 합시다. 남편이 무슨 필요가 있겠어요?"

"물론이죠. 남편이 있으면 무얼 합니까?"

말레프스키가 말을 받았다.

"silence(조용히)!"

마이다노프가 서툰 프랑스어로 이렇게 외쳤다.

"merci(감사합니다)."

지나이다가 그에게 말했다.

"그래서 여왕은 그런 말들을 듣기도 하고 또는 음악에 귀를 기울이기도 합니다. 그러나 손님들의 얼굴은 본 체 만 체합니다. 천장에서 마룻바닥까지 여섯 개의 창문이 열려 있는데, 창 밖으로는 커다란 별들이 반짝이는 밤하늘과, 굵다란 나무가 무성한 어두운 정원이 보입니다. 여왕은 물끄러미 정원을 내다보고 있어요. 나무 그늘에는 분수가 있어서 어둠 속에서도 희끄무레한데, 그것이 무슨 유령처럼 길게 흐느적거리는 것같이 보였습니다. 여왕은 사람들의 말소리와 음악 소리 속에서, 조용히 흐르는 물소리를 듣습니다. 그리고 물끄러미 바라보며 이런 생각을 합니다. 여러분, 당신들은 모두

고상하고 현명하고 또 부유한 분들입니다. 당신들은 나를 에워싸고 내 말 한마디 한마디에 전전긍긍하며, 모두 내 발 밑에서 죽어도 좋다고 생각하고 있습니다. 이렇듯 나는 당신들을 지배하고 있습니다……. 그러나 저기 분수 가에, 저기 찰랑거리는 물 옆에는 내가 사랑하는 사람이, 나를 지배하고 있는 사람이 기다리고 서 있습니다. 그분은 화려한 옷을 입지도 않았고, 보석을 몸에 지니지도 않았습니다. 누구도 그분을 아는 사람은 없습니다. 그러나 그분은 내가 나오리라는 것을 굳게 믿고, 나를 기다리고 있습니다. 물론 나는 갈 것입니다. 내가 그분한테 가서 그분과 함께 있으려 할 때, 나를 제지할 수 있는 힘이란 이 세상에 없습니다. 나는 그분과 함께 정원의 어둠 속으로, 설레는 나무 그늘로, 물소리가 속삭이는 분수 뒤로 자취를 감추고 말 것입니다."

지나이다는 입을 다물어버렸다.

"그것은 만들어낸 얘깁니까?"

말레프스키가 빈정거리는 말투로 물었다.

지나이다는 그를 거들떠보지도 않았다.

"여러분."

루신이 불쑥 입을 열었다.

"만일 우리가 그 손님들 가운데 끼어 있다가 분수 옆에 서 있는 행운아에 대한 것을 알았다면, 어떻게 했겠습니까?"

"잠깐만 기다리세요."

지나이다는 말을 막았다.

"여러분이 그런 경우에 어떻게 하실는지 내가 한 사람씩 얘기할

게요. 벨로브조로프 씨, 당신은 그 사람한테 결투를 신청할 것이고, 당신은요, 마이다노프 씨, 풍자시를 쓸 겁니다. 아니, 당신은 풍자시를 못 쓰니까 바르비에식으로 기다란 단장격(短長格)을 써서 그걸 《전신(電信)》*에 싣겠지요. 니르마츠키 씨, 당신은 그 사람한테 돈을 빌려달라고 할 거예요. 아니, 당신이 오히려 그 사람에게 고리(高利)로 돈을 빌려줄 겁니다. 그리고 의사 선생, 당신은…….”

그녀는 잠깐 더듬거리다가 이렇게 말했다.

“글쎄요, 당신에 대해선 알 수 없어요. 대체 무슨 행동을 할까요?”

“나는 왕실 의사의 직책상, 이렇게 여왕에게 충고할 것입니다. 손님들을 상대할 정신적 여유가 없는 그런 때에 무도회는 열지 않는 편이 좋을 거라구요.”

루신이 대답했다.

“아마, 그 말이 옳을는지도 모르겠군요. 그럼 백작, 당신은?”

“나 말입니까?”

말레프스키가 음흉한 미소를 띠며 반문했다.

“당신은 그 사람에게 독이 든 과자를 권하겠지요.”

지나이다가 대신 대답했다.

말레프스키의 얼굴은 약간 일그러지며 순간 유대인 같은 표정을 띠었으나, 그는 금방 껄껄대며 웃어버렸다.

“볼리데마르, 당신은 아마…….”

지나이다는 자기 말을 계속했다.

---

* 당시의 잡지 이름

"하지만 이젠 그런 얘긴 그만두고 다른 놀이라도 합시다."

"볼리데마르 군은 시종의 자격으로 여왕이 정원으로 달려 나갈 때, 그 기다란 치맛자락을 잡아드릴 겁니다."

말레프스키가 독을 품은 어조로 말했다.

나는 전신의 피가 머리끝으로 확 치솟아 오르는 것을 느꼈다. 지나이다가 내 오른쪽 어깨에 가볍게 손을 얹고 의자에서 몸을 일으키며 약간 떨리는 음성으로 말했다.

"백작, 나는 당신한테 버릇없는 말을 함부로 하라는 권리를 절대로 준 일이 없어요. 그러니 이 자리에서 당장 나가주기 바랍니다."

그러면서 손가락으로 문 쪽을 가리켰다.

"미안합니다, 아가씨."

말레프스키는 파랗게 질려서 중얼거렸다.

"아가씨의 말이 옳습니다."

벨로브조로프도 벌떡 일어나 외쳤다.

"나는 절대로 그런 뜻에서 말씀드린 게 아닙니다."

말레프스키는 변명을 계속했다.

"내가 한 말엔, 조금도 그런…… 그런 뜻이 없다고 생각합니다. 당신을 모욕한다거나, 그런 마음은 꿈에도 없었습니다. 혹시 잘못했다면 용서해주십시오."

지나이다는 차가운 시선으로 그를 쏘아보고 입가에 냉소를 띠었다.

"그럼, 남아 있어도 좋아요."

그녀는 아무렇게나 손짓을 해 보이며 이렇게 말했다.

"하기는 나나 볼리데마르 씨가 화까지 낼 필요는 없었지요. 당신은 농담 삼아 좀 빈정거렸을 뿐이고, 또 그러는 걸 재미있어하는 분이니까."

"용서하십시오."

말레프스키는 거듭 사과했다.

나는 조금 전의 지나이다의 태도를 다시 머리에 그려보고, 비록 진짜 여왕이라 하더라도 그 이상의 품위를 가지고 무례한 사나이에게 문 쪽을 가리켜 보일 수는 없을 것이라 생각했다.

이런 사소한 사건이 있은 후 내기 놀음도 오래 계속되지 못했다. 모두가 좀 계면쩍은 꼴을 하고 있었는데, 그것은 이 사건 때문이라기보다는, 뭔가 분명치 않은 무거운 감정 때문이었다. 누구 한 사람 입 밖에 내지는 않았지만, 모두들 자기 자신에게서도, 동료들에게서도 그 감정을 느꼈다. 마이다노프가 자작시를 낭독했다. 그러자 말레프스키는 굉장한 열의를 가지고 그 시를 칭찬했다.

"저 친구가 이젠 아주 착한 인간으로 보이려고 애쓰는군."

루신이 내게 속삭였다.

얼마 후에 우리는 흩어졌다. 지나이다는 갑자기 무슨 생각에 잠겨버렸고, 공작 부인은 하인을 보내서 두통이 난다고 했으며, 또 니르마츠키는 신경통이 심하다고 우는 소리를 했기 때문이다.

나는 늦도록 잠을 이룰 수 없었다. 지나이다의 얘기가 내게 깊은 충격을 주었기 때문이다.

'정말 그 얘기 속에 암시 같은 것이 숨겨져 있는 것일까?'

나는 자문했다.

'그렇다면 누구를, 그리고 무엇을 암시했을까? 만일 그 무엇인가를 암시한 것이 사실이라면……. 그러나 확실히 그렇다고 인정할 근거가 어디 있단 말인가? 아니야, 그럴 리가 없어.'

나는 화끈화끈 달아오르는 양쪽 빰을 번갈아 베개에 대고 몸을 뒤척이며 혼자 중얼거렸다. 아까 그 얘기를 하던 지나이다의 표정이 눈앞에 떠올랐다. 그리고 문득 네스쿠치느이 공원에서 루신이 무심결에 부르짖던 말과, 나에 대한 그녀의 급변한 태도에 생각이 미치자, 나는 상상의 실마리를 잃고 말았다.

'상대는 대체 누굴까?'

이 한마디가 마치 어둠 속에 쓰여 있는 것처럼 내 눈앞을 가로막았다. 그것은 흡사 낮고 불길한 구름이 머리 위에 걸쳐 있는 것 같은 기분이었다. 나는 압박감을 느꼈다. 그리고 그 구름이 폭풍우로 변하는 것을 이제나저제나 기다렸다.

최근에 나는 여러 가지 사물에 익숙해졌다. 자세킨의 집에서 많은 것을 보고 들었기 때문이었다. 무질서한 생활, 싸구려 촛불, 부러진 나이프와 포크, 침울한 보니파티라는 하인, 지저분한 꼴을 한 하녀들, 공작 부인의 언동……. 이런 기묘한 생활은 더는 나를 놀라게 하지 않았다. 그러나 지금 내가 어슴푸레하게 느끼고 있는 지나이다의 변화에만은 나도 익숙해질 수 없었다.

"말괄량이."

언젠가 어머니는 그녀를 이렇게 불렀다. 말괄량이, 그녀가 바로 나의 우상이 아닌가, 나의 신이 아닌가! 이 한마디가 부젓가락으로 나를 찌르는 것 같아서, 나는 그것을 피하기나 하려는 듯이 베개에 얼굴을 파묻고는 분노에 떨었다. 그러면서도 한편, 만약 그 분수가의 행운아가 될 수만 있다면 나는 어떠한 짓이라도 해낼 수 있고, 또 어떠한 희생이라도 아끼지 않을 생각이었다. 온몸의 피가 뜨겁게 뒤끓어올랐다.

'정원…… 분수…….'

나는 잠시 생각했다.

'정원에 좀 나가볼까?'

나는 분주히 옷을 걸쳐 입고 방에서 빠져나왔다.

캄캄한 밤이었다. 수목들은 들릴락 말락 한 소리를 내며 바람에 나부꼈다. 하늘에선 조용하고 냉랭한 기운이 내리고, 채소밭 쪽에서는 참깨 냄새가 풍겨왔다. 나는 정원의 오솔길이란 오솔길은 모조리 걸어 다녔다. 나의 가벼운 발소리가 나를 놀라게 하기도 했고, 또 기운을 북돋아주기도 했다. 나는 때때로 발을 멈추고 무엇인가를 기다리는 심정으로 내 심장의 고동 소리를 들었다. 마침내 담장에 가까이 왔을 때, 가느다란 말뚝에 여자의 그림자 같은 것이 스쳐갔다. 나는 눈을 모아 어둠 속을 들여다보며 숨을 죽였다. 저건 무엇일까? 내가 발소리를 들었던가? 그렇지 않으면 역시 내 심장의 고동 소리였을까?

"누구요, 거기 있는 건?"

나는 겨우 알아들을 정도의 목소리로 중얼거렸다. 아니, 저건 또 무슨 소릴까? 소리를 죽여 웃는 소릴까? 혹은 나뭇잎이 살랑거리는 소릴까? 그렇지 않으면 바로 귀 밑에서 누가 내뿜는 한숨 소릴까? 나는 겁이 났다.

"누구요, 거기 있는 건?"

나는 더욱 가느다란 소리로 다시 한번 물었다.

순간, 공기가 흔들렸다. 하늘에서는 불줄기 같은 것이 번쩍했다. 유성인 모양이었다.

"지나이다?"라고 물어보려 했으나, 목소리가 입술에 얼어붙고 말았다. 한밤중에 종종 그렇듯이 주위가 쥐 죽은 듯 갑자기 고요해졌다. 수풀 속의 귀뚜라미까지 울음소리를 멈춰버렸다. 다만 어디선가 탁 하고 창문 닫는 소리가 들려왔을 뿐이다. 나는 한참 동안을 꼼짝 않고 서 있다가 얼마 후 내 방의 싸늘한 잠자리로 돌아왔다. 나는 이상한 흥분을 느꼈다. 마치 애인을 만나러 갔다가 고독 속에 홀로 남게 된 것 같은, 딴 사람의 행복 옆을 지나온 듯한 그런 느낌이었다.

17

이튿날 나는 지나이다를 먼발치에서 언뜻 보았을 뿐이었다. 그녀는 자기 어머니와 함께 마차를 타고 어디론지 나가고 없었다. 나는 루신과 말레프스키를 만났다. 루신은 나한테 인사를 하는 둥 마는 둥 했으나, 젊은 백작은 일부러 웃음을 지어 보이며 사뭇 다정하게 말을 걸었다. 딴채를 찾아다니는 친구들 가운데 그 사람 혼자만이 약삭빠르게 우리 집으로 기어들어 와서 어머니 눈에까지 들 수 있었던 것이다. 아버지는 그에게 호감을 가지고 있지 않았으므로, 실례가 될 정도로 공손한 태도를 취했다.

"아, 시종 양반이시로군!"

말레프스키가 나한테 말을 걸었다.

"마침 잘 만났네. 자네가 모시는 어여쁜 여왕님께선 무얼 하고 계시나?"

말쑥하게 잘생긴 그의 얼굴도 그 순간 내게는 징그럽기 짝이 없게 보였다. 그의 눈이 조롱하는 듯한 경멸의 빛을 띠었으므로 나는 그에게 아무런 대꾸도 하지 않았다.

"자넨 아직도 내게 화를 내고 있나?"

그는 말을 이었다.

"그건 너무한데. 자네한테 시종이란 이름을 붙인 것은 내가 아니니까. 여왕에겐 시종이라는 게 붙어 있게 마련이지. 이건 실례가 될는지 모르지만, 내 자네한테 한마디 주의하겠는데, 자넨 자기 직무에 태만한 것 같군."

"그건 무슨 말입니까?"

"시종이란 항상 여왕님 곁에 붙어 있어야 하는 법이지. 그리고 시종은 여왕님이 하시는 일을 무엇이든지 다 알아야 하지. 여왕님의 거동을 일일이 살피지 않으면 안 된단 말일세."

그는 다시 낮은 목소리로 이렇게 덧붙였다.

"낮이고 밤이고 가리지 말고……."

"무슨 말을 하려는 겁니까?"

"무슨 말을 하려는 거냐구? 나는 알아들을 만하게 똑똑히 말한 것 같은데. 낮이나 밤이나 할 것 없이 말야. 낮엔 그래도 이럭저럭 큰 탈은 없겠지. 낮엔 밝고, 또 사람의 눈도 많으니까. 하지만 밤엔,

어쨌든 탈이 나기 쉽단 말이거든. 그러니까 밤마다 자지 말고 잘 살피는 게 좋을 거라고 자네에게 충고하는 것뿐일세. 그야말로 전력을 다해서 살펴야 하네. 자네도 기억하고 있을 테지. 정원에서, 밤에 분수가에서, 이런 곳에서 지켜야 하네. 아마 자네는 나한테 감사하단 말을 하게 될 걸세."

말레프스키는 깔깔대고 웃고는 나에게서 빙그르르 몸을 돌렸다. 아마도 그는 자기가 한 말에 무슨 특별한 뜻을 부여하지는 않았을 것이다. 원래가 그는 속임수를 잘 쓰기로 유명한 인물이어서 가장 무도회 같은 데서도 사람들을 곧잘 놀려먹는 재주를 가지고 있었다. 그것은 그의 인간 전체에 배어 있는, 자기 자신도 거의 의식하지 못하는 허위성에 힘입은 바 큰 재주였다. 필경 나를 좀 놀리고 싶어서 그랬을 뿐이었겠지만, 그러나 그의 한마디 한마디 말은 무서운 독이 되어 내 혈관 속으로 흘러들어왔다. 온몸의 피가 한꺼번에 머리로 치솟아 올라왔다.

'아아! 그랬던가!'

나는 마음속으로 이렇게 부르짖었다.

'그렇지! 엊저녁에 내가 정원으로 끌려나간 것도 결코 우연한 일은 아니야!'

"그런 일이 과연 있을 수 있느냔 말이야!"

나는 커다란 소리로 버럭 고함을 지르며 주먹으로 가슴을 쳤다. 하기는 무슨 일이 있을 수 없다는 것인지 나 자신도 확실히 알지 못했지만, '그런 말을 하는 말레프스키 자신이 정원으로 찾아오는지도 몰라' 하고 나는 속으로 생각해보았다.

'그자가 무심결에 그런 소리를 지껄였다고 생각할 수도 있지. 그 자는 그런 짓쯤 넉넉히 할 만한 철면피니까.'

'아니면 대체 누굴까.'

(우리 집 정원의 담장은 아주 낮아서 뛰어넘는 것쯤은 문제가 아니었다.)

'어쨌든 어느 놈이든 내 손에 걸려들기만 하면, 어느 놈이든 내 손에 걸려들기만 하면, 재미없을걸! 누구든지 내 눈에 띄지 않도록 조심하는 게 좋을 거야! 온 세상에, 그리고 그 배신자에게(나는 서슴지 않고 그녀를 배신자라 불렀다) 나도 복수를 할 수 있다는 걸 보여주고야 말겠어!'

나는 내 방으로 돌아와서 책상 서랍을 열고 얼마 전에 산 영국제 나이프를 꺼내서 칼날을 시험해보았다. 그리고 미간을 찌푸리며 차디차게 엉겨 붙은 결심과 함께 그것을 호주머니 속에 간직했다. 마치 그런 짓을 하는 것이 하등 어색하지도 않고, 또 이번이 처음도 아닌 것 같은 태도였다. 독을 품고 긴장을 한 나의 심장은 돌처럼 굳어졌다. 나는 밤중까지 찌푸린 미간을 한시도 펴지 않았고 계속해서 이를 악물고 있었다. 나는 불덩이처럼 뜨거워진 나이프를 호주머니 속에서 움켜쥔 채, 무서운 사태에 대한 마음의 준비를 미리 하면서 쉴 새 없이 이리저리 돌아다녔다. 여태껏 경험해보지 못한 이 새로운 느낌은 내 마음을 사로잡고 어느 정도 유쾌한 기분까지 자아내서, 정작 지나이다에 대해서는 별로 생각나지도 않을 정도였다. 내 머릿속에는 끊임없이 젊은 집시 알레코*의 말이 떠올랐다.

* 푸시킨이 쓴 서사시 〈집시〉의 주인공

"젊은 미남자야, 어디로 가느냐? 누워서 잠들라……."

"그대는 온몸이 피투성이로구나! ……오오, 그대는 대체 무슨 짓을 했느냐?"

"아무 짓도 하지 않았다!"

잔인한 웃음을 띠며 이 '아무 짓도 하지 않았다'를 얼마나 되풀이 했는지 모른다.

아버지는 집에 없었다. 그러나 요즈음 거의 날마다 초조한 심경을 억제하고 있는 듯한 어머니가 나의 심상치 않은 태도를 눈치채고 밤참을 먹을 때 이렇게 말했다.

"너는 뭣 때문에 보릿자루를 노리는 생쥐 새끼처럼 뿌루퉁해가지고 그러니?"

나는 대답 대신 그저 관대한 웃음을 지어 보였을 뿐이다. '모두들 내 속을 알고 있다면!' 하고 속으로 생각해보았다.

시계가 열한 시를 알렸다. 나는 내 방으로 돌아왔으나 옷은 벗지 않았다. 이윽고 열두 시가 되었다.

"이젠 시간이 됐겠지!"

나는 악문 이빨 사이로 중얼대며 양복저고리의 단추를 턱 밑에까지 모조리 채우고 팔소매까지 걷어붙인 후 정원으로 나갔다.

나는 지키고 서 있을 장소를 미리 생각해두었다. 정원의 한쪽 끝, 우리 집과 자세킨의 집 뜰을 가로막는 담장 옆에, 한 그루의 전나무가 외따로 서 있었다. 그 무성한 나뭇가지 밑에 서 있으면 어둠이 허락하는 한, 주위에서 일어나는 것을 죄다 볼 수 있었다. 그곳에는 언제나 내 눈에 신비롭게 보이는 한 갈래 좁다란 길이 꾸불꾸불 뱀처럼 담장 밑을 따라 굽이쳐서 이 부근의 담장을 넘나드는 것처럼 보였다. 그 길은 순전히 아까시나무로만 지은 정자가 있는 쪽으로 뻗어 있었다. 나는 전나무 밑에까지 가서 나무줄기에 몸을 기대고 망을 보기 시작했다.

전날 밤과 같이 고요한 밤이었다. 그러나 하늘엔 구름이 얼마 없어서 나무 덤불뿐만 아니라, 키가 큰 화초의 윤곽까지도 똑똑히 분간할 수 있었다. 처음 얼마 동안은 숨 가쁜 순간이었다. 아니, 무서울 지경이었다. 나는 이미 어떠한 사태라도 각오했고, 어떻게 행동할 것인지 이리저리 생각하고 있었다. "어디로 가는 거야? 기다려라! 바른대로 말해봐! 그러지 않으면 죽여버릴 테다!"라고 호통을 쳐야 할 것인지, 또는 군말 없이 푹 찔러버리고 말 것인지 생각했다. 바스락거리는 소리 하나에도, 나뭇잎이 나부끼는 소리에도 심상치 않은 연유가 숨어 있는 것만 같았다. 나는 정신을 바싹 차리고 몸을 앞으로 구부렸다. 그러나 30분이 지나고 한 시간이 지나는 동안에 뒤끓던 피는 점차 식어서 조용해졌다. 이러고 있어 봐야 무슨 소용이 있겠는가, 이건 내가 생각해도 약간 우스꽝스럽지 않은가, 나는 말레프스키의 놀림감이 되었나 보다……. 이러한 의식이 내 마음속에 기어들어 왔다. 나는 숨어 있던 장소를 떠나 정원을 한 바퀴 돌았다. 마치 일부러 그러는 것처럼 어느 곳에서도 바스락 소리 하나 들려오지 않았다. 모든 것이 쥐 죽은 듯하고 우리 집 개까지도 사립문 옆에서 웅크리고 엎드려 자고 있었다. 나는 무너진 온실 벽에 기어올라가서 눈앞에 멀리 펼쳐진 들판을 바라보며, 지나이다와 만났던 그날을 회상하고 깊은 생각에 잠겼다.

나는 갑자기 흠칫 놀랐다. 삐걱 하고 문이 열리는 소리가 나고, 뒤이어 나뭇가지가 딱 부러지는 소리가 들린 것 같았다. 나는 껑충껑충 두 번 만에 온실에서 밑으로 뛰어내려 숨을 죽이고 그 자리에 섰다. 가볍고 빠르면서도 조심성 있는 발소리가 분명히 정원 속에서 울려왔다. 그 소리는 점점 내가 있는 쪽으로 가까워졌다.

'저놈이다. 드디어 나타났구나!' 하는 생각이 퍼뜩 머릿속에 떠올랐다. 나는 경련이 이는 듯 떨리는 손으로 호주머니에서 나이프를 꺼내 들고 그것을 펼쳤다. 불꽃 같은 것이 눈 속에서 빙그르르 돌며 공포와 증오로 머리털이 쭈뼛 솟는 것 같았다. 발소리는 곧장 나를 향해 다가왔다. 나는 몸을 구부리고 발소리가 나는 쪽으로 목을 길게 뽑았다. 드디어 한 사내가 나타났다. 아아, 그러나 이게 어쩐 일이냐! 나의 아버지가 아닌가!

아버지는 검은 망토로 전신을 감싸고 모자를 깊숙이 눌러 썼지만, 나는 곧 알아볼 수 있었다. 아버지는 발뒤꿈치를 들고 가만가만 내 옆을 지나갔다. 아무것도 내 몸을 감춰주지는 않았지만 나는 거의 지면과 맞닿을 정도로 넙죽 몸을 숙였기 때문에, 아버지는 내가 거기 있는 줄 알지 못했다. 사뭇 살인을 하려는 각오를 가지고 질투에 불타던 '오셀로'는 별안간 조그만 중학생으로 변하고 말았다. 나는 뜻하지 않은 아버지의 출현에 그만 소스라치게 놀라서, 아버지가 어느 쪽에서 와서 어디로 사라져버렸는지 처음에는 통 짐작도 하지 못할 지경이었다.

주위가 다시 고요해졌을 때, 그때야 비로소 나는 몸을 펴고, '아버지는 뭘 하러 이렇게 깊은 밤중에 정원을 거닐고 있을까?' 하고 생각했다. 나는 엉겁결에 나이프를 풀 속에 떨어뜨렸지만, 그것을 찾아보려고도 하지 않았다. 부끄러워 견딜 수가 없었다. 대번에 취기가 가신 듯한 기분이었다. 그래도 집으로 돌아오는 길에 나는 전나무 밑에 있는 벤치를 찾아가서 지나이다의 침실 들창을 쳐다보았다. 약간 밖으로 굽은 유리창은 밤하늘에서 내리비치는 희미한 광선을 받아 푸르스름한 빛을 띠었다. 그러자 갑자기 유리빛이 변했다. 그리고 들창 안쪽에서(나는 보았다, 분명히 내 눈으로 보았다) 하얀 커튼이 조심스럽게 살며시 내려와서 창문턱까지 가리고 다시는 꼼짝도 하지 않았다.

"그건 또 무엇일까?"

나는 다시 방 안에 들어와서 거의 무의식 중에 이렇게 소리를 내어 말했다.

"꿈인가, 우연인가, 그렇지 않으면……."

문득 내 머리에 떠오른 상상은 너무나 놀랍고 너무나 괴이한 것이었으므로, 나는 그런 생각에 깊이 잠길 용기마저 없었다.

18

이튿날 아침, 나는 심한 두통을 느끼며 자리에서 일어났다. 어젯밤의 흥분은 사라지고 그 대신 무거운 의혹과 여태껏 경험한 적 없는 이상한 우수에 사로잡혔다. 흡사 나의 내부의 그 무엇이 죽음에 직면한 것 같은 느낌이었다.

"어째서 자네는 그렇게 골을 절반가량 뽑아버린 토끼 같은 얼굴을 하고 있나?"

루신이 나를 만나자 이런 소리를 한 것도 당연한 일이었다.

아침 식사 때 나는 아버지와 어머니의 기색을 번갈아가며 몰래 살펴봤다. 아버지는 여느 때와 다름없이 태연했고, 어머니도 언제 나처럼 마음속에 초조함을 숨긴 표정이었다. 가끔 하는 습관대로 혹시 아버지가 나한테 상냥하게 말을 걸어오지나 않을까 기다렸다. 그러나 아버지는 날마다 보이던 차가운 애무마저 보여주지 않았다.

'지나이다한테 모든 것을 얘기해버릴까?'

나는 생각했다.

'어떻게 되어도 이젠 매한가지야. 우리 사이는 아주 끝장이 나고 말았으니까.'

나는 그녀를 찾아갔지만, 모든 것을 얘기하기는커녕 지나가는 이야기도 마음대로 할 수 없었다. 공작 부인의 아들인 올해 열두 살 된 유년학교 학생이 방학을 맞아 페테르부르크에서 돌아왔기 때문이다. 지나이다는 자기 동생을 나한테 맡겨버렸다.

"내가 좋아하는 볼로쟈."

그녀는 말했다(그녀가 내 애칭을 부른 것은 처음이었다).

"당신한테 친구가 생겼어요. 이 애 이름도 역시 볼로쟈랍니다. 아무쪼록 귀여워해주세요. 아직 철이 없지만 마음씨는 착하니까요. 네스쿠치느이 공원도 좀 구경시키고 함께 소풍도 다니며 이 애를 돌봐주세요, 네? 그렇게 해주실 테죠? 당신 역시 정말 좋은 분이니까!"

그녀는 상냥하게 두 손을 내 어깨에 얹었다. 나는 어리둥절했다. 이 소년의 도착은 나까지 어린애로 만들어버렸다. 나는 잠자코 학생을 바라보았다. 저쪽 역시 입을 봉한 채 나를 물끄러미 쳐다보았다. 지나이다는 깔깔거리고 웃으면서 우리 두 사람을 끌어다 맞붙였다.

"자, 어린 동무끼리 포옹해요!"

우리는 포옹했다.

"정원에 나가보지 않겠어? 내가 안내하지."

나는 학생에게 물었다.

"네, 감사합니다."

그는 과연 학생답게 약간 거친 목소리로 대답했다.

지나이다는 또다시 웃어댔다. 그녀의 얼굴이 이처럼 아름다운 홍조를 띤 적은 한 번도 없었다고 느꼈다. 나는 학생과 함께 밖으로 나왔다. 우리 집 정원에는 낡은 그네가 있었다. 나는 그를 좁다란 판자 위에 앉혀놓고 밀어주었다. 그는 두툼한 모직으로 만든, 옷깃에 넓은 금빛 테두리를 한 새 제복을 입었는데 꼼짝 않고 앉아서 그넷줄을 단단히 붙잡았다.

"목의 단추라도 풀지그래."

나는 그에게 말했다.

"괜찮습니다, 습관이 돼서요."

그는 대답하고 헛기침을 했다.

그는 자기 누이를 닮았다. 더욱이 눈 같은 덴 쏙 빼낸 듯싶었다. 나는 그를 돌봐주는 것이 유쾌하기는 했지만, 한편 쑤시는 듯한 서글픔이 심장을 씹고 있는 것만 같았다. '이젠 나도 아주 어린애로구나' 하고 생각했다. '그렇지만 어제만 해도…….' 나는 어젯밤 나이프를 떨어뜨린 장소가 생각나서 그것을 찾아냈다. 유년학교 학생이 졸라대서 나이프를 주었더니 굵은 땃두릅 가지를 잘라서 피리를 만들어 불기 시작했다. 오셀로도 피리를 불었다.

그러나 그날 저녁 바로 이 오셀로가 지나이다의 팔에 안겨 얼마나 슬프게 흐느꼈던가! 그녀는 나를 정원 한편 구석에서 발견하고, 어째서 그렇게 슬픈 얼굴을 하고 있느냐고 물었다. 그러자 별안간, 그녀가 깜짝 놀랄 만큼 눈에서는 눈물이 비 오듯 쏟아졌다.

"아니, 왜 그래요, 볼로쟈? 무슨 일이 있었나요?"

그녀는 거듭 물었지만 내가 대답도 않고 울음도 그치려 하지 않는 것을 보자, 눈물에 젖은 내 뺨에 키스하려 했다.

그러나 나는 얼굴을 옆으로 돌린 채 통곡 속에서 속삭였다.

"나는 다 알아요. 어째서 당신은 나를 장난감으로 취급했습니까? 나의 사랑이 당신에게 무슨 필요가 있어요?"

"당신한텐 미안하게 됐어요, 볼로쟈……."

지나이다는 입을 열었다.

"아아, 정말 내가 잘못했어요."

그러면서 그녀는 두 손을 꽉 움켜쥐었다.

"내 몸 안에는 아주 좋지 못한, 어두운, 악한 마음이 숨어 있는가 봐요. 그렇지만 지금은 나도 당신을 장난감으로 취급하지 않아요. 나는 당신을 사랑해요. 어째서, 어떻게라는 것은 당신이 꿈에도 생각지 못하겠지만……. 그건 그렇고 당신은 대체 무엇을 안다는 거죠?"

내가 그녀에게 무슨 말을 할 수 있었을까? 그녀는 내 앞에 서서 빤히 나를 들여다보고 있지 않는가. 그녀가 나를 들여다보기만 하면, 나는 곧 머리끝에서 발끝까지 완전히 그녀의 것이 되고 마는 것이다. 15분쯤 지나서 나는 벌써 유년학교 학생과 지나이다와 함께 뛰어놀고 있었다. 나는 이미 우는 것이 아니라 웃고 있었다. 비록 부어오른 눈에선 웃을 때마다 눈물이 한 방울씩 떨어지긴 했지만. 내 목에는 넥타이 대신 지나이다의 리본이 묶여 있었다. 그리고 그녀의 허리를 붙잡았을 때 나는 어찌나 기뻤던지 고함을 지르기까지 했다. 말하자면 그녀는 나를 마음대로 가지고 놀았다.

19

실패로 돌아간 그날 밤의 탐험 이후, 일주일 동안 내 마음속에 일어난 모든 것을 한번 상세하게 말해보라 하면, 나는 아마도 커다란 곤란을 느낄 것이다. 나의 마음은 괴이한 열병을 앓을 때와 같이 지극히 모순된 감정, 사상, 의혹, 희망, 기쁨, 번뇌가 회오리바람처럼 미친 듯이 휘몰아치는 혼돈계(混沌界)였다. 나는 내 마음속을 들여다보기가 두려웠다. 만일 열여섯 살밖에 안 먹은 소년도 자기 마음속을 들여다볼 수 있다면 말이다. 비록 무슨 일이든 간에 분명히 의식하는 것을 꺼렸다. 나는 그저 어떻게 하루 해를 저녁때까지 보내느냐 하는 것만을 염두에 두었을 뿐이었다. 밤에는 잠을 잤다. 사랑을 받고 있는지 아닌지 알려고 하지도 않았고, 또 사랑을 받지 못하고 있다는 것을 자인하기도 싫었다. 나는 되도록 아버지를 피하려 했으나 지나이다를 피할 수는 없었다. 그녀 앞에 나서면 나는 뜨거운 불에 타는 것 같았다. 그러나 나를 불태우며 녹여버리는 그 불이 대체 어떤 불인지는 별로 알 필요도 없었다. 나로서는 불타며 녹아버리는 것 자체가 말할 수 없이 달콤한 행복이었기 때문이다. 나는 온갖 감상에다 스스로를 내맡기고, 자기 자신을 농락해보기도 하고, 추억을 외면해보기도 하고, 또 미래에 대한 예감에서 눈을 가려보기도 했다. 이런 번뇌도 필경 오래 계속되지는 않았을 테지만, 아무튼 청천벽력과 같은 사건이 돌발하여 모든 것에 결말을 짓고, 나를 새로운 궤도로 옮겨놓았다.

어느 날 꽤 오랫동안 산책을 하다가 점심을 먹으러 돌아왔는데, 뜻밖에도 나 혼자서 식사를 해야 한다는 사실을 알고 놀랐다. 아버지는 어디론가 가버렸고, 어머니는 편찮으셔서 식사를 할 생각이 없다고 하며 침실에서 나오지 않았다. 나는 하인들의 표정을 보고 심상치 않은 일이 일어난 것을 눈치챘다. 그렇다고 그들에게 캐물어볼 수는 없었지만, 다행히도 식당에서 일하는 젊은 하인인 필립이라는 만만한 친구가 있었다. 그는 시를 무척 좋아했고 게다가 기타의 명수였다. 나는 그에게 물어보기로 했다.

이 하인이 말하기를, 아버지와 어머니 사이에 큰 소동이 일어났다고 한다. (그들은 식모방에서 한마디 빼놓지 않고 죄다 들을 수 있었다. 프랑스어로 한 대목도 많긴 했지만, 파리에서 온, 마샤라는 식모는 양복점에 5년이나 있었으므로 무슨 말이든 다 알아들었다.) 필립의 말로는 어머니가 아버지의 행실이 나쁘다고 공격하고 옆집 딸과의 교제를 물고 늘어졌다. 아버지는 처음엔 변명했으나 나중에는 불끈 화를 내며, 어머니의 나이를 들추어 좀 지나치게 대꾸했다. 어머니는 울음을 터뜨리고 공작 부인한테 준 수표 얘기를 꺼내며 부인뿐만 아니라 딸에 대해서까지 몹시 좋지 않게 말했다. 그러자 아버지는 어머니에게 협박 비슷한 말을 했다고 한다.

필립은 말을 이었다.

"이 소동이 일어난 동기는 발신인의 이름이 적혀 있지 않은 편지 때문입니다. 누가 그런 편지를 써 보냈는지는 모르지만, 그것만 아니었어도 이런 일이 일어날 리가 있겠습니까? 그럴 이유가 없죠."

"그럼, 옆집 딸과 아버지 사이에 무슨 일이 있긴 있었군?"

나는 간신히 물었다. 손발이 싸늘해지며 가슴속 깊은 곳에서는 무엇인가 와들와들 떨리기 시작했다. 필립은 의미심장하게 눈을 깜박했다.

"있고말고요. 그런 일은 끝까지 숨길 수는 없지요. 그 방면으론 주인님도 꽤 조심성이 있으신 편이지만……. 그래도 우선 예를 든다면 마차 같은 것을 빌려야 하거든요. 아무래도 딴 사람 손을 빌리지 않고는 안 된단 말씀입니다."

나는 필립을 돌려보내고 침대 위에 쓰러졌다. 나는 목 놓아 울지도 않았고, 절망 속에 빠지지도 않았다. 그리고 언제, 어떻게 일이 그렇게 되었는지를 생각해보려고도 하지 않았고, 어째서 진작 눈치채지 못했던가를 이상하게 여기지도 않았을뿐더러, 아버지를 원망하지도 않았다. 내가 알게 된 이 사실은 내 힘으로는 어쩔 수 없는 일이었다. 이 뜻밖의 발견은 나를 여지없이 분쇄해버리고 말았다. 모든 것은 끝장이 났다. 내가 아끼던 꽃은 한꺼번에 모조리 꺾여, 내 주위에 산산이 흩어진 채 짓밟혀버리고 말았다.

20

이튿날 어머니는 시내로 이사를 간다고 말했다. 아침에 아버지는 어머니 침실에 들어가서 오랫동안 두 분이서만 얘기를 했다. 아버지가 무슨 말을 했는지 아무도 들은 사람은 없었지만, 어머니는 더는 울지 않았다. 어머니는 마음이 가라앉았는지 식사를 가져오라 했다. 그러나 밖에 나오지도 않았고, 이사한다는 결심도 바꾸지 않았다. 지금도 기억하고 있지만, 나는 그날 하루 종일 공연히 이리저리 돌아다니는 것으로 시간을 보냈다. 그러나 정원에는 발을 들여놓지 않았고, 또 한 번도 딴채 쪽을 바라보지 않았다. 그날 저녁 나는 놀라운 사건을 목격했다. 아버지가 말레프스키 백작의 팔을 붙잡고 응접실에서 문간방으로 끌고 나가더니 하인이 있는 앞에서 냉정한 어조로 말했다.

"2, 3일 전에도 당신은 어떤 집에서 문 밖으로 나가 달라는 말을 들었다지요. 나는 여러 말 할 생각은 없소. 다만 한마디 말해두겠는데, 만일 당신이 두 번 다시 내 집에 오면 그땐 들창 밖으로 집어던지고 말 테요. 나는 당신의 필적이 마음에 들지 않소."

백작은 고개를 푹 숙이고 이를 악물면서 몸을 움츠리고는 자취를 감추어버렸다.

시내로 이사 갈 준비를 시작했다. 아르바트*에 우리 집이 있었다. 아버지도 이제는 별장에 남아 있고 싶지 않은 모양이었다. 아버지는 어머니에게 소동을 일으키지 않도록 잘 부탁한 것 같았다. 모든

---

* 모스크바에 있는 광장

일이 조용하게 천천히 진행되어갔다. 어머니는 공작 부인한테 사람을 보내서, 몸이 불편한 탓으로 출발 전에 찾아뵙지 못하여 유감스럽다는 인사를 전했다.

나는 미친 듯이 싸다녔다. 그리고 한시바삐 모든 것이 결말이 나기를 바랐다. 다만 한 가지 내 머릿속에서 떠나지 않는 생각이 있었다. 어째서 그 젊은 여자가, 그래도 공작의 딸이라는 어엿한 신분을 가진 여자가 아버지한테, 가정이 있다는 것을 알면서 당돌하게 그런 행동을 할 수 있었을까? 하다 못해 벨로브조로프한테라도 시집갈 수 있는 것이 아닌가? 그녀는 대체 아버지한테 무엇을 바란 것일까? 자기의 장래를 파멸시킨다는 것을 두려워하지 않은 까닭은 무엇일까? 그렇다. 그것이야말로 사랑이라고 생각했다. 바로 그것이 정욕이고, 그것이 참된 애착이다. "어떤 종류의 인간들에겐 자기희생도 감미로운 것이다"라고 언젠가 루신이 한 말이 문득 생각났다. 때마침 딴채의 들창에 희끄무레한 그림자가 보였다. '저건 지나이다의 얼굴이 아닐까?'라고 생각했다. 과연 그녀의 얼굴이었다. 나는 참을 수 없었다. 그녀에게 마지막 인사 한마디 못 하고 헤어질 수는 없었다. 나는 기회를 보아 딴채로 찾아갔다.

응접실에서 공작 부인이 여느 때처럼 무뚝뚝한 말투로 나를 맞았다.

"어떻게 된 일이에요, 도련님. 왜 그렇게 빨리 옮겨가지요?"

그녀는 양쪽 콧구멍에다 코담배를 쑤셔 넣으며 물었다.

부인의 얼굴을 보고 나자 나는 마음이 가벼워지는 것 같았다. 필립에게서 들은 수표라는 말이 마음에 걸렸기 때문이다. 부인은 아무것도 알아채지 못한 모양이었다. 적어도 그때 내 눈엔 그렇게 보였다. 옆방에서 까만 옷을 입고 빗질을 하려고 머리를 풀어헤친 지나이다가 핼쑥한 얼굴로 나타났다. 그녀는 아무 말 않고 내 손을 잡고는 자기 방으로 끌고 갔다.

"당신 목소리가 들려와서……."

그녀는 입을 열었다.

"곧 달려 나왔지요. 당신은 아주 태연하게 우릴 버리고 가는군요? 무정하기도 하지."

"아가씨, 작별 인사를 하러 왔습니다."

나는 대답했다.

"아마 다시는 만나지 못할 겁니다. 혹시 들으셨는지 모르지만, 우리는 이곳을 아주 떠납니다."

지나이다는 눈을 모아 나를 바라보았다.

"네, 들었어요. 그러나 와주어 고마워요. 난 당신을 만나지 못하고 마는가 보다 생각했지요. 나를 나쁘게 생각하진 말아주세요. 이따금 당신을 골려주긴 했지만, 그래도 당신이 생각하는 것처럼 그렇게 나쁜 여자는 아니니까요."

그녀는 외면을 하고 창가에 몸을 기대고 섰다.

"정말이에요. 난 그런 여자는 아니에요. 당신이 나를 몹쓸 년이라 생각하는 건 알고 있어요."

"내가요?"

"네, 당신이…… 당신이 말이에요."

"내가요?"

나는 비통한 목소리로 거듭 반문했다. 나의 심장은 이전처럼 극복할 수 없는, 무엇으로 표현할 수는 없는 힘에 매혹되어 떨었다.

"내가 말입니까? 믿어주십시오, 지나이다 알렉산드로브나. 비록 당신이 무슨 짓을 하고 또 아무리 나를 괴롭히더라도, 나는 목숨이 붙어 있는 마지막 순간까지 당신을 사랑하겠습니다. 그리고 사모하겠습니다."

그녀는 휙 하고 나에게 몸을 돌리더니 두 팔을 크게 벌려 내 머리를 끌어안고는 뜨겁고도 힘찬 키스를 퍼부었다. 이 열렬한 작별의 키스가 누구를 찾는 것이었는지, 누가 알 수 있었으랴. 그러나 나는 굶주린 듯 그 단맛에 취했다. 나는 그것이 다시는 반복되지 못하리라는 것을 알았다.

"안녕히, 안녕히……."

나는 몇 번이고 되풀이했다.

그녀는 나를 떼어놓고 나가버렸다. 나도 그 집에서 물러나왔다. 그때 내 가슴에 서렸던 심정을 도저히 그대로 전할 수는 없다. 나는 그러한 심정을 언제건 다시 느낄 수 있게 되기를 바라지는 않았지만, 그러나 내 생애에 한 번도 그것을 경험하지 못했다면 나는 자신을 불행하게 여겼을 것이다.

우리는 시내로 옮겨왔다. 나는 쉽사리 지나간 일을 잊어버릴 수 없었고, 따라서 금방 공부를 시작할 수도 없었다. 나의 상처가 아물기까지는 오랜 시일이 걸렸다. 그러나 나는 아버지한테 조금도 나쁜 감정을 품지는 않았다. 오히려 내 눈에는 아버지가 더욱 크게 비치기까지 했다. 심리학자들에게는 자기들의 이론에 따라 제멋대로 이 모순을 설명하라 할 수밖엔 없다.

어느 날 나는 큰길을 걸어가다가 우연히 루신을 만났다. 얼마나 반가웠는지 모른다. 나는 그의 솔직하고 허식이 없는 성격이 좋았다. 더욱이 마음속 추억을 불러일으키는 점에서 그는 내게 더없이 반가운 사람이었다. 나는 그에게 달려갔다.

"아아!"

그는 미간을 약간 찌푸리며 말했다.

"자네로군그래! 어디 얼굴이나 좀 보여주게. 여전히 안색은 누렇지만 그래도 눈 속에는 그전처럼 먼지가 끼어 있지 않군. 이젠 방 안에서 기르는 발바리 같은 점을 찾아볼 수 없고, 아주 의젓한 사내로 보이네. 잘됐어. 그래 어떤가? 공부라도 하나?"

나는 대답 대신 한숨을 쉬었다. 거짓말은 하고 싶지 않았고, 그렇다고 사실대로 말하는 것도 부끄러웠기 때문이다.

"어쨌든 좋아."

루신은 계속했다.

"풀이 죽어 있을 필요는 없어. 중요한 것은 쓸데없는 데 정신을 팔지 말고, 정상적인 생활을 해야 하는 거지. 공연히 미쳐봐야 그 무슨 소용이 있겠나? 물결이란 어느 쪽으로 몰려가든 결코 좋은 일은 없으니까. 비록 단단한 바위 위에 서 있다 해도 자기 몸을 받쳐주고 있는 건 역시 제 다리거든. 나는 요새 이렇게 쿨룩쿨룩 기침을 한다네. 그건 그렇고, 자네, 벨로브조로프 소식 들었나?"

"어떻게 됐나요? 난 듣지 못했는데."

"행방불명이 돼버렸어. 카프카스로 갔다는 말도 있는데, 자네처럼 젊은 친구에겐 좋은 교훈이 될 거야. 그것도 결국은 적당한 시기에 단념을 하고 굴레에서 빠져나올 수 없었다는 데 원인이 있지. 그래도 자네는 용케 빠져나온 모양이네만, 또다시 걸려들지 않도록 조심해야 하네. 그럼 잘 있게."

'이젠 걸려들지 않을걸…….'

나는 마음속으로 다짐했다.

'다시는 그 여자를 만나지 않을 테야.'

그러나 나는 또 한 번 지나이다를 만날 운명이었다.

21

아버지는 날마다 말을 타고 외출했다. 썩 좋은 영국산 밤색 말을 가지고 있었는데, 그 말은 목이 가늘고 다리가 늘씬할뿐더러 피곤해할 줄을 몰랐지만, 성미는 아주 사나웠다. 이름은 일렉트릭이라 불렀다. 아버지 빼놓고는 아무도 그 말을 다룰 수 없었다. 어느 날 아버지는 기분이 좋은 표정으로 내 방에 들어왔다. 정말 오래간만의 일이었다. 외출할 채비를 하고 장화에는 박차까지 달고 있었다. 그래서 나는 함께 데리고 가달라고 졸랐다.

"그것보다 말타기 놀음이나 하고 노는 게 좋을 거야. 너의 그 독일 말을 가지고는 나를 쫓아오지도 못한다."

아버지는 대답했다.

"쫓아갈 수 있어요. 나도 박차를 달 테니까요."

"그럼, 맘대로 하렴."

우리는 집을 나섰다. 내 말은 털이 북슬북슬한 시꺼먼 망아지였는데 다리가 튼튼해 곧잘 달렸다. 하기는 일렉트릭이 마음껏 달릴 때는 있는 힘을 다해서 발을 자주 놀려야 했지만 어쨌든 뒤떨어지지 않고 용케 좇아갔다. 나는 아버지만큼 말을 잘 타는 사람은 본 적이 없다. 아버지의 말 탄 모습은 아주 맵시 있었고, 또 아무렇게나 말을 다루는데도 날쌘 솜씨가 엿보였다. 그래서 아버지를 태운 말조차 그것을 알고 또 자랑스럽게 여기는 것같이 보였다. 우리는 가로수가 우거진 거리를 하나도 빼놓지 않고 모두 돌고는, 제비치예 들판을 이리저리 싸돌아다니며 몇 번이나 울타리를 뛰어넘었고(처음에 나는 뛰어넘는 것이 무서웠지만, 아버지가 겁쟁이를 경멸했으므로, 나도 겁을 내지 않기로 했다), 모스크바 강을 두 차례나 건넜다. 그래서 나는 이제는 집으로 돌아가려니 생각했다. 더욱이 아버지는 내 말이 지쳤다는 것을 알아차리고 있었다. 그러나 아버지는 갑자기 내 곁을 떠나 크르임스키 여울 근처에서 방향을 옆으로 돌리더니 강변을 따라 자꾸만 달려갔다. 나도 그 뒤를 따라 말을 몰았다. 낡은 통나무 목재를 높다랗게 쌓아 올린 곳까지 와서 아버지는 날쌔게 일렉트릭에서 내리더니, 나에게도 말에서 내리라고 했다. 그리고 일렉트릭의 고삐를 내게 주며 여기 통나무 옆에서 잠깐 기다리라 하고는 혼자서 좁다란 골목길로 빠져 들어가버렸다.

나는 말 두 필을 끌고 일렉트릭을 쉴 새 없이 나무라면서 강변을 이리저리 걸어 다녔다. 일렉트릭은 걸으면서도 연방 머리를 내저으며 몸을 부르르 떨기도 하고, 코를 킁킁거리다가는 으흐흥 하고 큰 소리를 지르기도 하고, 또 내가 멈춰 서면 앞발로 번갈아가며 땅을 파헤치고 으르렁거리며 내 독일 말의 목을 물려고 덤볐다. 말하자면 귀염을 받고 자란 순종답게 굴었다. 아버지는 돌아오지 않았다. 강 쪽에서는 퀴퀴하고 습한 바람이 불어왔다. 가랑비가 소리 없이 내리기 시작하여, 모양 없는 회색 통나무엔 거무죽죽한 무늬가 이루어졌다. 나는 하릴없이 통나무 옆을 오락가락했다. 외롭고 서글픈 마음이 들었다. 그러나 아버지는 좀처럼 돌아오지 않았다. 핀란드 출신처럼 보이는 교통순경이 아래위로 전부 회색 옷을 입고 항아리 모양의 낡은 헬멧을 뒤집어쓰고는 기다란 몽둥이를 들고 나한테로 가까이 왔다(어째서 교통순경이 이런 모스크바 강변에 있을까). 그는 주름살투성이인 얼굴을 들이대며 이렇게 말을 걸었다.

"도련님, 웬 말을 두 필씩이나 끌고 이런 데서 무얼 합니까? 자, 이리 주시오. 내 좀 붙잡고 있을 테니."

나는 대답을 하지 않았다. 그는 나한테 담배를 한 대 달라고 했다. 이 귀찮은 순경을 피하려고(더욱이 기다리고 있기가 답답해서 견딜 수 없었기 때문에) 나는 아버지가 사라진 방향으로 슬금슬금 발길을 옮겼다. 그리고 골목길 끝까지 가서 모퉁이를 돌아섰을 때 나는 그만 걸음을 멈추고 말았다. 내가 있는 데서 40걸음가량 되는 한길, 어떤 목조 건물의 열린 창 앞에서 아버지가 이쪽으로 등을 보이고 서 있었다. 아버지는 들창 문턱에 가슴을 대고 있었다. 집 안에서는 검은빛 옷을 입은 여자가 커튼에 반쯤 몸을 가리고 앉아서 아버지와 이야기하고 있었다. 그 여자는 지나이다였다.

나는 그만 그 자리에서 돌기둥이 되어버렸다. 솔직히 말해서 나는 이런 일이 있으리라고는 꿈에도 생각지 못했다. 나는 달아나려

했다. '혹시 아버지가 돌아다본다면 나는 파멸이다……' 하는 생각이 들었기 때문이다. 그러나 그 어떤 이상한 감정이, 호기심보다도 강하고 시기심보다도 강하며 공포보다도 강한 감정이 발을 떼지 못하게 했다. 나는 그쪽을 유심히 바라보며 열심히 귀를 기울였다. 아버지는 무엇인지를 우기고 있는 것 같았다. 그리고 지나이다는 아버지의 의견에 따르려 하지 않는 눈치였다. 지금도 나는 그때 그녀의 얼굴을 눈앞에 똑똑히 그려볼 수 있다. 슬프고도 심각한 표정을 한 그 아름다운 얼굴엔 형용할 수 없는 우수와, 몸도 마음도 모두 바쳐버린 듯한 애정과 함께 절망의 그림자가 깃들어 있었다. 나는 이 밖에 다른 말을 찾아낼 수 없다.

그녀는 짤막한 말로 간단히 대꾸하고는 눈을 내리깐 채 엷은 웃음을 띠고 있을 뿐이었는데, 온순하면서도 완고한 결심이 서린 웃음이었다. 나는 오직 그 웃음에서 이전의 지나이다를 발견할 수 있었을 뿐이다. 아버지는 어깨를 흠칫해 보이고 모자를 고쳐 썼다. 그것은 아버지가 마음이 초조해질 때 언제나 하는 버릇이었다. 조금 후에, "당신은 헤어져야 해요, 이런……" 하는 말이 들렸다. 지나이다는 몸을 똑바로 펴고 한 손을 내밀었다. 순간 내 눈앞에서 도저히 있을 수 없는 일이 일어났다. 아버지는 소매의 먼지를 털고 있던 채찍을 느닷없이 휘둘러 올렸다. 뒤이어 팔꿈치까지 내놓은 그녀의 팔이 채찍에 맞는 날카로운 소리가 들려왔다. 나는 "악!" 하는 소리가 터져 나오려는 것을 간신히 참았다. 지나이다는 꿈틀 하고 몸을 떨고는 말없이 아버지를 쳐다보고 나서, 팔을 조용히 입으로 가져가서 빨갛게 된 채찍 자국에 입을 맞추었다. 아버지는 채찍을 옆으로 내던지고 빠른 걸음으로 현관 층계를 달려 올라가서 집 안으로 뛰어들어갔다. 지나이다는 몸을 돌렸다. 그리고 두 손을 벌리고 머리를 뒤로 젖히면서 역시 들창가에서 멀어져갔다.

나는 놀란 나머지 정신이 마비되어 의혹에 찬 공포를 가슴에 안은 채 왔던 길을 되돌아 나왔다. 하마터면 일렉트릭을 놓칠 뻔하면서 나는 골목길을 빠져나와 강변으로 돌아왔다. 도대체 어떻게 된 영문인지 도무지 이해할 수 없었다. 냉정하고도 참을성 있는 성격을 가진 아버지가 이따금 광적인 발작을 일으킬 때가 있다는 것은 알고 있었지만, 그래도 방금 내가 본 것이 무엇인지 이해가 가지 않았다. 그러나 나는 곧 이렇게 느꼈다. 앞으로 내가 얼마를 더 살더라도 지나이다의 그 몸짓, 그 눈매, 그 미소를 언제까지나 잊을 수 없으리라고. 뜻밖에 내 눈에 비친 그녀의 새로운 모습을 영구히 내 기억 속에 새겼다. 나는 눈물이 줄지어 흘러내리는 것도 모르고 하염없이 강물을 바라보았다. 그 여자가 매를 맞다니…… 하고 나는 생각했다. 매를 맞다니……, 매를 맞다니…….

"얘, 너 뭘 하는 거냐? 말을 이리 줘!"

등 뒤에서 아버지의 목소리가 들렸다.

나는 기계적으로 말고삐를 아버지에게 내주었다. 아버지는 훌쩍 일렉트릭에 올라탔다. 추위에 떨던 말은 몸을 곤두세우고 2미터가량 앞으로 껑충 뛰었다. 그러나 아버지는 곧 말을 진정시켰다. 말 옆구리를 박차로 꾹 누르고 목덜미를 주먹으로 내리친 터였다.

"제기랄, 채찍이 없군."

아버지는 투덜거렸다.

나는 조금 전에 그 채찍이 찰싹 하고 그녀의 팔을 후려치던 소리가 귀에 들리는 것 같아서 몸이 절로 부르르 떨렸다.

"채찍은 어쩌셨어요?"

잠시 후에 내가 물었다.

아버지는 대답을 않고 앞으로 말을 달렸다. 나는 그 뒤를 바싹 쫓아갔다. 아버지의 얼굴을 꼭 보고 싶었던 것이다.

"혼자서 적적했겠구나."

아버지는 이 사이로 내뱉듯 말했다.

"네, 좀. 그런데 채찍은 어디다 떨어뜨리셨어요?"

나는 다시 한번 물어보았다.

아버지는 나를 흘끗 바라보더니 대답했다.

"떨어뜨린 게 아니야. 버렸지."

아버지는 무엇을 생각하는 듯 고개를 숙였다. 이때 나는 처음으로, 그리고 아마도 최후로, 아버지의 엄격한 얼굴의 윤곽이 얼마나 부드러운 인정과 연민의 정을 나타낼 수 있는가 알게 되었다.

아버지는 다시 말을 달리기 시작했다. 나는 더는 그 뒤를 쫓아가지 못하고 아버지보다 15분이나 늦게 집에 돌아왔다.

'그것이 사랑인가 보다.'

노트와 교과서 들이 놓인 책상 옆에 앉으며, 그날 밤 나는 또 이런 말을 중얼거렸다.

'그것이 정욕이라는 것이다! 어떤 사람한테라도…… 비록 자기가 사랑하는 사람한테라도 그렇게 얻어맞으면 분개하지 않을 수 없을 것 같은데, 그러나 사랑에 빠지면 그럴 수도 있을 거야. 그런데

나는……, 나는 얼마나 어리석은 생각을 했던가…….'

그 한 달 동안 나의 정신은 여간 성숙해지지 않았다. 그리고 나의 사랑이나, 거기에 따르는 온갖 번민과 고통도, 내가 이제야 겨우 상상할 수 있게 된 미지의 그 무엇인가에 비교한다면 어쩐지 아주 조그만, 어린애 장난 같은 것이라 여겨졌다. 그 무엇이란 마치 사람이 어슴푸레한 어둠 속에서 분간해 내려고 헛되이 애쓰는, 미지의, 아름다우면서도 한편 무시무시한 얼굴처럼 내 마음을 위협했다.

바로 그날 밤, 나는 괴이하고도 무서운 꿈을 꾸었다. 나는 천장이 낮은 어두운 방 안에 있는 것 같았다. 아버지가 한 손에 채찍을 들고 서서 발을 쾅쾅 구르고 있었다. 한구석에는 지나이다가 몸을 움츠리고 있었는데, 팔이 아니라 이마 위에 붉게 부풀어 오른 줄이 보였다. 두 사람 뒤에서 온몸이 피투성이가 된 벨로브조로프가 몸을 일으키더니 창백한 입술을 놀려 분노에 찬 어조로 아버지를 위협했다.

두 달 후에 나는 대학에 들어갔다. 그 후 반년이 지나 아버지가 페테르부르크에서 갑자기 쓰러지신 후 돌아가셨다. 아버지가 어머니와 나를 데리고 그곳으로 이사한 다음 곧 일어난 일이었다. 돌아가시기 4, 5일 전에 아버지는 모스크바에서 편지를 한 통 받았는데, 편지를 보고 몹시 흥분했던 모양이었다. 아버지는 어머니한테 무엇인가를 부탁했다. 그리고 눈물까지 흘렸다고 한다. 이것이 바로 나의 아버지였다! 쓰러지던 날 아침에 아버지는 프랑스어로 나에게 편지를 쓰기 시작하다가 그만두었다.

편지에는 이렇게 쓰여 있었다.

"내 아들아, 여자의 사랑을 두려워하라. 그 행복, 그 독을 두려워하라……."

어머니는 아버지가 돌아가신 후 꽤 많은 돈을 모스크바로 보냈다.

22

4년가량이 지났다. 나는 대학을 막 나왔을 뿐이었으므로 무슨 일을 시작해야 할 것인지, 어떤 문을 두드려야 할 것인지 아직 몰랐다. 그래서 얼마 동안 하는 일 없이 빈둥빈둥 놀았다. 어느 날 저녁, 나는 극장에서 뜻밖에도 마이다노프를 만났다. 그는 결혼을 하고 취직도 했다는데, 내가 보기엔 조금도 달라진 데가 없었다. 그는 여전히 쓸데없이 감격하는가 하면, 금방 풀이 죽어버렸다.

"자네 아나? 돌리스카야 부인이 이곳에 있다네."

마이다노프가 말했다.

"돌리스카야 부인이라니, 누구 말입니까?"

"아니, 자네 잊었나? 왜 우리가 모두 홀딱 반했던 그 자세킨 공작의 딸 말일세. 자네도 우리 축에 끼지 않았었나? 생각나겠지, 네스쿠치느이 공원 근처의 별장 말이야."

"그 여자가 돌리스키와 결혼했나요?"

"그렇다네."

"그럼, 그 여자가 여기 이 극장에 왔단 말입니까?"

"아니, 페테르부르크에 있단 말이지. 요 며칠 전에 이곳에 왔는데 외국으로 떠날 준비를 하고 있다더군."

"남편은 어떤 사람인가요?"

내가 물었다.

"아주 좋은 사람인데 재산도 꽤 있지. 모스크바에 있을 때 내 동료였어. 자네도 아는 그 사건 이후……, 그 사건이란 아마 자네도 잘 알 테지만(마이다노프는 의미심장한 미소를 지어 보였다), 그 여자는 배우자를 구하기가 꽤 힘들었지. 여러 가지 소문이 뒤따라 다녔으니까 말이야. 그러나 원래 영리한 여자니까 불가능한 일이 있을 리 있나. 한번 그 여자한테 가보게. 자네라면 아주 반가워할 거야. 그 여자는 더욱 예뻐졌다네."

마이다노프는 지나이다의 주소를 가르쳐주었다. 그녀는 제무트라는 호텔에 묵고 있었다. 오래된 추억이 내 마음을 설레게 했다. 이튿날이라도 곧 옛날 '애인'을 찾아가리라 결심했다. 그러나 무슨 일이 생겨서 한 주일, 두 주일을 그대로 넘겨버렸다. 드디어 제무트 호텔에 가서 돌리스카야 부인을 찾았을 때, 나는 그녀가 나흘 전에 아이를 낳다가 죽어버렸다는 말을 들었다.

나는 무엇인지 가슴속에서 덜컥 내려앉는 것을 느꼈다. 그녀를 만나볼 수 있었는데도 끝내 만나지 못하고 말았구나, 그리고 이제는 그녀를 영영 볼 수 없게 되었구나, 하는 비통한 상념이 거부할 수 없는 격렬한 비난이 되어, 내 마음을 파고들었다.

"죽고 말다니!"

나는 흐린 눈으로 문지기를 바라보며 되뇌었다. 나는 조용히 한길로 나와서 정처 없이 걷기 시작했다. 지나간 모든 것이 한꺼번에 떠올라 눈앞을 가로막았다. 그 젊고 열렬하고도 빛나던 생명은 이리하여 끝장이 났단 말인가! 그처럼 조급히 흥분하면서 애타게 달려간 궁극의 목적이 이런 것이었더냐! 나는 이렇게 생각하며 이제는 축축한 땅 밑, 어둠 속에 묻혀 좁은 관 속에 들어 있을 그 귀한 모습, 그 눈, 그 머리털을 머릿속에 그려보았다. 그 모습은 아직도 살아 있는 내게서 먼 거리에 있지 않다. 그리고 나의 아버지와는 불과 몇 발자국밖에 안 되는 거리인지도 모른다. 나는 이런 생각을 하며 공상의 날개를 폈다. 그러는 사이에 이런 구절이 가슴에 울려왔다.

무심한 사람의 입으로
나는 들었노라, 죽었다는 소식을
그리고 나도 역시 무심히
그 말에 귀를 기울였노라.

오오, 청춘이여! 청춘이여! 그대는 아무것에도 구속을 받지 않는다. 그대는 마치 우주의 온갖 보물을 차지하고 있는 것 같다. 우수(憂愁)도 그대에게는 위로가 되며, 비애조차 그대에게는 어울린다. 그대는 대담하며 자부심이 강하다. 그대는 "보아라, 사람들아. 세상은 오로지 나의 것이다!"라고 말하지만, 그대의 좋은 시절도 흘러가버려 드디어는 흔적도 없이 사라져버린다. 그러면 그대가 차지했던 모든 것은 햇빛을 받는 백랍(白鑞)처럼, 그리고 눈처럼 녹아 없어져버린다. 어쩌면 그대가 지닌 아름다움의 비밀은 무엇이든 해낼 수 있는 가능성에 있는 것이 아니라, 무엇이든 해내리라고 생각할 수 있는 가능성에 있는 것인지도 모른다. 그대의 충만한 힘을 다른 무엇에도 기울여보지 못하고 바람결에 따라 흩날려 보내는, 그런 점에 숨어 있는지도 모른다. 우리 누구나 자기 자신을 진심으로 낭비자라 믿는, 그런 점에 숨어 있는지도 모른다. 누구 할 것 없이 마음속으로부터 "아아, 만일에 내가 헛되이 세월을 보내지 않았더라면 무슨 일이든 다 해냈을 것인데!"라고 말할 수 있는 권리를 가졌다고 믿는, 그런 점에 숨어 있는지도 모른다.

나 역시 그렇다. 순간적으로 떠오르는 첫사랑의 환영을 오직 한 가닥 한숨과 권태로운 감각만으로 간신히 더듬는 주제에 내가 과연 무엇을 바라고 무엇을 기대할 수 있었으랴? 얼마나 풍성한 미래를 바라볼 수 있었으랴?

내가 기대했던 모든 것 중에서 과연 무엇이 실현되었던가? 그리고 나의 인생에 황혼의 그림자가 깃들기 시작한 지금, 봄날 새벽에 한바탕 휘몰아치고 지나간 뇌우에 대한 것보다 더욱 상쾌하고 더욱 귀중한 추억이 과연 남아 있다고 할 수 있을 것인가?

그러나 나는 공연히 스스로를 비방하고 있는지도 모른다. 그 철없던 청춘 시절에도, 나는 나에게 호소하는 슬픈 음성이나, 무덤 속에서 들려오는 엄숙한 목소리에 귀를 틀어박고 있었던 것은 아니다. 지금도 기억하고 있지만 지나이다의 죽음을 알고 며칠이 지나서 나는 스스로 억제할 수 없는 충동에 이끌려 우리와 한집에 살고 있던 어느 가난한 노파의 임종을 보았다. 누더기에 싸여 딱딱한 판자 위에 자루를 베개로 하고 누운 그 노파는 몹시 괴로워하며 숨을 거두었다. 그녀의 일생은 그날 그날 생활에 필요한 것을 얻으려는 고난에 찬 투쟁 속에서 흘러가버렸다. 그녀는 기쁨이란 것을 몰랐고 행복의 단꿈도 맛보지 못했다. 그러면 자유와 평안함을 주는 죽음을 기쁘게 생각해야 할 것이 아닌가? 그러나 그 늙어빠진 육체가 지탱할 수 있는 순간까지, 그 얼음장 같은 손 밑에서 가슴이 애끓는 호흡을 계속할 수 있는 순간까지, 드디어 최후의 힘이 그녀를 버리는 마지막 순간까지, 노파는 쉴 새 없이 성호를 그으면서, "주여, 제 죄를 사하여 주시옵소서" 하고 자꾸만 입 속으로 되뇌었다. 그리하여 최후의 의식이 번쩍했다가 꺼졌을 때, 비로소 노파의 눈에서도 죽음에 대한 무서움과 두려움의 표정이 사라졌다. 지금도 기억하고 있는데, 나는 이 가난한 노파의 임종을 기다리는 동안 지나이다의 최후가 연상되어 무서운 생각이 들었다. 그래서 그녀를 위해서, 아버지를 위해서, 그리고 나 자신을 위해서 기도를 올리고 싶어졌다.

아아샤

1

"그때 나는 스물다섯 살이었습니다"라고 N·N이 말하기 시작했다. 그러니, 훨씬 예전의 일이지요. 나는 간신히 자유로운 몸이 되어 외국으로 떠났습니다. 그러나 그것은 그 당시 흔히 말하던 '교육의 완성'을 위해서가 아니라, 단지 세상 일을 보고 싶다는 것에 불과했습니다. 그때만 해도 건강하고, 젊고, 즐겁고, 돈푼이라도 있고, 아직 근심이라는 것을 모르는 시절이었으므로, 나는 되는 대로 살면서 하고 싶은 일을 마음대로 하는, 말하자면 한창 꽃이 핀 시절이었습니다. 인간이란 초목과 달라서, 오랫동안 꽃을 피울 수는 없는 법인데, 그 당시에는 아직 그런 생각 같은 건 머리에 떠오르지도 않았습니다. 젊을 때는 금박으로 싼 과자를 먹으며 그것이 나날의 양식이라고 생각하지만, 이윽고 때가 오면, 한 조각의 빵이라도 그리워지게 마련입니다. 그러나 여기서 이런 말을 한댔자 소용없겠군요.

나는 아무 목적도, 계획도 없이 여행을 했습니다. 나는 여기저기 마음에 드는 곳에 머물고, 새로운 얼굴, 다름 아닌 사람의 얼굴이 보고 싶으면 금방 다른 곳으로 떠나곤 했습니다. 나의 흥미를 끄는 것은 사람밖에 없었습니다. 나는 진귀한 기념물이라든가 훌륭한 수집품 같은 걸 좋아하지 않았습니다. 론라카이 같은 건 보기만 해도 우울한 증오감을 일으키게 했고, 드레스덴의 박물관 '그뤼네 게뵐베'에서는 하마터면 정신이 돌 지경이었습니다. 자연에는 무척 감동하는 편이었지만, 소위 자연미라든가, 신기한 산이라든가, 바위라든가, 폭포 같은 것에는 흥미가 없었습니다. 자연이 사람을 놓아주지 않든가, 방해하는 것을 좋아하지 않았기 때문입니다. 그 대신 얼굴, 산 사람의 얼굴, 사람들의 이야기, 움직임, 웃음, 바로 이런 것들은 내게 없어서는 안 되는 것이었습니다. 사람들의 틈바구니 속에 끼어 있노라면, 나는 언제나 유달리 홀가분하면서도 즐거운 기분에 사로잡히곤 했습니다. 나는 사람들이 가는 곳으로 가고 사람들이 외칠 때에 외치는 것이 즐거웠습니다. 그리고 동시에 다른 사람들이 외치는 것을 보는 것도 좋아했습니다. 나는 사람들을 관찰하는 것이 재미있었습니다. 아니, 관찰했다고도 할 수 없습니다. 다만 무엇인지 기쁜, 탐욕스러운 호기심을 가지고 그들을 바라다볼 뿐이었습니다. 저런, 다시 말이 빗나갔군요.

그렇게 해서, 나는 약 20년 전, 라인강 왼편 기슭에 있는 Z라는 조그마한 독일 거리에 잠시 머물게 되었습니다. 나는 고독을 찾았습니다. 바로 얼마 전에 어느 온천장에서 사귄 젊은 미망인한테서 가슴에 상처를 입었기 때문입니다. 그 여자는 굉장한 미인인 데다가 영리하기도 해서 누구에게나 아양을 떨었는데, 나도 거기에 걸려든 한 사람입니다. 그녀는 처음엔 제법 마음을 주는 체하더니, 그 후 빨간 볼을 가진 어느 바바리아의 대위 때문에 나를 버렸습니다. 나는 그만 깊은 상처를 입고 말았습니다. 솔직히 말씀드려서 마음의 상처는 그다지 크진 않았습니다만, 나는 잠시 동안이라도 슬픔과 고독 속에 잠겨 있어야겠다고 생각하고 Z에 머물게 된 것입니다. 젊을 때는 무엇으로든지 위로가 되는 법입니다!

이 거리는 두 개의 높은 언덕 기슭에 자리 잡고 있어서 그 풍경도 좋았거니와, 낡아빠진 성벽이며, 탑이며, 몇백 년을 묵은 듯한 보리수며, 라인강으로 흐르는 맑은 시냇물 위에 걸려 있는 가파른 다리며, 특히 그 고장에서 나는 맛있는 포도주 때문에 무척 마음에 들고 말았습니다. 그때는 6월이었는데, 저녁때 해가 지면 귀엽게 생긴 금발 독일 아가씨들이 좁다란 거리를 거닐면서, 외국인을 만나면 명랑한 목소리로 "구텐 아벤트!"*라고 말합니다. 그중에는 낡은 뾰족지붕 뒤에서 달이 솟아오르고 보도의 조약돌이 고요한 달빛 속에 뚜렷이 자기 모습을 드러낼 때까지 집으로 돌아가지 않는 사람도 있습니다. 그럴 때, 나는 거리를 거닐기를 좋아했습니다. 달은 맑게 개인 하늘에서 물끄러미 거리를 내려다보았습니다. 거리도 달의 눈길을 느끼고 고요하면서 동시에 마음을 설레게 하는 달빛을 가득히 받으면서, 평화롭고 아늑한 기분으로 누워 있습니다. 높은 고딕식

---

* Guten Abend. 저녁 인사

종루 위에 달려 있는 금닭은 파리한 금빛으로 빛나는가 하면, 검은 빛이 감도는 시냇물에도 그와 같은 금빛이 흘러내립니다. 가느다란 양초가(독일인은 검소합니다!) 돌 지붕 밑의 좁다란 창문 안에서 수줍은 듯 가물거립니다. 포도 줄기는 돌 담장 너머로 둘둘 말린 덩굴을 살며시 내놓고 있습니다. 삼각 광장의 낡은 우물가에서 무언가가 어둠 속을 달리는가 하면, 갑자기 야경꾼의 졸리운 호각 부는 소리가 들리고, 양순한 개도 나직이 으르렁거립니다.

공기는 그렇게도 살며시 얼굴을 어루만지고, 보리수 꽃은 말할 수 없이 향기로운 냄새를 풍겨서, 가슴은 저도 모르게 점점 부풀어 올라, 그레첸*이라는 말이, 감탄도 의문도 아닌 어조로 저절로 입 밖으로 새어 나오려고 합니다.

Z거리는 라인강까지 2보르스트**되는 곳에 있습니다. 나는 자주 그 웅장한 강을 바라보러 가서는, 앙큼한 미망인의 일을 다소 긴장된 기분으로 공상하면서, 외돌토리 커다란 오리나무 밑에 놓여 있는 돌 벤치에 시간 가는 줄 모르고 몇 시간씩 앉아 있곤 했습니다. 그 오리나무 가지 사이로는, 어린애다운 앳된 얼굴을 하고 가슴에 몇 자루의 칼이 꽂혀 빨간 심장을 한 마돈나의 조그만 조상(彫像)이 슬픈 표정으로 바라보고 있었습니다. 강 저쪽 기슭에는 L거리가 보입니다. 내가 머물고 있는 거리보다 좀 더 큰 거리였습니다.

어느 날 저녁, 나는 내가 좋아하는 벤치에 앉아서 강이며, 하늘이

---

* Gretchen. 독일의 대표적인 여자 이름

** 약 2킬로미터

며, 포도밭을 바라보고 있었습니다. 눈앞에서는 금발의 어린애들이, 강변으로 끌어올려져서 거꾸로 뉘어 있는, 타르를 바른 보트 좌우편에 기어올라 놀았습니다.

몇 척의 자그마한 배가 돛에 가벼운 바람을 안고 천천히 미끄러지고, 파란 파도는 찰싹찰싹 잔잔히 물결치며 그 옆을 스치고 지나갑니다. 가벼운 음악 소리가 들려와서 나는 귀를 기울였습니다. L거리에서 왈츠를 연주하고 있었습니다. 이따금씩 콘트라베이스의 둔한 소리가 들려오는가 하면, 바이올린은 가냘픈 소리를 내고, 플루트는 원기 있는 소리를 냈습니다.

"저건 무엇입니까?"

벨벳 조끼에 쇠고리가 달린 단화를 신고 옆으로 다가온 노인에게 나는 물었습니다.

노인은 먼저 담뱃대를 오른쪽 방향에서 왼쪽으로 옮겨 물고 대답했습니다.

"저건 대학생들이 B거리에서 콤메르쉬를 하러 온 겁니다."

'그 콤메르쉬라는 걸 보도록 하자. 마침 L거리에는 가본 적이 없으니.'

나는 이렇게 생각했습니다.

2

콤메르쉬라는 것이 무엇인지 아직 모르시는 분도 계실 겁니다. 같은 고향 출신의 대학생 조합이 베푸는 성대한 연회를 말합니다.

콤메르쉬에 참가하는 사람의 대부분은 예로부터 제정되어 있는 독일 대학생의 복장을 합니다. 다시 말해서 헝가리식 저고리를 입고, 커다란 장화를 신고, 색깔 있는 챙이 달린 조그마한 모자를 씁니다.

으레 학생들은 세뇨르라고 불리는 조합장의 지도 아래 만찬에 모여서, 날이 샐 때까지 연회를 베풀고, 술을 마시기도 하고, 〈왕〉이라든가 〈기뻐하세〉라는 노래를 부르기도 하고, 담배를 피우며, 속된 사람들에 대한 욕설을 주고받기도 합니다. 어떤 때는 오케스트라를 고용할 때도 있습니다.

바로 이러한 콤메르쉬가, L거리의 태양이라는 간판을 내건 자그마한 여관 앞의 한길가 정원에서 열리고 있었습니다. 여관의 지붕과 정원에는 깃발이 휘날리고 있었습니다. 대학생들은 다듬어진 보리수나무 밑에서 여러 개의 탁자를 앞에 놓고 앉아 있었고, 어느 탁자 밑에는 커다란 불도그가 누워 있었습니다. 그 옆의 월계수로 만든 정자 안에는 악사들이 자리 잡고, 쉴 새 없이 맥주로 원기를 돋우면서 열심히 연주하고 있었습니다. 나직한 울바자 밖의 한길에는 제법 많은 사람들이 모여 있었습니다. L거리의 선량한 시민들은 다른 곳에서 온 귀한 손님들을 놓치고 싶지 않았을 겁니다. 나도 관중들 속에 끼었습니다. 대학생들의 얼굴을 바라보니 유쾌해지기 시작했습니다. 그들의 포옹, 외침, 젊은이다운 천진난만한 애교, 타는 듯한 눈, 이유 없는 웃음(세상에서 이렇게 유쾌한 웃음은 없습니다), 젊고 신선하며 기쁨에 넘친 삶의 열정, 앞으로 앞으로, 어디건 단지 앞으로 돌진하려는 정열, 선량한 생명력의 범람에 나도 모르게 감동되어 마음속이 타는 듯했습니다. "차라리 그들 속에 들어가버릴까?"

하고 자문했을 정도였으니까요.

"아아샤, 이젠 됐지?"

갑자기 뒤에서 러시아어로 말하는 남자 목소리가 들렸습니다.

"조금만 더……."

역시 러시아어로 대답하는 여자의 목소리였습니다.

나는 황급히 뒤돌아봤습니다. 차양이 달린 모자를 쓰고, 큼직한 재킷을 입은 아름다운 청년이 눈에 띄었습니다. 청년은 그다지 키가 크지 않은 여자와 팔짱을 끼고 있었는데, 밀짚모자가 그녀의 얼굴을 가리고 있었습니다.

"러시아인입니까?"

나는 얼떨결에 묻고 말았습니다.

"그렇습니다, 러시아인입니다."

청년은 빙그레 웃으며 말했습니다.

"참 뜻밖의 일이군요. 이런 시골에서……."

내가 말을 꺼냈으나, 청년이 내 말을 가로챘습니다.

"정말 뜻밖입니다. 어쨌든 반갑군요. 인사를 드리겠습니다. 저는 가긴이라 부르고, 이 애는 제……"

그는 잠시 머뭇거렸습니다.

"제 여동생입니다. 그런데 당신의 성함은?"

나는 이름을 말했습니다. 이렇게 해서 우리는 이야기를 주고받았습니다. 가긴은 나와 마찬가지로 마음 내키는 대로 여행을 하다가, 약 일주일 전에 L거리에 도착한 후 지금까지 머물고 있다고 했습니다. 사실 말이지만, 나는 외국에서 러시아인을 만나는 것을 그다지 좋아하는 편은 아니었습니다. 러시아인은 그 걸음걸이며, 옷 모양이며, 특히 무엇보다도 얼굴 표정을 보면, 멀리서라도 금방 알아차릴 수 있습니다. 자만심과 멸시감에 찬, 때로는 명령적으로 되는 표정이, 별안간 조심스럽고 겁을 집어먹은 듯한 표정으로 변하는 것입니다. 갑자기 사람 전체가 조심성을 띠게 되고, 눈은 불안하게 끔벅입니다.

"아이구! 내가 무슨 실없는 말을 지껄이지나 않았을까, 사람들이 나를 비웃고 있지나 않을까?"

이리저리 뛰노는 눈초리는 이렇게 말하는 것 같습니다. 그러다간 갑자기, 다시금 거만스러운 표정으로 되돌아와서, 때로는 우둔한 의혹으로 바뀌곤 합니다.

그래서 나는 러시아인을 피했습니다. 그러나 가긴은 단번에 내 마음에 들었습니다. 세상에는 행복한 얼굴을 한 사람도 있어서, 그런 얼굴을 보는 사람이면 누구든지 기분이 좋아집니다. 마치 마음속을 따사롭게 데워주는 것 같은, 어루만져주는 것 같은 얼굴 말입니다. 바로 가긴의 얼굴도 이와 같아서, 큼직하면서도 부드러운 눈과 곱슬곱슬하고 보드라운 머리칼을 지닌, 정답고 사랑스러운 얼굴이었습니다. 그리고 그가 이야기할 때는, 그의 얼굴을 보지 않고 그 목소리만 들어도 싱글벙글 웃고 있는 것이 느껴질 정도였습니다.

가긴이 여동생이라고 부른 여자는 첫눈에 벌써 무척 귀여운 인상을 주었습니다. 약간 거무스름한 둥근 얼굴이며, 자그마하면서도 날이 선 코, 어린애 같은 볼, 반짝이는 눈. 그녀의 얼굴 속에는 무엇인지 모를 독특한 것이 있었습니다. 그녀의 몸매는 아름다웠습니다만, 아직 완전히 성숙하지 않은 것 같았습니다. 그녀는 자기 오빠하곤 조금도 닮은 데가 없었습니다.

"우리 집에 들르시지 않겠어요?"

가긴이 나에게 말했습니다.

"서로 충분히 독일인을 구경했을 테니까요. 사실 우리나라 사람 같으면 유리를 깨고 의자를 부술 텐데, 이 고장 사람들은 너무나 점잖단 말이에요. 넌 어떻게 생각하니? 아아샤, 이젠 가도 좋겠지?"

그녀는 동의한다는 듯 머리를 끄덕였습니다.

"우리는 교외에다 방을 얻었습니다."

가긴은 말을 이었습니다.

"포도밭 가운데에 있는 독채 집으로, 지대가 높습니다. 참 좋은 곳이니, 한번 봐주세요. 주인아주머니가 시원한 우유를 만들어준다고 약속했습니다. 곧 어두워질 테니까, 당신은 달이 떠오른 다음에 라인강을 건너는 편이 좋을 겁니다."

우리는 함께 걸어갔습니다. 나직한 성문을 지나서(작은 돌을 집어넣고 만든 성벽이 사방에서 거리를 둘러싸고 있었는데, 아직 총안(銃眼)까지 부서지지 않고 남아 있었습니다), 우리는 들판으로 나섰습니다. 돌담을 따라 100보가량 가서 비좁고 조그마한 문 앞에서 걸음을 멈추었습니다. 가긴은 문을 열고, 산으로 나 있는 가파른 오솔길을 따라 우리를 안내했습니다. 길 좌우편에는 포도밭이 층계를 이루었습니다. 방금 해가 져서, 가느다랗고 붉은 빛줄기가 푸른 포도덩굴 위에도, 높다란 울바자에도, 크고 작은 판석집 담벼락에도 반사의 빛을 던졌습니다. 그 집에는 검정 대들보들이 비스듬히 세워져 있었고, 네 개의 조그마한 창문이 밝게 빛났습니다.

"자, 이것이 우리 숙소올시다!"

우리가 집으로 다가갔을 때, 가긴은 외쳤습니다.

"아, 주인아주머니가 우유를 나르는군요. 구텐 아벤트, 마담!* 곧 식사를 합시다. 그러나 그전에……."

하더니 그는 덧붙였습니다.

"한번 돌아보세요. 경치가 어떻습니까?"

정말 훌륭한 경치였습니다. 파란 둑 사이로 은빛 라인강이 흐르고, 어떤 곳은 석양을 받아 발그스름한 금빛으로 불타고 있었습니다. 강변으로 모여든 거리는 모든 집, 모든 한길을 고스란히 드러내 보이고, 언덕과 들판은 사방으로 줄달음치고 있었습니다. 아래의 경치도 좋았지만, 위의 경치는 더욱 좋았습니다. 투명한 공기 속에 빛나는 맑고 깊은 하늘은 나의 마음을 송두리째 사로잡고 말았습니다. 서늘하고 가벼운 공기는 마치 높은 곳에 있다는 것을 자랑이라도 하는 듯, 잔잔히 흔들리며 이리저리 물결치고 있었습니다.

"훌륭한 숙소를 마련하셨군요."

나는 말했습니다.

"이건 아아샤가 발견한 거랍니다."

가긴이 대답하더니 말을 이었습니다.

"자, 아아샤, 모두 이리 가져오라고 부탁해줘. 저녁은 밖에서 들도록 합시다. 여기면 음악도 잘 들리니까. 당신은 아십니까?"

---

* 안녕하십니까, 아주머니!

그는 나를 바라보며 덧붙였습니다.

"어떤 왈츠는 가까운 데서 들으면 속되고 조잡한 소리가 나서 귀찮을 정도이지만, 먼 곳에서 들으면 아주 멋있단 말이에요! 우리 마음속에 있는 로맨틱한 현(絃)을 모조리 흔들어놓는 느낌이랍니다."

아아샤(그녀의 진짜 이름은 안나였지만 가긴은 아아샤라고 불렀습니다. 그래서 나도 아아샤라고 부르기로 했습니다)는 집 안으로 들어갔다가 잠시 후 주인아주머니와 함께 나왔습니다. 그 두 사람은 우유병과 접시, 스푼, 설탕, 딸기, 빵 등을 올려놓은 커다란 쟁반을 날라왔습니다. 우리는 자리를 잡고 식사를 하기 시작했습니다. 아아샤는 모자를 벗었습니다. 사내아이처럼 짤막하게 자른 검은 머리칼은 커다랗게 원을 그리면서 목덜미와 귀 위에 늘어져 있었습니다. 아아샤가 매우 쑥스러워하자, 가긴은 동생에게 말했습니다.

"아아샤, 그렇게 겁낼 건 없어! 이분이 널 물어뜯진 않을 테니."

아아샤는 방긋 미소를 짓고, 잠시 후에는 내게 이야기를 걸어왔습니다. 나는 이 여자같이 가만있을 줄 모르는 사람은 본 적이 없었습니다. 한시도 가만히 앉아 있지를 않고, 자리에서 일어나서 집안으로 뛰어들어가는가 하면, 다시 달려 나오고, 작은 소리로 노래를 부르는가 하면, 자주 웃기도 했는데, 그 웃는 것이 또 묘했습니다. 그것은 듣는 것이 우스워서 웃는 것이 아니라, 자기 머리에 떠오르는 여러 가지 생각 때문에 웃는 것 같았습니다. 그녀의 커다란 눈은 아무 거리낌 없이 똑바로, 맑게 사물을 바라보곤 했으나 가끔 눈까풀을 살며시 내리깔 때가 있었습니다. 그럴 때, 그녀의 눈초리는 갑자기 깊어지고 부드러워졌습니다.

우리는 두 시간가량 이야기했습니다. 이미 날이 저문 지도 오래였고, 처음엔 온통 불꽃을 뒤집어쓴 듯하던 저녁 경치는 점점 맑은 선홍빛으로 물들어가다가, 나중에는 파르스름하게 흐려지면서, 고요히 밤 경치 속으로 녹아버렸습니다. 그렇지만 우리의 이야기는 주위를 둘러싸고 있는 공기처럼, 아늑하고 부드럽게 계속되었습니다. 가긴은 라인 와인을 한 병 가져오라고 했습니다. 우리는 천천히 그것을 마셨습니다. 음악은 여전히 우리의 귀에 들려왔는데, 그 소리는 아까보다 훨씬 더 부드럽고 감미로웠습니다. 거리에도, 강 위에도 불빛이 가물거렸습니다. 아아샤는 문득, 그 곱슬곱슬한 머리가 눈을 가릴 정도로 머리를 숙이고, 한참 동안 가만히 있다가 한숨을 몰아쉬었습니다. 그러고는 졸음이 온다고 말하고 집 안으로 들어가버렸습니다. 그러나 나는 그녀가 촛불도 켜지 않고, 오랫동안 닫힌 창문 뒤에 서 있는 것을 보았습니다. 드디어 윤곽이 나타나고 경치가 일변하고 말았습니다. 우리가 마시던 술잔 속의 포도주까지도 이상한 빛을 내며 반짝거렸습니다. 바람은 날개라도 접은 듯 잠잠해지고, 대지에서는 향기롭고 따사로운 밤공기가 풍겨왔습니다.

"갈 때가 됐군요!"

나는 외쳤습니다.

"그렇지 않으면 나룻배를 찾지 못할지도 모릅니다."

"그렇군요."

가긴도 머리를 끄덕였습니다.

우리는 오솔길을 따라 내려갔습니다. 갑자기 뒤에서 조약돌이 굴러떨어졌습니다. 아아샤가 쫓아왔기 때문입니다.

"너 아직도 자지 않았니?"

오빠가 물었으나, 아아샤는 아무 대답도 없이 우리 옆을 지나 뛰어 내려갔습니다.

여관 뜰에는 대학생들이 붙여놓은 횃불들이 아직 타고 있어서 나뭇가지 위의 나뭇잎들을 비춰주었는데, 그 모양이 축제일 같은 환상적인 인상을 돋우어주었습니다. 아아샤는 강변에 서서 뱃사공과 이야기하고 있었습니다. 나는 배에 뛰어오른 다음, 새로 사귄 친구들과 작별의 인사를 나누었습니다. 가긴은 내일 나를 찾아오겠다고 약속했습니다. 나는 그의 손을 잡고, 아아샤에게도 손을 내밀었지만, 아아샤는 나를 바라보며 머리를 흔들 뿐이었습니다. 배는 강변을 떠나 급류 위를 가기 시작했습니다. 기운 센 노인은 캄캄한 물 속에서 힘차게 노를 저었습니다.

"당신은 달 속에 들어가서, 달을 부숴버렸어요."

아아샤가 내게 큰 소리로 외쳤습니다.

나는 아래로 눈길을 돌렸습니다. 배 옆에서 검은 물결이 넘실거렸습니다.

"안녕히 가세요!"

아아샤의 목소리가 다시 울려왔습니다.

"내일 또 만납시다!"

가긴이 그녀 뒤를 이어 소리를 질렀습니다.

배가 기슭에 닿았습니다. 나는 배에서 내려, 뒤를 돌아보았습니다. 이미 맞은편 강변에는 아무도 보이지 않았습니다. 달빛 기둥은 또다시 황금의 다리 모양, 넓은 강 위에 뻗었습니다. 란데르 왈츠의 옛 곡조가 마치 이별이라도 고하는 듯이 흘러왔습니다. 가긴의 말은 옳았습니다. 나는 마음속의 현들이 한 줄 한 줄 뒤흔들리면서 애달픈 멜로디에 대답하는 것을 느꼈습니다. 향기로운 공기를 천천히 들이마시면서, 어두컴컴한 들판을 지나 집으로 향했습니다. 이렇게 하여 집에 돌아왔을 때는, 허전하면서도 한없는 기대를 느끼며, 달콤한 피로 속에 전신이 녹아내리는 것 같았습니다. 나는 행복하다고 느꼈습니다. 그러나 무엇 때문에 행복했을까요? 나는 아무것도 원하지를 않았고, 아무것도 생각하질 않았는데……. 그래도 난 행복했습니다.

나는 즐겁고 유쾌한 나머지, 저절로 웃음이 나오려고 했습니다. 침대 속으로 들어가서 눈을 감으려고 했는데, 문득 생각해보니 오늘 밤 그 괘씸한 미망인에 대해서는 한 번도 회상하지 않았다는 것을 알았습니다.

'도대체 어떻게 된 일인가?'

나는 자문해보았습니다.

'내가 아아샤에게 반한 것은 아닐까?'

그러나 이런 자문을 내던지고 요람 속의 어린애처럼 금방 잠들어버린 것 같습니다.

3

이튿날 아침, 벌써 눈을 뜨고 있었으나 아직 자리에선 일어나지 않았을 때입니다. 문 밑을 지팡이로 두드리는 소리가 나더니 노랫

소리가 들렸습니다.

그대는 자는가? 기타의 소리로
그대를 깨우겠노라…….

나는 곧 가긴의 목소리라는 걸 알았습니다.

나는 황급히 문을 열었습니다.

"안녕하십니까."

가긴이 들어오면서 말했습니다.

"좀 일찍 깨운 것 같지만, 그러나 보십시오, 얼마나 좋은 아침입니까? 이 신선함, 이 이슬, 그리고 종달새가 노래하고……."

그렇게 말하는 가긴의 윤이 나는 곱슬곱슬한 머리, 노출된 목덜미, 그리고 불그스름한 장밋빛 볼도 이 아침같이 신선해 보였습니다.

나는 옷을 입고 함께 밖으로 나가서 벤치에 앉았습니다. 그리고 커피를 가져오게 하고 이야기를 시작했습니다. 가긴은 미래의 계획을 이야기했는데, 상당한 재산을 갖고 있어서 아무에게도 의지하고 싶지 않으며, 일생을 그림 공부에 바치고 싶다고 했습니다. 단지 생각을 늦게 해서 오랫동안 허송세월한 것을 후회하고 있다고 했습니다. 나도 내 계획을 말하고, 겸해서 나의 불행한 연애의 비밀을 털어놓았습니다. 그는 동정하는 태도로 내 말을 들었지만, 내가 보기엔 그다지 큰 동정을 얻은 것 같지는 않았습니다. 그는 내가 한숨을 짓자 그 뒤를 이어 두어 번가량 가볍게 한숨을 쉬고는, 자기의 스케치를 보여줄 테니 집으로 가자고 말했습니다. 나는 선뜻 응낙했습니다.

집에 가니 아아샤는 없었습니다. 주인아주머니가 '성터'로 갔다고 일러주었습니다. L거리에서 2보르스트가량 떨어진 곳에 봉건 시대의 성터가 있었습니다. 가긴은 자기의 그림책을 모조리 펼쳐 보였습니다. 그 스케치 속에는 제법 생명과 진실이 깃들어 있어서 무엇인지 자유롭고 광활한 데가 있었습니다. 그런데 한 가지도 완성된 것 없이 제멋대로 그려져 있어, 정확해 보이지가 않았습니다.

"그렇습니다, 그렇습니다."

가긴은 한숨을 몰아쉬며, 내 말에 동의했습니다.

"당신의 말이 옳습니다. 모두 조잡하고 미숙한 그림들이죠. 할 수 없어요! 나는 제대로 배우지도 않았고 게다가 슬라브식의 방탕에 빠지고 말았으니까요. 일에 대해서 공상할 동안은, 독수리가 하늘을 나는 기분으로 땅덩어리라도 움직일 듯한 기세이지만, 정작 실행으로 들어가면 금방 식어서 지치고 만답니다."

나는 원기를 돋우어주려고 했으나, 가긴은 손을 흔들고, 그림통들을 한아름에 안아서 긴 의자에 던져버렸습니다.

"참을성만 있다면, 나도 어떻게 되겠지만."

그는 이빨 사이로 내뱉듯이 말했습니다.

"그것이 모자란다면, 나는 귀족 집안 도련님으로 일생을 마치게 될 겝니다. 자, 우리 아아샤나 찾으러 갑시다."

우리는 밖으로 나갔습니다.

4

성터로 가는 길은 숲속에 싸인 좁은 계곡의 언덕을 따라 구불구불했습니다. 그 계곡 밑에는 한 줄기 냇물이 돌에 부딪쳐서 시끄러운 소리를 내며 흘렀습니다. 그것은 마치 우뚝 솟아 있는 어두운 능선 뒤에서 고요히 반짝이는 대하(大河)로 흘러들기 위해 서두르는 듯 느껴졌습니다. 가긴은 빛을 받아서 풍치가 달라진 몇 군데의 장소를 나에게 가리켜주었습니다. 그의 말 속엔, 화가라고까지는 할 수 없어도 예술가다운 인상을 주는 것이 있었습니다.

곧 성터가 보였습니다. 앙상한 바위 꼭대기에 네모진 탑이 서 있었습니다. 탑 전체가 새까맣고, 세로로 금이 갔지만, 그래도 든든해 보였습니다. 이끼투성이 성벽이 탑에 붙어 있었습니다. 여기저기 담쟁이가 뻗고, 구부러진 나무가 낡은 총안이며, 허물어진 지붕에 가지를 늘어뜨렸습니다. 돌투성이의 오솔길은, 허물어지지 않고 남아 있는 성문으로 통했습니다. 우리가 성문 근처에 도달했을 때, 갑자기 우리 앞에 여자의 모습이 어른거리더니, 여러 가지 파편들이 산더미같이 쌓여 있는 위로 재빨리 달려가서, 바로 절벽 위의 가파르게 튀어나온 성벽에 앉았습니다.

"아, 저건 아아샤다! 저 애가 미쳤나!"

가긴이 외쳤습니다.

우리는 성문 쪽으로 들어가서, 사과나무와 쐐기풀로 반쯤 뒤덮인 자그마한 빈 터에 섰습니다. 가파르게 튀어나온 성벽 위에 앉아 있는 사람은 아아샤가 틀림없었습니다. 그녀는 우리 쪽으로 얼굴을 돌리고 웃어댔지만, 그 자리를 떠나려고 하지 않았습니다. 가긴은 한 손가락을 쳐들어 위협을 하고, 나는 큰 소리로 그녀의 부주의를 핀잔했습니다.

"내버려두세요."

가긴은 속삭이는 소리로 말했습니다.

"그 애를 놀리지 마세요. 당신은 그 애의 성질을 모르시겠지만, 그 애는 탑 위에까지 올라갈지도 모릅니다. 그것보다는 이 고장 사람들의 현명함에 놀라는 편이 나을 거예요."

나는 뒤를 돌아다보았습니다. 한쪽 구석에 기대 세운 자그마한 판잣집에 노파가 앉아서 양말을 뜨면서 안경 너머로 흘낏흘낏 쳐다보고 있었습니다. 그 노파는 관광객들을 상대로 맥주, 생과자, 음료수 들을 팔고 있었습니다.

우리는 벤치에 앉아서 주석으로 만든 묵직한 잔으로 제법 차가운 맥주를 마시기 시작했습니다. 아아샤는 얇은 비단 목도리로 머리를 감싸고, 두 다리를 아래로 늘어뜨린 채, 여전히 움직이지 않고 앉아 있었습니다. 균형 잡힌 그녀의 얼굴은 맑게 개인 하늘에 뚜렷하고 아름답게 떠올랐습니다. 그러나 나는 불쾌한 감정을 느끼며, 그녀의 모습을 바라보았습니다. 벌써 전날 밤부터 이 여인에게서 무엇인지 긴장된, 자연스럽지 않은 그 무엇을 느꼈던 것입니다.

'아아샤는 우리를 놀라게 할 생각이구나. 왜 그럴까? 무슨 어린애 짓일까?'

이런 내 생각을 짐작했는지, 그녀는 뚫어질 듯이 나를 쳐다보고는 다시 웃음보를 터뜨리고 깡충깡충 뛰며 두 번 만에 성벽에서 뛰어내렸습니다. 그러고는 노파에게로 다가가서 물 한 잔을 청했습니다.

"오빠는 내가 마시려는 줄 아세요?"

그녀는 가긴에게 돌아서며 말했습니다.

"아니에요. 성벽 위에 꽃이 피었는데, 물을 줘야겠어요."

가긴은 아무 말도 없었습니다. 아아샤는 컵을 손에 든 채, 허리를 굽히고 성벽을 기어오르기 시작했습니다. 이따금씩 발을 멈추고서는 우스울 만큼 조심스러운 태도로 몇 방울의 물을 흘렸습니다. 물방울은 햇빛을 받아 반짝반짝 빛났습니다. 그녀의 행동은 무척 귀엽긴 했지만 나는 여전히 그녀가 밉살스러웠습니다. 그렇지만 그녀의 경쾌하고 민첩한 동작에 나도 모르게 마음이 끌리고 있었습니다. 위험한 장소에 도달하자, 그녀는 일부러 큰 소리로 외치고는 명랑하게 웃어대기까지 했습니다. 나는 점점 더 기분이 나빠졌습니다.

"아, 산양처럼 저런 델 오르다니!"

잠시 뜨개질에서 눈을 돌린 노파는 코맹맹이 소리로 중얼거렸습니다.

이윽고 아아샤는 컵의 물을 비우고 나서 어리광을 피우듯 이리저리 몸을 흔들면서 우리 있는 곳으로 돌아왔습니다. 그녀의 눈썹이며, 콧구멍이며, 입술은 이상한 미소 때문에 바르르 떨리고 가늘게 뜬 새까만 두 눈은 거만하면서도 즐거운 빛으로 빛나고 있었습니다.

'당신은 내 행동을 못마땅하게 여기실지 모르지만, 그러나 괜찮아요. 당신이 나한테 반했다는 걸 나는 알고 있으니까요.'

그녀의 얼굴은 이렇게 말하는 것 같았습니다.

"아아샤, 장하다, 장해."

가긴은 나직한 소리로 말했습니다.

아아샤는 갑자기 부끄럽기라도 한 듯, 기다란 속눈썹을 살며시 내리깔고 죄진 사람인 양 살그머니 내 옆에 자리를 잡았습니다. 나는 그때 처음으로 그녀의 얼굴을 자세히 들여다보았습니다. 나는 지금까지 그렇게 변하기 쉬운 얼굴을 본 적이 없습니다. 잠시 후 그 얼굴은 점점 더 창백해지고 슬픔이 깃든, 긴장된 표정으로 변해갔습니다. 얼굴의 윤곽까지도 크고, 엄숙하고, 단순해진 듯이 느껴졌습니다. 아아샤는 아무 말도 하지 않았습니다.

우리는 성터를 한 바퀴 돌고(아아샤도 뒤쫓아왔습니다), 이곳저곳 경치를 구경했습니다. 그러는 사이에 점심시간이 다가왔습니다. 가긴은 노파에게 셈을 하고, 다시 맥주 한 잔을 청하고 나서 내게로 몸을 돌리더니 능청스럽게 얼굴을 찌푸리며 외쳤습니다.

"당신의 마음을 지배하는 부인의 건강을 위해서!"

"아니 당신에게, 당신에게 그런 부인이 있었던가요?"

아아샤가 물었습니다.

"누구한테나 있을 수 있는 일이지."

가긴이 대꾸했습니다.

아아샤는 잠시 생각에 잠겼습니다. 그녀의 얼굴은 다시 한번 변해서, 도전하는 듯한 거만한 미소가 떠올랐습니다.

돌아오는 길에서 아아샤는 더욱 깔깔대며 호들갑을 떨었습니다. 기다란 나뭇가지를 꺾어서 총인 양 어깨에 메고, 머리를 목도리로 동여맸습니다. 우리는 점잔을 빼는 금발의 영국인 대가족과 마주쳤습니다. 그런데 그들은 무슨 호령이라도 들은 듯, 싸늘한 놀라움에 사로잡혀 얼빠진 눈으로 아아샤를 바라보았습니다. 그러자 아아샤는 짓궂게도 커다란 소리로 노래를 부르기 시작했습니다. 집으로 돌아오자 그녀는 곧 자기 방으로 들어갔다가 식사 때에야 얼굴을 내밀었습니다. 좋은 옷으로 갈아입고, 머리도 잘 손질하고, 허리를 잘록하게 졸라매고, 장갑까지 끼고 있었습니다.

식탁에 앉아서도 무척 얌전하고, 점잔이라도 빼는 듯이 음식에도 얼마 손을 대지 않고, 물도 자그마한 잔으로 마셨습니다. 확실히 내 앞에서 새로운 역할, 예의 바른 훌륭한 아가씨의 역할을 하고 싶었던 것 같았습니다. 가긴도 그것을 방해하려고 하지 않았습니다. 보건대 그는 모든 일에 있어서 아아샤를 마음대로 내버려두는 것이 습관이 된 것 같았습니다. 다만 때때로 선량한 표정으로 나를 바라보고는 한쪽 어깨를 으쓱해 보일 뿐이었는데 그 모습은, "저 애는 어린애니까 관대히 봐주세요" 하고 말하는 듯한 눈치였습니다. 식사가 끝나자마자 아아샤는 일어나서 우리에게 무릎을 굽혀 인사를 하고는 모자를 쓰면서 프라우 루이제한테 가도 좋으냐고 가긴에게 물었습니다.

"언제부터 내게 물어보게 됐니?"

가긴은 태연스럽게 대답했지만 약간 당황한 미소를 띠었습니다.

"우리하고 같이 있으면 지루하니?"

"아니에요. 그렇지만 어제 프라우 루이제한테 놀러 가겠다고 약속을 했어요. 게다가 두 분만 앉아 계시는 것이 편할 것 같기도 해서요. N 씨가(그녀는 나를 가리켰습니다) 무엇인지 또 새로운 이야기를 들려주실 테죠."

그녀는 밖으로 나갔습니다.

가긴은 나의 시선을 피하면서 말하기 시작했습니다.

"프라우 루이제는 이곳 전 시장(市長)의 부인이었는데, 지금은 미망인으로 사람은 좋지만 머리가 텅 빈 노파예요. 노파는 아아샤를 무척 귀여워합니다. 그리고 아아샤는 자기보다 신분이 낮은 사람들하고 사귀기를 좋아한답니다. 이런 것도 그 애가 거만한 탓이겠죠. 당신도 보다시피 그 애는 너무 어리광을 피워서……."

그는 잠시 말을 끊었다가 덧붙였습니다.

"그런데 어떻게 할 도리가 있어야죠. 저는 아무에게도 싫은 소리를 하지 않는 성격인 데다가 그 애한테는 더욱 그럴 수가 없었습니다. 제게는 그 애를 관대히 보살펴줄 의무가 있으니까요."

내가 잠자코 있었으므로 가긴은 말머리를 돌렸습니다. 나는 가긴을 알면 알수록 더욱 굳은 애정을 느꼈습니다. 나는 곧 그의 성격을 알 수 있었습니다. 그는 순수한 러시아인이었습니다. 정직하고, 결백하고, 단순한 사람이었습니다만, 가엾게도 마음이 약하고 저력이 없고 정열도 없었습니다. 청춘의 힘이 샘처럼 끓어오르지 못하고 잔잔히 빛나고 있을 뿐이었습니다. 무척 정답고 현명하지만, 장차 어떤 사람이 될지 상상할 수가 없었습니다. 화가가 된다 해도, 쓰라린 부단한 노력 없이는 쉽지가 않은 일인데……. 노력한다, 나는 그의 보드라운 얼굴을 바라보고 온순한 말소리를 들으면서 생각했습니다.

'아니다! 자넨 노력할 수 없어. 참을 수 없어.'

그런데도 나는 이 남자를 사랑하지 않을 수 없었습니다. 나도 모르게 그 쪽으로 마음이 끌렸습니다.

우리는 네 시간가량 둘이서 지냈습니다. 긴 의자에 앉기도 하고, 혹은 집 앞을 천천히 거닐기도 하면서, 네 시간 동안 우리는 완전히 융합되고 말았습니다.

해가 저물어 내가 집으로 돌아갈 때가 되었습니다. 그러나 아아샤는 돌아오지 않았습니다.

"정말 얼마나 버릇없는 앤지!"

가긴은 말했습니다.

"내가 바래다드릴까요? 가는 길에 프라우 루이제의 집에 들러봅시다. 거기에 있는지 없는지도 물어볼 겸. 그다지 먼 길도 아닙니다."

우리는 거리로 내려갔습니다. 구불구불하고 좁다란 골목을 돌아서, 옆과 위로 두 개의 창문이 난 4층 건물 앞에서 걸음을 멈추었습니다. 2층은 1층보다 더 많이 거리로 튀어나오고, 3층과 4층은 2층보다도 많이 나와 있었습니다. 여기저기에 낡아빠진 조각물들이 걸렸고, 밑창은 두 개의 두꺼운 기둥으로 받쳐져 있었습니다. 위에는 뾰족한 기와지붕을 얹고, 지붕 밑 방에는 주둥아리처럼 권양기(卷楊機)가 튀어나와 있어 집 전체가 마치 웅크리고 앉은 커다란 새와도 같았습니다.

"아아샤! 너 거기 있니?"

가긴이 외쳤습니다.

등불이 켜진 3층 문이 쾅하고 열리더니 아아샤의 검은 머리가 보였습니다. 그 뒤로는 이가 빠지고 눈에 정기가 없는 독일인 노파의 얼굴이 내다보였습니다.

"네, 여기 있어요."

아아샤는 아양을 떨면서 문턱에 팔꿈치를 괴고 말했습니다.

"나는 여기가 좋아요. 자, 이걸 드릴 테니 받으세요."

그러고는 가긴에게 제라늄 꽃 한 송이를 던지면서 덧붙였습니다.

"나를 오빠 애인이라 생각하세요."

프라우 루이제가 웃음을 터뜨렸습니다.

"N 씨가 가신대. 네게 인사를 하시겠단다."

가긴이 말했습니다.

"정말? 그렇다면, 그 꽃을 그분에게 드리세요. 곧 돌아가겠어요."

아아샤는 이렇게 말하고 문을 닫았습니다. 그녀는 프라우 루이제에게 키스를 하는 것 같았습니다. 가긴은 말없이 내게 꽃을 주었습니다. 나도 묵묵히 꽃을 받아 주머니에 꽂고, 나루터까지 와서 강을 건넜습니다.

지금도 기억하지만 나는 아무 생각도 없이, 그러나 마음속에는 이상한 괴로움을 느끼면서 집으로 돌아왔습니다. 문득 코에 익은, 그러나 독일에서는 좀처럼 맡아볼 수 없는 강력한 냄새가 코를 찔렀습니다. 걸음을 멈추고 살펴보니 길가에 조그마한 삼밭이 있었습니다. 그 광야의 냄새는 불현듯 나에게 고향을 연상케 하고, 강력한 향수를 마음속에 불러일으켰습니다.

나는 러시아의 공기를 호흡하고 러시아의 땅을 밟고 싶어졌습니다. 그리고 외쳤습니다.

"나는 여기서 무엇을 하고 있는가, 무엇 때문에 낯선 타국에서 방랑하고 있는가?"

그러자, 지금까지 마음속에 느끼던 암담한 괴로움이 갑자기 쓰라리게 타는 듯한 흥분으로 변해갔습니다. 집에 돌아왔을 때는 어젯밤과는 전연 다른 기분이었습니다. 나는 화가 치밀어서 오랫동안 마음을 진정시킬 수가 없었습니다. 나 자신도 모를 울분에 사로잡혔습니다. 이윽고 자리에 앉아, 그 앙큼스러운 미망인의 일을 생각하고(그 여성을 공식적으로 회상하는 것이 일과의 마지막이었습니다), 그녀에게서 받은 한 통의 편지를 끄집어냈습니다. 그러나 나는 그것을 펼쳐보려고도 하지 않았습니다. 생각의 흐름은 갑자기 다른 방향으로 흘러갔습니다. 아아샤의 일을 생각했습니다. 가긴이 이야기하는 도중에 러시아로 돌아가는 데는 그의 귀국을 방해하는 어떤 곤란한 사정이 있다고 나에게 암시하던 것이 문득 머리에 떠올랐습니다…….

"될 대로 돼라, 그의 동생인지 뭔지!"

나는 큰 소리로 외쳤습니다.

나는 옷을 갈아입고 자리에 누워서 잠을 청하려고 애썼습니다. 그러나 한 시간 후에는 다시 침대 위에 일어나서 베개 위에 팔꿈치를 괴고, 또다시 그 '부자연스럽게 깔깔대는 변덕스러운 아가씨'의 일을 생각하기 시작했습니다.

"그녀는 라파엘의 파르네시나 속에 나오는 작은 갈라테아야."

나는 중얼거렸습니다.

"그렇다, 아아샤는 그의 동생이 아니다……."

한편, 미망인의 편지는 달빛을 받아 하얗게 빛나면서, 마루 위에 조용히 놓여 있었습니다.

5

이튿날 아침 나는 다시 L거리로 갔습니다. 가긴을 만나기 위해서라고 나 자신에게 다짐했습니다만, 마음 한구석에서는 아아샤가 어떤 일을 하려는지, 또 어젯밤처럼 '기묘한 행동'을 하지나 않으려는지, 그것이 보고 싶었던 것입니다. 가보니 두 사람은 응접실에 있었습니다. 그런데 이상하게도 내가 어젯밤과 오늘 아침에 무척 러시아에 마음이 끌리고 있었던 탓인지도 모르겠지만 아아샤는 완전히 러시아 여인같이 보였습니다. 게다가 소박한 여인, 아니 하녀 같은 인상이기도 했습니다. 그녀는 허술한 옷을 입고 머리칼을 귓전으로 빗어 넘기고 다소곳이 창가에 앉아서 얌전하게 수를 놓고 있었습니다. 마치 일생 동안 그 일밖에는 아무것도 한 일이 없다는 듯한 느낌이었습니다. 그녀는 거의 아무 말도 없이 침착하게 자기 일을 계속하고 있었습니다. 그녀의 얼굴은 조금도 뛰어난 점이 없는 평범한 표정을 하고 있어서 나는 나도 모르게 러시아 태생의 카챠라든가 마샤라는 여자를 연상했을 정도입니다. 그 유사함을 더욱 완전히 하기라도 하듯 아아샤는 〈아아, 그리운 어머니여〉를 나직한 소리로 노래하기 시작했습니다. 나는 그 노르스름하고 불이 꺼진 듯한 얼굴을 바라보면서 어젯밤의 공상을 상기하고, 어쩐지 아쉬운 듯한 생각이 들었습니다. 그날은 매우 화창한 날씨여서, 가긴은 자연을 스케치하러 가겠다고 말했습니다. 나는 따라가도 좋은지, 방해가 되지 않는지를 그에게 물어보았습니다.

"천만에요. 오히려 제게 좋은 충고를 해줄 수 있을 겁니다."

가긴은 반다이크식의 동그란 모자를 쓰고, 셔츠를 입고 스케치북을 겨드랑이에 끼고 떠났습니다. 나는 그 뒤를 따라갔습니다. 아아샤는 집에 남았는데, 가긴은 떠나면서 수프가 너무 묽어지지 않도록 조심하라고 부탁했습니다. 아아샤는 자주 부엌에 나가보겠다고 약속했습니다.

가긴은 눈 익은 골짜기에 다다르자 바위 위에 자리를 잡았습니다. 그는 가지가 많이 뻗고 둥그렇게 구멍이 뚫린 참나무 고목을 그리기 시작했습니다. 나는 풀 위에 누워서 책을 끄집어냈지만, 두 페이지도 읽지 못했고, 가긴은 다만 종이 한 장을 버렸을 뿐이었습니다. 우리는 주로 토론을 많이 했는데 내가 판단한 바로는, 어떻게 일을 해야 하는가, 무엇을 피해야 하는가, 어떤 태도를 가질 것인가, 현대에 화가란 과연 어떤 것인가 하는 문제에 대해서, 제법 똑똑하고도 자세하게 고찰했습니다.

이윽고 가긴은, 오늘은 기분이 내키지 않는다고 생각했는지 나하고 나란히 누워버렸습니다. 우리의 젊음에 찬 이야기는 걷잡을 수 없이 흘러내려서 혹은 열렬하게 혹은 생각에 잠겨 혹은 감격에 넘쳐, 많은 것을 주고받았습니다. 그러나 거의 처음부터 끝까지 애매한 말뿐이었습니다. 러시아 사람은 이런 종류의 이야기에 곧잘 웅변을 토하는 법입니다. 배가 꺼지도록 지껄이고 나서 마치 무슨 일이라도 한 듯한 만족감을 느끼면서, 우리는 집으로 돌아왔습니다.

돌아와보니 아아샤는 우리가 떠날 때와 마찬가지였습니다. 아무리 애써서 살펴보아도, 아양을 떠는 기색도 없거니와 일부러 그러는 것 같은 눈치도 없었습니다. 이번만은 부자연스럽다고 핀잔할 수도 없었습니다.

"아하! 정진과 참회를 하려고 결심한 거군."

가긴이 말했습니다.

저녁때가 되자 아아샤는 하품을 몇 번 하더니 일찍 방으로 들어갔습니다. 나도 가긴과 작별 인사를 나누고 일찍 집으로 돌아왔습니다만, 공상할 시간은 없었습니다. 이날 하루는 건전한 기분 속에 흘러가버렸습니다. 그러나 잊히지도 않습니다. 자리에 누우려다 나는 문득 이런 말을 했습니다.

"정말 카멜레온 같은 여자다!"

그리고 잠깐 생각한 후 이렇게 덧붙였습니다.

"그러나 어쨌든 아아샤는 그의 동생이 아니야."

6

2주일이 지났습니다. 나는 매일같이 가긴의 집을 방문했습니다. 아아샤는 나를 피하는 듯한 눈치였으나, 우리가 처음 알게 된 며칠 동안 그렇게 나를 놀라게 했던 나쁜 장난도 다시는 반복되지 않았습니다. 보건대, 마음속에 무슨 슬픈 일이라도 있지 않으면 어떤 난처한 일이라도 있는 듯한 느낌이었습니다. 그녀는 그전같이 잘 웃지도 않았습니다. 나는 호기심을 가지고 그 모습을 관찰했습니다.

아아샤는 프랑스어와 영어를 제법 유창하게 했습니다만, 여러 모로 어릴 때부터 여자의 손에 자라질 않고, 가긴하고는 조금도 공통점이 없는, 기묘하고 특수한 교육을 받았다는 것을 짐작할 수 있었습니다.

가긴은 반다이크식의 모자와 셔츠를 걸치고 있었음에도 불구하고, 그 몸 전체에서 부드럽고 연약한 대러시아의 귀족 같은 분위기를 풍기고 있었는데, 아아샤는 조금도 아가씨 같은 기분이 나지 않았습니다. 모든 동작에서 무엇인지 불안한 느낌을 주었습니다. 이 야생의 나무는 바로 조금 전에 접목되었을 뿐으로, 술로 치면 아직 발효 중이라고 하겠습니다. 그녀는 천성이 부끄러움 많은 겁쟁이인데다가, 자신의 부끄러움에 화를 내고, 화가 동한 나머지 억지로 무례하고 대담한 태도를 취하려고 했지만, 그것이 언제나 잘 되는 것은 아니었습니다. 나는 여러 번 아아샤에게 그녀가 러시아에 있을 때의 생활이며, 그녀의 과거지사에 대해서 물어보았으나 아아샤는 내 질문에 답하는 것을 꺼리는 눈치였습니다. 그렇지만 외국으로 떠나기 전까지 오랫동안 시골에서 살았다는 것만은 알았습니다. 한 번은 그녀가 혼자서 책을 읽고 있는 것을 보았습니다. 그녀는 머리에 양손을 얹고, 손가락을 머리칼 깊숙이 집어넣은 채, 열심히 읽어 내려가고 있었습니다.

"훌륭해요! 매우 열심이군요?"

나는 그녀 곁으로 다가서며 이렇게 말했습니다.

그녀는 머리를 쳐들고 엄숙하고 교만한 눈으로 나를 바라보았습니다.

"당신은 제가 웃는 것밖엔 아무것도 못하리라 생각하시나요?"
이렇게 말하며 그녀는 피하려고 했습니다.
나는 얼른 책 제목을 보았습니다. 프랑스 소설이었습니다.
"그렇지만 당신의 책 선택에는 찬성할 수 없군요."
나는 말했습니다.
"그럼, 무엇을 읽어야 해요?"
그녀는 이렇게 외치고는 책을 탁자 위에 내동댕이치며 덧붙였습니다.
"그렇다면 밖에 나가 장난을 치는 편이 낫겠군요."
그러더니 뜰로 뛰어나갔습니다.
그날 밤, 나는 가긴에게 〈헤르만과 도로테아〉를 읽어주었습니다. 아아샤는 처음엔 줄곧 우리 옆을 왔다 갔다 했습니다만 문득 발을 멈추고 귀를 기울이더니, 살며시 내 옆에 앉아서 끝까지 낭독을 들었습니다.
이튿날, 나는 또다시 그녀를 알아볼 수 없었습니다. 그러나 곧 머리에 떠올랐습니다. 그녀는 도로테아처럼 가정적이고 침착한 여자가 되어보겠다고 생각한 것입니다. 요컨대 그녀는 반 수수께끼와도 같은 존재로 내 앞에 나타난 셈입니다. 말할 수 없이 강한 그녀의 자존심이 내 마음을 끌었습니다. 내가 화를 내고 있을 때조차도 그랬습니다. 그런데 단 한 가지, 점점 내 확신을 굳게 해주는 것이 있었습니다. 다른 것이 아니라 그녀가 가긴의 동생이 아니라는 것입니다. 가긴이 아아샤를 대하는 태도는 오누이와 같지 않았습니다. 너무나 상냥하고 너무나 관대한 데다가 약간 부자연스러운 데까지 있었습니다.

그러던 중 어느 기묘한 기회가 나의 의혹에 확신을 주었습니다.

어느 날 밤 가긴이 살고 있는 포도밭에 다가갔을 때, 나는 사립문이 잠겨 있는 것을 발견했습니다. 별다른 생각도 없이 나는 그전에 이미 보아두었던 부서진 울타리로 가서 훌쩍 뛰어넘었습니다. 거기서 멀지 않은 오솔길 옆에 아까시나무로 만든 자그마한 정자가 있었습니다. 내가 그곳까지 가서 거의 지나치려 할 때, 갑자기 아아샤의 목소리가 들려왔습니다. 울먹이는, 흥분한 어조로 이런 말을 하고 있었습니다.

"아니, 당신 이외에는 아무도 사랑하고 싶지 않아요. 아니에요, 당신만을 사랑하고 싶어요. 언제까지나……."

"됐어, 아아샤, 진정해. 너도 알고 있지, 내가 너를 믿는다는 걸."

가긴이 말했습니다. 두 사람의 목소리는 정자 안에서 들려왔습니다. 성글게 뒤엉켜 있는 나뭇가지 사이로 나는 두 사람의 모습을 보았습니다. 그러나 그들은 나를 알아보지 못했습니다.

"당신, 당신만을."

아아샤는 같은 말을 되풀이하고, 가긴의 목에 달려들어 발작적으로 흐느끼며 키스를 하고 그의 가슴으로 파고들었습니다.

"됐어, 됐어."

가긴은 그녀의 머리칼을 살며시 어루만지며 되풀이했습니다.

잠시 동안 나는 꼼짝달싹 않고 서 있었습니다만, 불현듯 정신이 들었습니다.

'그들한테로 가볼까? ……아니, 무엇 때문에!'

이런 생각이 머리를 스쳤습니다. 나는 재빨리 울타리로 걸어와서 단번에 뛰어넘어 한길로 나와서는 거의 뛰다시피 하여 집으로 돌아왔습니다. 나는 혼자 미소를 짓기도 하고, 손을 비비기도 하면서, 별안간 나의 상상을 확신하게 한 우연에 놀랐습니다(나는 한시도 그들의 진실을 의심해본 적은 없었습니다). 그러나 어쨌든 나의 가슴속은 몹시 쓰라렸습니다.

'그런데 그 두 사람이 그렇게 가장할 수 있다니! 그러나 무엇 때문일까? 어째서 내 눈을 속이려고 할까? 가긴이 그런 일을 하리라곤 생각지도 못했는데……. 그리고 너를 믿는다는 말은?'

7

나는 제대로 잠을 이룰 수 없었으므로 이튿날 아침은 일찍 일어나서 등에 배낭을 짊어졌습니다. 주인아주머니한테는 오늘 밤 기다리지 말아달라는 부탁을 남긴 다음, Z거리에 흐르는 강 상류로 올라가 산을 향해 걸었습니다. 이 산은 개의 잔등이라고 불리는 산맥의 줄기로, 지질학적으로도 매우 재미있는 곳이었습니다. 특히 규칙적으로 생긴 순수한 현무암층이 볼 만했습니다. 그렇지만 나는 지질학적인 관찰을 하고 있을 마음 상태가 아니었습니다. 나의 마음속에 무슨 일이 일어나고 있는지조차 알 수 없었습니다. 다만 한 가지, 가긴을 만나고 싶지 않다는 감정만은 뚜렷했습니다. 갑자기 그 오누이를 싫어하게 된 유일한 원인은 그들이 교활하기 때문이라고 나는 확신했습니다. 도대체 무엇 때문에 오누이처럼 행세하려는 걸까? 그렇지만 나는 될 수 있는 한 그들의 일을 생각지 않기로 했습니다. 천천히 산이며 골짜기를 돌아다니다가 시골 음식점에서 쉬면서, 주인이나 손님들과 정답게 이야기를 주고받기도 하고, 혹은 편평하고 따스한 바위 위에 누워서 구름이 흐르는 것을 멍청히 바라보기도 했습니다. 다행히 좋은 일기가 계속되었습니다. 이런 상태에서 사흘을 지내보았습니다만, 그다지 나쁜 기분도 아니었습니다. 가끔 가다가 마음이 쓰라릴 때가 있기는 했지만 어쨌든 이 지방의 고요한 자연에 알맞은 심정이 되어 있었습니다.

나는 고요한 마음으로 우연의 장난과 눈앞에 어른거리는 인상에 온몸을 내맡겼습니다. 그들은 천천히 변하면서 내 마음속을 흘러내리고, 나중에는 하나의 공통적인 감정을 남겼습니다. 그 감정이란 내가 이 사흘 동안에 보고, 듣고, 느낀 모든 것, 숲속에서 풍기는 미묘한 송진 냄새, 딱따구리의 나무 쪼는 소리며 우는 소리, 모래 깔린 바닥에 알록달록한 송어를 비춰주는 맑은 냇물의 끊임없는 지껄임, 그다지 뛰어남이 없는 산과 산의 윤곽, 험상궂은 바위, 성스러운 느낌을 주는 낡은 교회며 나무들이 우거진 아담한 마을, 풀밭에 내려앉은 황새, 물방아가 재빨리 돌아가는 아득한 제분소, 마을 사람들의 순박한 얼굴, 그들이 입고 있는 파란 재킷이며 회색 양말, 피둥피둥 살찐 말이나 때로는 소에 매달려 삐걱거리며 느릿느릿 끌려가는 손수레, 사과나무와 배나무가 심어진 깨끗한 한길을 걸어가는, 머리가 텁수룩한 젊은 방랑객……. 이와 같은 모든 것이 융합되었습니다.

지금도 그때의 인상을 회상하면 마음이 즐거워집니다. 단순한 만족에 살며, 일은 빠르지 않아도 가는 곳마다 끈기 있고 부지런한 흔적을 엿볼 수 있는 독일 땅의 소박한 한구석, 나는 여기에 작별 인사를 고했습니다. 잘 있거라 평화로운 마을이여!

사흘째로 접어든 저녁녘에 나는 집으로 돌아왔습니다. 미처 말씀드리지 못했습니다만, 나는 가긴 오누이에게 화가 난 나머지 그 무정한 미망인의 모습을 소생시켜보려고 애를 썼으나, 그 노력도 허사였습니다. 지금도 기억합니다만, 한번은 그 미망인의 일을 생각하리라 마음먹고 있으려니, 얼굴이 동그스름한 댓 살가량의 시골계집애가 천진난만한 눈을 커다랗게 뜨고 내 앞에 서 있었습니다. 그 애는 어린애다운 순진한 눈으로 나를 바라보았는데, 나는 그 애의 깨끗한 눈초리를 받고 부끄러운 마음이 앞섰습니다. 그 애 앞에서는 거짓말을 하고 싶지 않았기 때문에 나는 곧 예전의 미망인과 깨끗이, 영원히 이별을 고하고 말았던 것입니다.

집에 돌아와보니 가긴의 편지가 놓여 있었습니다. 그는 급작스러운 나의 생각에 놀랐으며 어째서 자기를 데리고 가지 않았느냐고 핀잔을 하고, 돌아오는 대로 곧 자기들 있는 데로 와달라고 썼습니다. 나는 언짢은 기분으로 이 편지를 읽었습니다만, 이튿날에 이미 L거리로 향하고 있었습니다.

8

가긴은 자못 정답게 나를 맞으면서, 상냥한 핀잔을 퍼부었습니다. 그러나 아아샤는 나를 보자 아무 이유도 없이 깔깔거리고는 그전처럼 황급히 도망가버렸습니다. 가긴은 어쩔 줄을 몰라 하며, 아아샤가 나간 뒤에 그 애는 미치광이라고 중얼거리면서 나에게 용서를 빌었습니다. 솔직히 말씀드려서 나는 아아샤가 몹시 기분에 거슬렸습니다. 이미 그렇지 않아도 기분이 언짢은 데다가 또다시 부자연스럽게 웃어대며 이상한 행동을 하니 말입니다. 하지만 나는 아무렇지도 않다는 듯한 표정을 하고 나의 짤막한 여행을 상세히 가긴에게 말했습니다. 가긴은 내가 없었을 때 한 일을 들려주었습니다. 그렇지만 우리의 대화는 서먹서먹했습니다. 아아샤는 방 안에 들어왔다가는 다시 밖으로 뛰어나갔습니다. 이윽고 나는 급한 일이 있어서 집으로 돌아가야겠다고 말했습니다. 가긴은 처음엔 말리려고 했지만, 물끄러미 나를 바라보고는 바래다주겠다고 말했습니다. 현관까지 나오니 갑자기 아아샤가 내 옆으로 다가와서 내게 손을 내밀었습니다.

나는 살며시 그녀의 손을 잡고 머리를 약간 숙였습니다. 내가 가긴과 함께 라인강을 건너서 마돈나의 조상이 있는, 내가 좋아하는 오리나무 옆을 지날 즈음, 우리 두 사람은 경치를 바라보기 위해서 벤치에 앉았습니다. 이때 우리 사이엔 놀라운 얘기들이 오고 갔습니다.

가긴은 상냥한 웃음을 지으며 말하기 시작했습니다.

"그런데 당신은 아아샤를 어떻게 생각하십니까? 틀림없이 이상한 여자라고 생각하실 테죠?"

"그렇습니다."

나는 약간의 의아심을 품으면서 대답했습니다. 가긴이 먼저 아아샤의 일을 말하리라곤 꿈에도 생각지 못했기 때문입니다.

"그 애를 비평하시려면 먼저 그 애의 됨됨이를 알아야 합니다."

가긴은 말했습니다.

"그 애의 마음씨는 무척 곱습니다만, 너무 머리가 영리해놔서 그 애를 다룰 수가 없습니다. 그렇다고 그 앨 욕할 수도 없고요. 당신도 그 애의 과거를 아신다면……."

"과거라니요? 그렇다면 아아샤는 당신의 동생이 아니란 말씀인가요?"

나는 말을 가로챘습니다.

"아니, 당신은 그 애가 제 동생이 아니라고 생각하십니까? …… 천만에요."

그는 나의 당황한 모습에는 주의를 돌리지도 않고 말을 이었습니다.

"그 애는 정말 제 동생입니다. 제 아버지의 딸이에요. 자, 들어보세요. 나는 당신을 신임하기 때문에 모든 것을 털어놓겠습니다. 저의 아버지는 매우 선량하고, 현명하고, 교양이 있는 분이었지만 행복하진 못했습니다. 운명이란 것이 다른 사람들에 비해서 유달리 아버지에게만 가혹하게 다가온 것은 아닙니다. 그러나 아버지는 운명의 첫 번째 타격을 참아낼 수 없었습니다. 아버지는 젊을 때 연애결혼을 했는데, 아버지의 부인, 다시 말해서 저의 어머니는 무척 빨리 세상을 떠났습니다. 제가 세상에 태어난 지 6개월 되던 때입니다. 아버지는 저를 데리고 시골로 가서 만 12년 동안 줄곧 시골에서만 살았습니다. 아버지가 손수 저를 교육시키셨는데, 이때 아버지의 형, 저의 큰아버지가 시골집으로 오시지 않았던들 저는 아버지하고 헤어지지 않았을지도 모릅니다. 큰아버지는 언제나 페테르부르크에서 사셨고, 지위도 꽤나 높았습니다. 큰아버지는 저를 맡아 기르겠다고 아버지를 설복했습니다. 아무리 말해도 아버지가 시골을 떠나는 데 동의하지 않았기 때문입니다. 큰아버지는 아버지에게 내 나이 또래의 소년이 이러한 고독 속에 산다는 것은 이롭지 않다고 말했습니다. 그리고 아버지처럼 언제나 우울하고 말 없는 선생에게 붙어 있다면, 필경 동년배의 애들보다 뒤쳐질 게 분명한 일이고, 게다가 애의 성질마저 나빠질지도 모른다고 말했습니다. 아버지는 오랫동안 큰아버지의 권고에 찬성하지 않았습니다만, 결국에 가선 양보를 하고 말았습니다.

저는 아버지와 헤어질 때 목을 놓아 울었습니다. 한 번도 아버지의 얼굴에서 웃음이라는 걸 찾아보지도 못했습니다만, 그래도 저는 아버지가 좋았습니다……. 그러나 페테르부르크로 나오고 보니 어두컴컴하고 쓸쓸했던 보금자리는 곧 잊어버리고 말았습니다. 저는 사관학교에 입학하고, 거기에서 근위연대로 들어갔습니다. 저는 해마다 몇 주일씩 시골로 돌아가서 지냈습니다만, 아버지는 점점 더 우울해가고 심각해져서, 늘 겁에 질린 사람처럼 시름에 잠겨 있었습니다. 아버지는 매일같이 교회에 다니셨는데, 말하는 것까지 잊어버린 것 같았습니다.

언젠가 집으로 돌아갔을 때(이미 스무 살이 지났을 때입니다) 여위고 눈이 까만 열 살가량의 계집애, 즉 아아샤가 집에 있는 것을 처음으로 봤습니다. 아버지의 말로는 고아이기 때문에 맡아 기르기로 했다고 했습니다. 정말 아버지는 그렇게 말했습니다. 전 그 애에게 특별한 주의를 기울이진 않았습니다. 그 애는 짐승 새끼처럼 사람을 싫어했고, 민첩하고 말이 없었습니다. 제가 아버지가 사랑하는 음침하고 커다란 방으로 들어가면, 그 방은 어머니가 돌아가신 방으로, 낮에도 촛불이 켜 있었습니다. 그 애는 금방 아버지의 볼리체르식 안락의자 밑이 아니면 책장 뒤에 숨어버리고 말았습니다. 그로부터 3, 4년 동안 저는 근무상의 사정으로 시골에 돌아가지 못했습니다. 아버지한테서는 매달 짤막한 편지를 한 장씩 받았습니다. 그러나 아아샤의 이야기를 쓰는 일은 드물었고, 쓴다 해도 간단히 몇 마디 적혀 있을 뿐이었습니다. 아버지는 벌써 오십 고개를 넘었습니다만, 그래도 아직 젊은 사람같이 건강했습니다. 그런데 저의 놀라움을 상상해보세요. 별안간, 아무것도 모르던 저는 지배인한테서 편지를 받았는데, 그 속에는 아버지가 위독하니 마지막 이별을 고하고 싶다면 될 수 있는 대로 빨리 돌아와달라는 사연이 적혀 있었습니다. 저는 부랴부랴 달려가서 아직 살아 계시는 아버지를 만나보았습니다만, 이미 마지막 숨을 거두려는 찰나였습니다. 아버지는 끔찍이도 기뻐하시며 그 여윈 손으로 저를 끌어안고 무엇인지 살피는 듯한, 비는 듯한 눈초리로 한참 동안 제 얼굴을 바라보셨습니다. 그리고 반드시 임종의 부탁을 실행하겠다는 맹세를 제게서 받고 나서 아버지는 늙은 머슴에게 아아샤를 데려오라고 명했습니다. 이윽고 노인이 아아샤를 데리고 왔습니다만, 아아샤는 간신히 서 있을 정도로 전신을 오들오들 떨었습니다.

'자,' 아버지는 간신히 입을 열었습니다. '내 딸을, 네 동생을 네게

맡긴다. 모든 일은 이 야코프에게 물으면 알 수 있을 거다' 하고 아버지는 머슴을 가리키며 덧붙였습니다.

아아샤는 목 놓아 울면서, 침대머리에 얼굴을 파묻었습니다…….

아버지는 반 시간 후에 운명하시고 말았습니다.

그 후 저는 아아샤의 사연을 알게 되었습니다. 아아샤는 저의 아버지와, 예전에 어머니의 몸종이었던 타치야나 사이에 생긴 딸이었습니다. 저는 그 타치야나를 지금도 생생히 기억합니다. 날씬하고 균형잡힌 모습이며, 품위 있고 날카롭고 영리한 얼굴이며, 커다란 눈이며를. 그녀는 곁을 주지 않는 거만한 여자였습니다. 송구한 표정으로 말끝을 흐리며 말하는 야코프 노인의 얘기 속에서 추측하건대, 아버지는 어머니가 돌아가시고 몇 년 후에 타치야나와 관계를 맺은 것 같았습니다. 그때 타치야나는 이미 주인댁에 있지 않았고, 시집가서 가축들을 돌보는 언니 집에 가 있었습니다. 아버지는 타치야나를 몹시 사랑해서 제가 시골을 떠나버린 다음 결혼까지 하려고 했습니다만, 그녀는 아버지의 간청에도 불구하고 아버지의 처가 되는 것을 기어이 거절했다고 합니다.

'돌아가신 타치야나 바실리예브나는' 하고 야코프 노인은 뒷짐을 지고, 문 옆에 서서 말했습니다. '매사에 있어서 분별 있는 분으로, 아버님에게 수치가 되는 일을 원하지 않으셨습니다. 제가 어떻게 당신 아내가 된단 말이에요? 제가 어떻게 귀부인 행세를 할 수 있어요? 이렇게 말씀하셨습니다. 제 앞에서 말입니다.'

타치야나는 저택으로 이사 오는 것까지 원하지 않아서 아아샤와 함께 자기 언니 집에서 살았습니다. 저는 어릴 때 가끔 타치야나를 보곤 했는데, 단지 일요일마다 교회에서 볼 뿐이었습니다. 그녀는 까만 수건으로 머리를 동여매고, 노란 숄을 어깨에 늘이고, 사람들의 틈바구니 속에 끼어 창가에 서 있었으나 그녀의 단정한 옆모습은 투명해 보이는 유리창에 뚜렷이 떠올랐습니다. 그러면서 옛날식으로 깊숙이 허리를 굽히며 공손하고 엄숙하게 기도를 올렸습니다. 큰아버지께서 저를 데리고 가시던 해에 아아샤는 겨우 두 살이었는데, 그녀는 아홉 살에 어머니를 잃었습니다.

타치야나가 세상을 떠나자 아버지는 아아샤를 저택으로 데려오셨습니다. 아버지는 그전부터 그 애를 자신의 슬하로 데려오고 싶어하셨지만 타치야나는 그것마저 거절했습니다. 아아샤가 처음으로 저택에 오게 되었을 때, 그 애의 마음에 어떤 변화가 일어났겠는가는 상상에 맡기겠습니다. 그 애는 처음으로 비단옷을 입고, 모든 사람한테서 조그마한 손에 키스를 받던 일을 지금도 잊어버릴 수 없을 것입니다. 타치야나가 살아 있을 적에는 매우 엄하게 다스림 받았지만 아버지한테 오고 나서는 완전히 자유의 몸이 됐으니까요. 아버지가 그 애의 선생이었고, 그 밖에 다른 사람이라곤 보지도 못했습니다. 아버지가 그 애를 애지중지 귀여워했던 것은 아닙니다. 즉, 그 애에게 특별한 관심을 두진 않았으나 무척 사랑해서 그 애가 하는 짓이라면 뭐든지 말리지 않았습니다. 그것은 마음속에 그 애에 대한 미안한 생각이 깃들어 있었기 때문입니다.

얼마 지나지 않아 아아샤는 자기가 이 집 주인이라는 것을 알게 되었고 아버지가 주인 나리라는 것도 알았습니다만, 자기의 위치가 떳떳하지 못하다는 것도 이내 깨달았습니다. 그 애 마음속엔 자만심과 의혹심도 많이 자라났습니다. 나쁜 습관이 몸에 배고, 순수함을 잃고 말았습니다. 아아샤는 온 세상 사람들에게 자기의 출신을 잊어버리게 하고 싶었습니다(그 애가 직접 어느 날 제게 고백했습니다). 자기 어머니를 부끄럽게 생각하는 동시에, 그 부끄러움을 수치스럽게 여기고 결국 어머니를 자랑하게 되었단 말입니다. 당신도 보시다시피 그 애는 많은 것을 압니다. 그 애 나이로선 알아서는 안 될 것까지 말입니다. 그렇지만 그것이 과연 그 애의 잘못일까요? 청춘의 힘이 그 애의 몸속에서 용솟음치고, 피가 끓고 있는데, 그 애를 올바른 방향으로 지도해줄 사람이 한 사람도 없는데 말입니다. 완전한 자유가 부여되어 있지만 그것을 지고 나간다는 것이 과연 쉬운 일이겠습니까? 그 애는 다른 여자들한테 지지 않으려고 책에 달라붙었습니다. 이런 것으로 좋은 결과가 나오겠습니까? 변태적으로 시작된 생활은 역시 변태적으로 굳어지고 말았지만, 그러나 마음만은 나빠지질 않았고, 두뇌도 그대로 무사했습니다.

자, 그래서 스무 살밖에 안 된 제가 열세 살 먹은 계집애를 길러 나가게 된 것입니다! 아버지가 돌아가신 후 며칠 동안 그 애는 제 목소리를 듣기만 해도 열을 일으키곤 했습니다. 제가 귀여워해주면 그 애는 수심에 잠겼습니다만 간신히, 조금씩이긴 하지만 저를 따르게 됐습니다. 사실 그 후, 제가 그 애를 친동생으로 인정하고 동생처럼 사랑한다는 것을 깨닫자 그 애는 열렬하게 저를 사랑하게 되었습니다. 그 애의 감정에는 어떤 것이든 미적지근한 것이 없으니까요.

저는 그 애를 데리고 페테르부르크로 나왔습니다. 그 애하고 떨어진다는 것은 몹시 고통스러웠지만 아무래도 그 애하고 같이 살 수는 없었습니다. 저는 그 애를 가장 좋은 기숙사에 집어넣었습니다. 아아샤도 어쨌든 헤어져야 한다는 것을 알기는 했으나, 그 애는 그때부터 앓기 시작해서 생명이 위태로울 정도에 이르기도 했습니다. 이윽고 그 애는 차츰차츰 익숙해져서 그 기숙사에서 4년을 지냈습니다. 그런데 저의 기대와는 반대로, 아아샤는 그전과 조금도 달라진 데가 없었습니다. 사감은 자주 아아샤에 대한 불평을 늘어놓았습니다. '그 애는 벌을 줄 수도 없고, 귀여워해도 말을 듣지 않으니'라고 사감은 말했습니다.

아아샤는 비상한 이해력을 가졌고, 공부도 잘해서 학급에서도 일등이었습니다. 그러나 절대로 일반 수준에 가까워지려고 하지 않고, 고집만 부리고 노상 새침한 얼굴을 하고 있었습니다……. 저도 너무 그 애를 책망할 순 없었습니다. 그 애 입장에서는 누구의 종노릇을 하든가, 사람을 피하든가, 그 밖에는 다른 방법이 없었으니까요. 많은 친구들 가운데서도 아아샤하고 친한 것은 얼굴이 못생기고 남한테 놀림을 받는 가난한 여자 한 명뿐이었습니다. 아아샤와 같이 배운 나머지 여자들은 대개가 양가 출신 아가씨들이었지만, 모두 그 애를 싫어해서 기회 있는 대로 독설을 퍼붓고, 놀려댔습니다. 그렇지만 아아샤는 조금도 양보하지 않았습니다. 어느 날 신학 시간에, 선생이 악덕이라는 말을 끄집어냈을 때 '추종과 비겁은 가장 나쁜 악덕입니다' 하고 아아샤는 커다란 소리로 말했습니다. 한마디로 말해서, 그 애는 그전의 그 길을 계속해서 걸어나갔습니다만, 거동만은 좋아졌습니다. 그렇다 해서 이 점에 있어서도 커다란 진보를 한 것은 아닙니다.

드디어 그 애는 만 열일곱 살이 되었습니다. 더는 기숙사에 남아 있을 수도 없었으므로 저는 무척 큰 곤궁에 빠졌습니다. 그런데 문득 좋은 생각이 떠올랐습니다. 즉, 퇴직을 하고 1년 혹은 2년 동안 아아샤를 데리고 외국 여행을 떠나기로 했습니다. 그 생각대로 실행돼서 지금 우리는 라인 강변에 머무르면서 저는 애써 그림 공부를 하고, 그 애는…… 변함없이 장난을 치며 기묘한 행동으로 소일하고 있습니다. 이젠 당신도 너무 심하게 그 애를 비난하지는 않으리라 믿습니다. 그 애는 만사 무서운 것이 없다는 듯 가장하고 있습니다만, 모든 사람의 의견, 특히 당신의 의견을 존중한답니다."

이렇게 말하며 가긴은 얼굴에 상냥한 웃음을 지었습니다.

나는 가긴의 손을 꼭 붙잡았습니다.

"모두 사실입니다."

가긴은 다시 말하기 시작했습니다.

"그런데 그 애 때문에 야단났습니다. 정말 화약 같은 아이니 말입니다. 지금까지는 아무도 좋아하는 사람이 없었지만, 만일 누구든지 사랑하게 된다면 큰일일 겁니다! 저는 이따금씩 그 애를 어떻게 하면 좋을지 모를 때가 있습니다. 요전만 해도 무엇을 생각했는지 그 애는 갑자기 '오빠는 나에게 전보다 냉정해지셨지만 나는 오빠만을 사랑하고 일생 동안 오빠 한 사람만 사랑하겠다'라고 맹세하는 거예요. 게다가 그렇게 말하면서 울음을 터뜨리니 말입니다……."

"거 참……."

나는 말하려 했으나, 혀를 깨물며 참았습니다.

"그런데 말이에요, 이왕 허물없는 사이가 됐으니 물어보겠습니다만, 아아샤가 지금까지 아무도 좋아하지 않았다는 건 사실인가요? 페테르부르크에선 많은 청년들을 보았을 텐데요."

나는 가긴에게 물어보았습니다.

"대체로 그 애 마음에 드는 청년이 없었습니다. 아니, 아아샤가 바라는 건 영웅이나 특별한 사람, 그렇지 않으면 그림 속에 나오는 산골짜기의 목동 같은 사람일 겁니다. 그런데 당신을 붙들어놓고 너무 많이 지껄인 것 같군요."

가긴은 자리에서 일어나며 덧붙였습니다.

"저, 당신 댁으로 돌아갑시다. 저도 집으로 가기는 싫군요."

내가 말했습니다.

"그럼 당신의 일은?"

나는 아무 대답도 하지 않았습니다. 가긴은 빙그레 정다운 미소를 지었습니다. 이윽고 우리는 L거리로 되돌아왔습니다. 낯익은 포도밭과 산마루에 서 있는 하얀 집을 보자 나는 달콤한 감정을 느꼈습니다. 마치 마음속으로 살며시 꿀이라도 부어 넣은 듯한 감미로운 느낌이었습니다. 가긴의 말을 듣고 나서 가슴속이 후련해졌습니다.

9

아아샤는 바로 문지방에서 우리를 맞아주었습니다. 나는 이번에도 간드러지게 웃어대리라고 기대했는데 뜻밖에도 창백한 얼굴을 하고 말없이 눈을 내리깔고 나왔습니다.

"자, 또 왔다."

가긴이 말했습니다.

"N 씨 쪽에서 먼저 돌아가자고 하기에."

아아샤는 의아한 눈초리로 나를 바라보았습니다. 나는 나대로 아아샤에게 손을 내밀고 이번에는 그녀의 차가운 손을 꼭 쥐어 주었습니다. 나는 아아샤가 불쌍해졌습니다. 그전에 나를 당황케 하던 여러 가지 일, 마음속의 불안이며, 버릇없는 행동이며, 점잖아지려는 경향이며를 지금에 와선 똑똑히 이해했기 때문입니다. 나는 이 여인의 마음속을 들여다볼 수 있었습니다. 남 모르는 마음의 압박이 끊임없이 그녀의 가슴을 억눌러서, 경험 없는 자존심이 불안스럽게 뒤엉키고 꿈틀거렸습니다만, 그녀는 전체로 봐서 진실을 찾으려고 애쓰고 있었습니다. 이 기묘한 여인에게 어째서 마음이 끌렸는지 이제야 겨우 알아냈습니다. 그녀의 날씬한 몸 전체에 흐르는 반야성적인 아름다움, 단지 그것만이 나를 끈 것은 아니었습니다. 나는 그녀의 혼이 마음에 들었습니다.

가긴은 자기의 스케치를 들추기 시작했습니다. 나는 아아샤에게 포도밭을 산책하자고 권했습니다. 그녀는 즐거운 표정으로, 이 말을 기다리기라도 한 듯 쾌히 승낙했습니다. 우리는 산 중턱까지 내려가서 평탄한 들 위에 앉았습니다.

"여행하는 동안, 우리가 없어서 적적하지 않으셨어요?"

아아샤가 말문을 열었습니다.

"그럼 당신은 제가 없어서 적적했습니까?"

나는 물었습니다.

아아샤는 곁눈질해 나를 보고 대답했습니다.

"그럼요."

그러더니 곧 덧붙였습니다.

"산은 좋았어요? 높은 산인가요? 구름보다 높았어요? 보신 것을 이야기해주세요. 오빠한텐 말씀하셨지만 저는 아무 말도 듣지 못했으니까요."

"그건 당신이 마음대로 밖에 나가버렸으니까 그렇죠."

나는 말했습니다.

"제가 나간 것은…… 그건…… 그렇지만 이젠, 보시는 바와 같이 아무 데도 안 나갈 거예요."

그녀는 확실하고도 상냥한 어조로 말했습니다.

"당신은 오늘 성이 나셨군요?"

"제가요? 어째서요, 그렇지 않습니다……."

"모르겠어요. 하지만 당신은 오늘 기분이 좋지 않았어요. 그래서 성난 채로 돌아가셨던 게 아니에요? 당신이 그렇게 돌아가셨기 때문에 저는 몹시 기분이 언짢았어요. 그래도 돌아와주셨으니 정말 기뻐요."

"저도 돌아온 것을 기쁘게 생각합니다."

나는 말했습니다.

아아샤는 어린애들이 기분이 좋을 때 하는 버릇처럼, 어깨를 흠칫하니 움직거렸습니다.

"그런데요, 전 사람의 마음을 추측할 줄 안답니다."

그녀는 말을 이었습니다.

"그 전에도 딴 방에서 들려오는 아버지의 기침 소리를 듣고 아버지가 저를 만족스럽게 여기는지 아닌지를 알 수 있었거든요."

그날까지 아아샤는 자기 아버지에 대해선 한 번도 말한 적이 없었으므로 나는 그 말을 듣고 적이 놀랐습니다.

"아버지를 좋아하셨나요?"

내가 물었습니다만, 그러고 나서 갑자기 얼굴이 달아올라서 부아가 치밀어 오를 정도였습니다.

아아샤는 아무 대답도 하지 않고 역시 얼굴을 붉혔습니다. 우리 두 사람은 서로 말이 없었습니다. 멀리 떨어진 라인강 위를, 기선 한 척이 연기를 뿜으며 달렸습니다. 우리는 물끄러미 그것을 바라보았습니다.

"어째서 당신은 말씀을 안 하시죠?"

아아샤가 소곤거렸습니다.

"어째서 당신은 오늘 저를 보자 웃어댔던가요?"

내가 되물었습니다.

"저도 잘 모르겠어요. 저는 때때로 울고 싶은데 웃을 때가 있어요. 하지만 당신은 저를 핀잔하셔선 안 돼요. 제가 하는 일에 대해서 말이에요. 아 참, 저 로렐라이 얘기는 어떠세요? 저기 보이는 것이 그 바위죠? 사람들은 로렐라이가 먼저 뭇사람을 물에 빠지게 했다지만, 사실은 어떤 사람을 사랑하게 되자 로렐라이 스스로 몸을 던져버렸다더군요. 저는 그 이야기가 마음에 들어요. 프라우 루이제는 제게 여러 가지 얘기를 들려준답니다. 프라우 루이제의 집에는 노란 눈을 한 검정고양이가 있어요……."

아아샤는 고개를 쳐들어 곱슬머리를 흔들고 나서 말했습니다.

"아, 기분 좋아."

바로 그때 단조로운 소리가 띄엄띄엄 사이를 두고 들려왔습니다. 몇백 명의 목소리가 단번에 규칙적인 간격을 두면서 찬송가를 반복했습니다. 순례자의 무리가 십자가와 성기(聖旗)를 들고 한길을 내려가고 있었습니다.

"저 사람들과 함께 가고 싶군요."

점점 멀어져가는 노랫소리에 귀를 기울이며, 아아샤는 말했습니다.

"아니, 당신은 그렇게 믿음이 깊은가요?"

"어딘지 멀리 가고 싶어요. 기도를 드리며, 난행(難行)을 하러."

그녀는 말을 이었습니다.

"그렇게라도 하잖으면 세월이 흘러서 인생이 가버린 다음, 우리가 할 일은 무엇이겠어요?"

"당신은 명예심이 강하군요. 당신은 일생을 헛되이 보내고 싶어하지 않는군요. 무엇인지 뒤에 남기고 싶어 하니……."

나는 말했습니다.

"그럼, 그것이 불가능하단 말씀이신가요?"

나는 하마터면 '불가능합니다'라고 대답할 뻔했으나, 그녀의 밝은 눈을 보고는 "해보세요"라고 말했습니다.

아아샤는 잠시 침묵에 잠겼다가 말했습니다.

"저, 당신은 그 여자를 무척 좋아하시죠? ……생각나세요, 우리들이 친하게 된 다음날, 오빠가 성터에서 그분의 건강을 위해서 축배를 들던 일?"

그동안 창백해지기 시작한 그녀의 얼굴에는 한 줄기 그림자가 스쳐갔습니다.

나는 웃었습니다.

"그건 오빠가 농담한 겁니다. 저는 어떤 여자건 좋아한 적이 없습니다. 그리고 지금은 어떤 여자도 좋아하지 않습니다."

"당신은 여자의 어떤 점이 좋으세요?"

아아샤는 머리를 뒤로 젖히고 천진난만한 호기심을 띠면서 물었습니다.

"그건 이상한 질문인데요!"

나는 외쳤습니다.

아아샤는 약간 당황하면서 말했습니다.

"그런 질문은 하는 것이 아니었군요, 그렇죠? 용서하세요. 전 무엇이든 생각나는 대로 지껄이는 버릇이 있어요. 그래서 전 말하는 것이 두렵답니다."

"제발 무엇이든 말해주십시오. 두려워할 건 없습니다."

나는 맞장구를 쳤습니다.

"이제 비로소 당신도 저를 꺼리지 않게 되었으니 몹시 기뻐요."

아아샤는 눈을 내리깔고, 방긋이 웃었습니다. 그녀가 이렇게 웃는 것을 보기는 나도 처음이었습니다.

"저, 얘기해주세요."

앞으로도 오랫동안 그렇게 앉아 있으려는 듯이, 그녀는 옷자락을 당겨 발을 감싸며 말을 계속했습니다.

"말씀해주세요. 그렇잖으면 무엇이든 읊어주세요. 저, 기억하고 계세요? 언젠가《예브게니 오네긴》*의 한 구절을 읊어주신 일을?"

그녀는 갑자기 생각에 잠기더니, 나직한 소리로 읊었습니다.

> 나의 불행한 어머니 무덤
>
> 지금은 어디 있는고
>
> 그 십자가와 나의 숲이여!

"푸시킨 작품은 그렇지 않습니다."

나는 주의를 주었습니다.

"전 타치야나가 되고 싶어요."

아아샤는 여전히 생각에 잠겨 말을 이었습니다.

"무엇이든 들려주세요."

아아샤는 쾌활한 어조로 덧붙였습니다.

그러나 나는 이야기를 하고 있을 처지가 아니었습니다. 다만 물끄러미 그녀를 바라볼 뿐이었습니다. 맑은 햇빛을 가득히 안은, 침착하고 부드러운 그녀의 모습을. 우리의 주위도, 우리의 위도 아래

---

* 푸시킨의 운문 소설

도 하늘도 땅도 물도 모든 것이 기쁨에 빛났습니다. 공기까지도 빛에 포화(飽和)된 듯싶었습니다.

"보십시오, 얼마나 좋습니까!"

나도 모르게 나직한 소리로 말했습니다.

"참 좋군요!"

아아샤는 나를 보지 않고 역시 나직한 소리로 대답했습니다.

"만일 우리가 새였더라면, 하늘 높이 올라가 마음껏 날아다닐 수 있을 텐데……. 저 푸른 하늘 속에 사라지고 말 텐데……. 그러나 우린 새가 아니에요."

"그렇지만, 우리에게도 날개가 돋을 수 있습니다."

나는 대답했습니다.

"어떻게요?"

"좀 더 지나면 알 수 있을 겁니다. 하늘에 올라가는 듯한 느낌이 들 때가 있으니까요. 근심하지 마세요, 당신에게도 날개가 돋을 테니."

"그럼, 당신은 날개를 가진 적이 있었나요?"

"어떻게 말해야 좋을까요……. 저도 아직까지 날아보지 못한 것 같은데."

아아샤는 또다시 깊은 생각에 잠겼습니다. 나는 살며시 아아샤 쪽으로 몸을 기댔습니다. 그러자 아아샤가 물었습니다.

"왈츠를 추실 줄 아세요?"

"압니다."

나는 약간 당황한 표정으로 대답했습니다.

"그럼, 가세요, 가세요……. 전 오빠에게 왈츠를 켜달라고 부탁하겠어요. 우리 날개를 달고 하늘을 나는 듯한 기분이 돼봐요."

아아샤는 집으로 달려갔습니다. 나도 그 뒤로 달려가서, 잠시 후 우리 두 사람은 좁다란 방 안에서 란데르 왈츠의 달콤한 멜로디에 맞춰 빙글빙글 돌고 있었습니다. 그녀는 훌륭하게, 그러나 정신없이 왈츠를 추었습니다. 갑자기, 무엇인지 모를 보드라운 여성적인 느낌이 그녀의 여자다운 단정한 용모 속에서 풍겨 나왔습니다. 그 후에도 오랫동안 나의 손은 그녀의 몸의 보드라운 감촉을 느끼고, 가쁘게 새근거리는 그녀의 숨결은 귓전에서 떠날 줄을 몰랐습니다. 그리고 창백하긴 하지만 곱슬곱슬한 머리칼이 엉클어진 활기 있는 얼굴에, 움직일 줄 모르고 거의 감기다시피 한 까만 눈이 그 후에도 오랫동안 눈앞에 어른거렸습니다.

10

이날 하루는 정말 유쾌하게 보냈습니다. 우리는 마치 어린애들처럼 허물없이 놀았습니다. 아아샤는 무척 귀엽고 순진했습니다. 가긴도 그녀의 모습을 보고 기뻐했습니다. 나는 밤늦게 그 집을 나섰습니다. 라인강 중간까지 왔을 때, 나는 사공에게 물결 가는 대로 배를 내버려두라고 부탁했습니다. 늙은 사공이 노를 걷어 올리자, 배는 장엄한 강물을 따라 흘러내려갔습니다.

주위를 살피면서 귀를 기울이고 생각에 잠겨 있노라니, 문득 마음속에 까닭 모를 불안이 느껴졌습니다. 눈을 하늘로 돌렸습니다. 그러나 하늘에도 안정이란 것이 없었습니다. 사방에 별들이 산재

해서 하늘 전체가 움직이며 떠는 것 같았습니다. 강물에 몸을 굽히니 여기 캄캄하고 차디찬 심연 속에서도, 역시 별들이 흔들리며 떨고 있었습니다. 불안한 생기가 도처에서 느껴졌습니다. 따라서 내 마음속의 불안도 성장해갔습니다. 나는 뱃전에 팔꿈치를 괴었습니다. 귀를 간지럽히는 바람의 속삭임과 선미(船尾)를 씻어주는 잔잔한 물소리가 내 마음을 들뜨게 했으며, 서늘한 강바람도 나를 진정시키지는 못했습니다. 강변에서 꾀꼬리가 울기 시작했습니다만 그 울음소리마저 달콤한 독처럼 내 마음을 자극했습니다. 눈에서 눈물이 흘러내렸습니다. 그러나 이것은 무엇에 감격해서 흘리는 눈물은 아니었습니다. 그때 내가 느낀 것은 바로 요전까지 경험하던, 모든 것을 포옹하려고 하는 막연한 감각은 아니었습니다. 마음이 넓어지고, 가슴이 들먹이고, 모든 것을 이해하고, 모든 것을 사랑하는 듯한 기분…… 그럴 때 느끼는 기분과는 달랐습니다. 아니! 나의 마음속엔 행복의 갈망이 불탔습니다. 나는 아직 그 행복이란 이름을 꼬집어서 말할 수 없었습니다만 행복, 싫증이 날 정도의 행복, 바로 나는 그것을 원했습니다. 행복을 위해서 나는 고민했습니다! ……배는 쉬지 않고 흘러내려가고, 늙은 사공은 노에 기대앉아서 졸았습니다.

11

그다음 날, 가긴의 집으로 가면서도 나는 아아샤에게 반했는지 어떤지를 자문하진 않았습니다. 그러나 나는 그녀의 일을 여러 가지로 생각해보았습니다. 그녀의 운명이 나의 흥미를 끌었습니다. 아아샤와 뜻하지 않게 가까워진 것을 나는 기껍게 생각했습니다. 겨우 어제에 이르러 나는 그녀를 알았다고 느꼈습니다. 지금까지 그녀는 나를 피해 다니기만 했으나, 일단 내게 마음을 열자 그녀의 모습은 더욱 매력적인 빛으로 충만하고, 그 모습 자체가 내 눈에는 신선해 보여 뭐라고 말할 수 없는 겸손한 매력이 그 속에 엿보였습니다.

나는 멀리서 하얗게 빛나는 집에서 눈을 떼지 않고 낯익은 길을 힘차게 걸어갔습니다. 나는 미래의 일뿐만 아니라 내일의 일도 생각하지 않았습니다. 그만큼 기분이 좋았습니다.

내가 방으로 들어갔을 때, 아아샤는 얼굴을 붉혔습니다. 나는 아아샤가 오늘도 옷치레를 하였음을 눈치챘습니다만, 그녀의 표정은 그 화려한 옷차림과는 어울리지 않았습니다. 그녀의 얼굴에는 슬픔이 어려 있었습니다. 내가 그렇게 즐거운 기분을 안고 찾아왔는데도! 내가 보건대 아아샤는 그전처럼 밖으로 뛰어나가고 싶었으나 억지로 자기 몸을 지탱하며 남아 있는 것 같았습니다. 가긴은 그때 예술가다운 열과 분노에 사로잡혀 있었습니다. 딜레탕트들이, 소위 그들이 말하는 '자연의 꼬리를 잡았다'고 생각되었을 때 별안간 그들을 휩쓰는 일종의 발작 같은 것이었습니다. 그는 온통 엉클어진 머리를 하고 온몸이 페인트투성이가 된 채, 아마포를 덮은 캔버스 앞에 서서 커다랗게 붓을 놀리면서, 거의 험악한 얼굴로 내게 고개를 한 번 끄덕였습니다. 그러고는 그림에서 약간 물러나서 실눈으로 바라보더니, 다시 자기 그림에 달라붙었습니다. 나는 가긴을 방해하지 않으며 아아샤 옆에 가서 앉았습니다. 그녀의 까만 눈이 천천히 내게로 향했습니다.

"당신은 어제와 다르군요."

그녀의 입술을 웃음짓게 하려고 애써보아도 별 효력이 없었으므로 나는 이렇게 말했습니다.

"네, 달라요."

아아샤는 느릿느릿 힘없는 어조로 대답했습니다.

"그러나 아무렇지도 않아요. 어젯밤, 잠을 잘 못 잔 걸요. 밤새껏 생각했답니다."

"뭣을요?"

"아, 여러 가지 일을 생각했어요. 이건 어릴 때부터의 습관이에요. 그전, 어머니하고 함께 살고 있을 때부터……."

그녀는 힘을 들여 말하고는 다시 한번 되풀이했습니다.

"어머니하고 함께 살고 있을 때…… 전 이런 걸 생각했어요. 어째서 사람은 자기의 앞일을 모르는 것일까, 그리고 이따금씩 재난이 닥치는 것을 보아도, 어째서 그것을 피할 수가 없을까, 또 어째서 진실을 모두 얘기해서는 안 되는 것일까라고요. 그다음 저는 아무것도 모르기 때문에 공부를 해야겠다고 생각했답니다. 제 교육은 몹시 불충분해서 다시 교육을 받아야 할 거예요. 저는 피아노도 칠 줄 모르고 그림도 못 그리고 수를 놓는 것조차 서툴답니다. 제겐 아무런 재간도 없기 때문에 저 같은 걸 상대하면 몹시 답답할 거예요."

"당신은 자신을 부당하게 평가하고 계십니다."

내가 대꾸했습니다.

"당신은 책도 많이 읽으셨고 교육도 받았고, 또 당신만큼 똑똑하면……."

"제가 똑똑하다고요?"

아아샤가 너무나도 순진한 호기심을 가지고 물었으므로 나는 나도 모르게 웃음을 터뜨렸습니다.

"오빠, 제가 똑똑해요?"

아아샤는 가긴에게 물어보았습니다.

가긴은 그 말엔 아무 대답도 없이 붓을 바꾸고서는 손을 높이 쳐들면서 열심히 일을 계속했습니다.

"전 제 머리에 무엇이 들었는지 모를 때가 있어요."

아아샤는 여전히 생각에 잠긴 표정으로 말을 이었습니다.

"전 제 자신이 무서울 때가 있어요, 정말이에요. 아, 저 물어보고 싶은데요……. 여자는 책을 너무 많이 읽어선 안 된다는데, 그게 사실이에요?"

"그렇게 많이 읽을 필요는 없지만, 그러나……."

"네, 가르쳐주세요. 전 무슨 책을 읽어야 할까요? 무엇을 해야 할까요? 말씀해주세요. 당신이 말씀하시는 거라면 뭐든지 하겠어요."

아아샤는 순진하고도 믿음직스러운 표정으로 물었습니다.

나는 무슨 말을 해야 할지, 얼른 생각이 떠오르지 않았습니다.

"저하고 같이 계셔서 지루하시지 않으세요?"

"천만의 말씀입니다."

나는 말했습니다.

"아이, 고마워라!"

아아샤는 대답했습니다.

"전 몹시 지루하시리라 생각했어요."

그녀의 조그맣고 뜨거운 손이 힘 있게 내 손을 눌러주었습니다.

"N 씨!"

그 순간, 가긴이 외쳤습니다.

"이 배경은 너무 어둡지 않을까요?"

나는 가긴 곁으로 가고 아아샤는 일어나 밖으로 나갔습니다.

12

아아샤는 한 시간 후에 돌아와서 문턱에 선 채, 손짓으로 나를 불렀습니다.

"저 말이에요, 만일 제가 죽는다면 당신은 저를 불쌍히 생각해주시겠어요?"

"당신은 지금 무슨 생각을 하십니까!"

내가 외쳤습니다.

"전 얼마 안 돼 죽을 것만 같아요. 가끔 제게는 주위의 모든 것이 제게 이별을 고하는 듯이 느껴져서, 이렇게 살기보다는 차라리 죽어버리는 것이 나을 거예요……. 아아, 그렇게 저를 바라보지 마세요. 전 거짓말을 하는 것이 아니에요. 그렇게 하시면 또다시 당신을 두려워하게 된답니다."

"아니, 당신은 저를 두려워했던가요?"

"제가 그렇게 이상한 여자라면 제 탓이 아니에요. 정말이에요. 보세요, 전 벌써 웃을 수가 없어요…….”

그녀는 대답했습니다.

아아샤는 날이 저물어도 여전히 불안하고 슬픈 표정이었습니다. 내가 알 수 없는 어떤 변화가 그녀 마음속에 일어나고 있었습니다. 그녀는 눈초리를 자주 내게로 돌렸습니다.

그 신비로운 시선을 받으면 나의 심장은 살며시 오므라들었습니다. 그녀는 마음을 진정시키는 듯 보였으나, 나는 그 얼굴을 볼 때마다 제발 흥분하지 말아달라고 부탁하고 싶었습니다. 황홀한 기분으로 그녀를 바라보려니 파리한 얼굴이며, 생기 없는 느릿느릿한 동작 속에서, 감명 깊은 매력을 느꼈습니다. 그런데 아아샤는 어째서인지 내가 마음에 들지 않는 것 같았습니다.

헤어지기 조금 전에 그녀는 말했습니다.

“저, 당신이 저를 경솔한 여자라고 생각하시는 것이 전 괴로워 죽겠어요. 이제부턴 언제나 제가 말하는 걸 진짜로 믿어주세요. 그리고 당신도 제게 숨겨서는 안 돼요. 전 언제나 진실만을 말하겠어요. 맹세해요…….”

이 ‘맹세’라는 말이 나를 또 웃게 했습니다.

“저런, 웃지 마세요.”

아아샤는 대들었습니다.

“그러시다면 저도 어제 당신이 제게 말씀하신 대로 말하겠어요. ‘어째서 당신은 웃으시는 거예요’라고요!”

그러고는 잠시 말이 없다가 이렇게 덧붙였습니다.

“기억하고 계세요? 어제 날개에 대해서 말씀하셨죠……. 전 날개가 돋았어요. 그런데 날아갈 데가 있어야지요."

"무슨 말씀을 하십니까? 당신의 앞길은 활짝 열려 있습니다."

나는 말했습니다.

아아샤는 뚫어질 듯, 똑바로 나를 바라보았습니다.

"당신은 오늘 저의 일을 나쁘게 생각하시는군요."

그녀는 미간을 찌푸리며 이렇게 말했습니다.

"제가 나쁘게 생각한다고요? 당신의 일을!"

"아니, 왜 물벼락 맞은 사람처럼 기운들이 없어?"

가긴이 내 말을 가로챘습니다.

"원한다면, 어제처럼 왈츠를 켜줄까?"

"아니에요, 아니에요. 오늘은 싫어요!"

아아샤가 이렇게 말하며 두 손을 꽉 쥐었습니다.

"강제로 하라는 건 아니야, 안심해……."

"싫어요."

아아샤는 얼굴이 창백해져서는 거듭 말했습니다.

'정말 그녀는 나를 사랑하는 것일까?'

검은 강물이 세차게 흘러내리는 라인 강가로 다가서며 나는 이런 생각을 했습니다.

13

'정말 그녀는 나를 사랑하는 것일까?'

이튿날 아침 나는 눈을 뜨자마자 자문했습니다.

나는 나의 마음속을 들여다보고 싶지 않았습니다. 그녀의 모습, '일부러 웃음을 짓는 여인'의 모습이 내 마음속으로 잠입해 들어와서 어지간히 떼어버리기 힘들다는 것을 느꼈습니다. 나는 L거리로 가서 하루 종일 앉아 있었습니다만, 아아샤의 모습은 잠깐 보았을 뿐이었습니다. 그녀는 머리가 아파서 기분이 언짢다고 했습니다. 머리를 동여매고 잠깐 아래로 내려왔는데, 그 얼굴은 창백하게 야위었고 눈은 거의 내리감겨 있었습니다. 그녀는 기운 없이 웃었습니다.

"곧 나을 거예요. 아무렇지도 않아요. 곧 낫겠죠, 그렇죠?"

그러더니 나가버렸습니다.

나는 지루하고 우울하면서도 허전한 느낌이 들었습니다. 그런데도 돌아가고 싶지 않아서 밤늦게까지 있다가 돌아왔습니다만, 더는 아아샤의 얼굴을 보지 못했습니다.

다음 날 아침은 꿈을 꾸는 듯한 흐리멍덩한 의식 속에서 지나가고 말았습니다. 일을 손에 잡으려 해도 되지 않았습니다. 그래서 아무 일도 하지 않고 아무것도 생각하지 않으리라 마음먹었으나 이것도 뜻대로 되지 않았습니다. 나는 거리를 거닐고 나서, 집으로 돌아왔다가는 다시 밖으로 나갔습니다.

"당신이 N 씨입니까?"

갑자기 앳된 목소리가 등 뒤에서 들려왔습니다. 뒤돌아보니 어떤 소년이 앞에 서 있었습니다.

"이거, 프로일라인 안네트가 당신에게 전해드리래요."

한 통의 편지를 내주면서 소년이 말했습니다.

펼쳐보고, 정확하지 않게 서두르며 쓴 아아샤의 필적이란 것을 알았습니다.

'꼭 당신을 만나봐야겠습니다'라고 쓰여 있었습니다. '오늘 네 시에 성터 근처의 길가에 있는 예배당까지 나와주세요. 전 커다란 실수를 저질렀어요. 제발 부탁이니 와주세요. 모든 것을 알 수 있을 겁니다……. 심부름 간 애에게 나오신다고 말씀해주세요.'

"전하실 말씀은?"

소년이 물었습니다.

"가겠다고 말해줘."

내가 대답하자 소년은 달아나버렸습니다.

14

나는 내 방으로 돌아와 의자에 앉아 생각에 잠겼습니다. 가슴이 세차게 울렁거렸습니다. 나는 여러 번 아아샤의 편지를 되풀이해 읽었습니다. 시계를 보니 아직 열두 시도 안 됐습니다.

문이 열리고, 가긴이 들어왔습니다. 그 얼굴은 우울하기 짝이 없었습니다. 가긴은 내 손을 힘 있게 움켜쥐었습니다. 그는 몹시 흥분한 듯싶었습니다.

"무슨 일이 있었습니까?"

나는 물었습니다.

가긴은 의자를 잡고 내가 앉은 쪽에 앉았습니다.

그는 억지웃음을 지으며 더듬더듬 말했습니다.

"그끄저께 내가 한 말이 당신을 놀라게 했겠지만, 오늘은 더 놀라운 얘기를 하겠습니다. 다른 사람이랄 것 같으면 아마 이렇게 마주 앉아서…… 얘기할 용기가 나지 않았을 테지만…… 그러나 당신은 결백한 사람이고 또 제 친구니까……, 그렇죠? 실은 제 동생 아아샤가 당신을 사랑한답니다."

나는 부르르 몸부림을 치며 의자에서 몸을 일으켰습니다.

"당신의 동생이……."

"그렇습니다, 그렇습니다."

가긴은 내 말을 가로챘습니다.

"당신이니까 말하지만, 그 애는 미치광이예요. 그리고 나까지 미치광이로 만듭니다. 그러나 다행히도 그 애는 거짓말을 할 줄 몰라서, 무엇이든 내게 고백한단 말입니다. 아아, 그 애는 정말 아름다운 마음씨를 가지고 있습니다. 그러나 그 애는 자기 몸을 망치고 말 거예요, 틀림없이."

"그건 당신의 생각이 틀렸습니다."

나는 말했습니다.

"아니오, 틀리지 않습니다. 아시겠어요? 그앤 어제 종일 누워만 있었고 아무것도 먹지를 않았습니다. 게다가 어디가 아프다고도 말하지 않아요. 하긴 언제나 불평이란 걸 모르는 애니까요. 저녁녘에 약간 열이 올랐지만, 저는 그다지 근심하지 않았습니다. 그런데 밤 두 시경이 돼서 주인아주머니가 저를 깨웠습니다. '동생한테 가보세요. 어쩐지 좀 이상해요'라고 말했습니다. 달려가 보니, 아아샤는 옷도 갈아입지 않고 오한에 전신을 떨고 있었고, 눈엔 눈물이 글썽

했습니다. 머리는 불같이 뜨거웠고, 이는 마주치며 딱딱 소리를 냈습니다. '너 왜 그러니, 아프냐?' 하고 물어보니, 그 애는 별안간 내 목에 달려들어서는 만일 오빠가 저를 죽이고 싶지 않다면 하루속히 저와 함께 떠나달라고 애원했습니다. 저는 영문을 모른 채 그 애를 안정시키려고 애썼습니다. 동생의 흐느낌은 점점 더 심해졌습니다. 그런데 뜻밖에 나는 그 흐느낌 속에서 무슨 말인가를 들었습니다. 한마디로 말해서, 동생이 당신을 사랑한다는 것이었습니다. 사실 당신과 저같이 분별 있는 사람들에겐 상상도 할 수 없는 일이지만, 그 애는 사물을 깊이 느낄 줄 알고, 그리고 그 감정은 상상도 못할, 놀랄 만한 힘으로 표현되곤 한답니다. 게다가 그것은 벼락이라도 떨어지듯, 피할 수 없는 힘으로 순식간에 그 애를 사로잡고 말거든요. 당신은 정말 상냥한 사람입니다."

가긴은 계속해서 말했습니다.

"그러나 어떻게 그 애가 그 정도까지 당신을 사랑하게 됐는지, 솔직히 말씀드려서 저는 납득이 가지 않습니다. 그 애 말로는 이미 첫눈에 마음에 들었답니다. 그래서 그 애가 며칠 전에 저 이외엔 아무도 사랑하지 않겠다고 말하면서 울었지요. 그 애는 당신이 자기 신분을 알기 때문에 자기를 멸시한다고 생각합니다. 그래서 그 애는 당신에게 신상을 말하지 않았느냐고 제게 물어보았습니다. 저는 물론 그렇지 않다고 말했습니다만, 그 애의 눈치는 여간이 아닙니다. 다만 빨리 떠나버리자고, 그것만 원합니다. 저는 밤이 샐 때까지 그 애 옆에 앉아 있었습니다. 동생은 내일이라도 곧 여기를 떠나도록 하겠다는 약속을 받고 나서야 금방 잠들었습니다. 저는 곰곰이 생각한 끝에 당신에게 얘기하기로 결심했습니다. 제 생각으론 아아샤의 말도 지당한 것으로, 가장 좋은 방법은 우리 두 사람이 여기를 떠나는 것입니다. 그래서 오늘 그 애를 데리고 떠나려고 했습니다만, 갑자기 어떤 생각이 머리에 떠올라서 저를 주저앉게 했습니다. 혹시……, 당신도 제 동생이 마음에 들었을지도 모른다, 알 수 없는 일이다! 만일 그렇다면 나는 그 애를 데리고 갈 필요가 어디 있을까? 이런 뜻에서 온갖 부끄러움을 무릅쓰고 당신을 찾기로 했습니다. 게다가 저도 어느 정도 눈치챈 것이 있기 때문에 당신의 의향을 들어보기로…… 결심한 거랍니다……."

가련하게도 가긴은 어쩔 줄을 몰라 했습니다.

"제발 용서해주십시오. 저는 이런 일에 경험이 없어서……."

그는 덧붙였습니다.

나는 그의 손을 잡고 굳센 어조로 말했습니다.

"당신은 제가 동생을 사랑하는지를 알고 싶단 말이죠? 그렇습니다, 전 사랑합니다."

가긴은 나를 흘끗 쳐다보고 더듬거리며 말했습니다.

"그러나 그 애와 결혼할 생각은 없으시겠죠?"

"아니, 그런 질문에 대해서 대답하라는 겁니까? 생각해보세요, 지금 당장 할 수 있겠는가를……."

"알겠습니다, 알겠습니다."

가긴은 되풀이했습니다.

"저는 당신에게서 대답을 요구할 아무 권리도 없습니다. 게다가 제 질문은 천부당만부당합니다. 그렇지만 어떻게 하면 좋을까요?

불장난을 해서는 안 됩니다. 당신은 아아샤를 모르시겠지만, 그 애는 앓아눕든가, 집을 나가든가, 당신에게 만나자고 약속을 하든가, 무슨 짓을 할지 모릅니다. 다른 여자 같으면 마음속에 감추고 시기를 기다릴 수도 있을 텐데 그 애는 다릅니다. 이건 그 애로서는 처음 당하는 일이 돼서, 이 점이 곤란하단 말이에요! 오늘 아침 제 발 밑에서 흐느끼는 것을 보았더라면 당신도 제가 근심하는 것을 이해할 수 있을 겁니다."

나는 생각에 잠겼습니다. '만나자고 약속한다'라고 한 가긴의 말이 내 가슴을 찔렀습니다. 상대편이 정직하게 고백하는데 정직하게 대답하지 않는 것은 부끄러운 일로 느껴졌습니다.

드디어 나는 말했습니다.

"그렇습니다, 당신의 말이 옳습니다. 한 시간 전에 저는 동생한테 편지를 받았습니다. 이겁니다."

가긴은 편지를 받아 들고 재빨리 그것을 뜯어보고는 두 손을 무릎 위에 떨어뜨렸습니다. 그 얼굴에 나타난 놀라움의 빛은 몹시 우스꽝스러웠으나, 나는 웃을 수가 없었습니다.

"다시 말씀드리지만, 당신은 결백한 사람입니다."

가긴은 말했습니다.

"그러나, 지금 무엇을 해야겠습니까? 어떻게 해야겠어요? 그앤 자기가 떠나자고 하면서도 당신에게 이런 편지를 전하고, 자기 자신의 경솔을 책망하고 있을 것입니다. 그런데 언제 이런 편지를 썼을까? 그 앤 당신한테서 무엇을 원할까요?"

나는 그를 안정시키고 될 수 있는 대로 냉정하게, 이제부터 무슨 일을 할 것인가를 의논하기 시작했습니다.

결국 우리는 다음과 같은 결론을 얻었습니다. 불행을 피하기 위해서 나는 아아샤를 만나서 솔직하게 이야기를 하고, 가긴은 집에 남아서 편지에 대해 알고 있다는 눈치는 조금도 보이지 말 것, 그다음 우리는 밤에 다시 만나자고 결정했습니다.

"저는 당신을 굳게 믿겠습니다. 그 애와 저를 용서해주십시오. 어쨌든 우린 내일 떠나겠습니다."

가긴은 이렇게 말하며 내 손을 움켜잡았습니다.

그리고 그는 일어서면서 덧붙였습니다.

"그건 당신이 아아샤와 결혼하지 않을 것이기 때문입니다."

"저녁때까지 시간을 주십시오."

내가 대답했습니다.

"그건 좋지만, 그래도 결혼하시진 않을 테죠?"

가긴은 돌아갔습니다. 나는 긴 의자에 몸을 던지고 눈을 감았습니다. 너무 많은 인상이 단번에 밀려들어서 머리가 빙글빙글 돌았습니다. 나는 가긴의 솔직성에도 화가 났지만, 아아샤에게도 화가 났습니다. 그녀의 사랑은 나를 기쁘게도 했지만 당황하게도 만들었습니다. 어째서 가긴에게 모든 것을 말해버렸을까, 나는 그 이유를 알 수 없었습니다. 잠시 후, 단번에, 순간적인 결심을 하지 않으면 안 된다는 것이 나를 괴롭혔습니다.

"열일곱 살 난, 게다가 그런 기분을 가진 여자하고 결혼한다, 그게 될 말인가!"

나는 일어나면서 외쳤습니다.

15

약속한 시간에 나는 라인강을 건넜습니다. 맞은편 강변에서 맨 처음 만난 사람은 오늘 아침 우리 집에 왔던 그 소년이었습니다. 소년은 나를 기다리고 있었던 게 분명했습니다.

"프로일라인 안네트로부터."

소년은 속삭이는 소리로 말하고 다른 편지를 내놓았습니다.

아아샤는 우리의 약속 장소가 변경되었다는 걸 알렸습니다. 한 시간 반가량 지난 후, 예배당이 아니라 프라우 루이제의 집을 찾아서 아래층 문을 두드리고 3층으로 올라와달라고 했습니다.

"또 승낙인가요?"

소년이 물었습니다.

"승낙이다."

나는 이렇게 되풀이해서 대답하고는 라인 강변을 따라 걸음을 옮겼습니다. 집으로 돌아갈 시간도 없었고, 거리를 거닐고 싶지도 않았습니다. 교외의 성벽 밖에는 자그마한 공원이 있었는데 거기에는 천막 밑에 볼링을 하고 놀 장소도 있고, 맥주 애호가들을 위한 탁자들도 있었습니다. 나는 그곳으로 들어갔습니다. 나이가 지긋한 몇 명의 독일인들이 벌써 볼링을 시작하고 있었습니다. 나무 공이 데굴데굴 굴러가고, 때때로 칭찬의 함성이 일어나곤 했습니다. 울어서 눈두덩이 부풀어 오른, 예쁘장한 하녀가 내게 맥주잔을 날라다 주었습니다. 내가 그 얼굴을 보자 그녀는 홱 돌아서서 저쪽으로 가버렸습니다.

"그래, 그래."

바로 옆에 자리 잡고 있던 볼이 빨간 뚱뚱보 아저씨가 이렇게 말했습니다.

"한헨이 오늘 굉장히 슬퍼하는군. 약혼자가 군대에 갔다고."

나는 여자 쪽을 바라보았습니다. 그녀는 구석에 쪼그리고 앉아서 한 손으로 뺨을 괴었는데, 구슬 같은 눈물이 연이어 손가락을 따라 흘러내렸습니다. 누군가 맥주를 주문했으므로 그녀는 그쪽으로 잔을 날라다 주고는 또다시 자리로 돌아갔습니다. 그녀의 슬픔은 내게까지 전염되고 말았습니다. 나는 눈앞에 다가온 아아샤와의 상봉을 생각하기 시작했습니다만, 내 머리에 떠오른 것은 근심스럽고 슬픈 생각뿐이었습니다. 나는 무거운 마음을 안고 아아샤를 만나러 왔습니다. 나의 앞을 가로막는 것은 사랑하는 사람들 사이의 기쁨이 아니라 약속한 말을 지킨다는 것, 곤란한 의무를 수행한다는 것입니다. "그 애에게 불장난을 해선 안 됩니다"라고 말한 가긴의 말이 화살처럼 내 가슴에 박혔습니다. ……그끄저께만 해도 물결에 흘러내려가는 배 안에서 행복을 갈망하는 생각에 가슴을 태우지 않았던가? 그것이 가능한 일인데도, 나는 동요하고 있다. 그 행복을 피하려고 한다. 그리고 피해야만 한다……. 행복이 갑작스레 눈앞에 다가오게 되자, 나는 당황했습니다. 아아샤, 불덩어리처럼 정열적인 머리에, 그러한 과거, 그러한 교육을 받은 아아샤, 매혹적이면서도 어딘지 색다른 그녀의 존재, 솔직히 말씀드려서 이 모든 것이 나를 위협했습니다. 내 마음속에선 한참 동안 두 가지의 감정이 싸웠습니다. 약속한 시각이 다가왔습니다.

'아아샤하고 결혼할 순 없다.'

드디어 나는 결심했습니다.

'그녀는, 나도 자기를 사랑하고 있었다는 것을 알지는 못하리라.'

나는 일어나서 불쌍한 한헨의 손에 1타레르를 쥐어주고(그녀는 나에게 감사하다는 인사도 하지 않았습니다) 프라우 루이제의 집을 향해 걸어갔습니다. 대기 속엔 벌써 밤의 어둠이 깃들기 시작하고, 어두컴컴한 한길 위에 보이는 한 폭의 좁다란 하늘은 저녁놀의 반사를 받아 붉게 물들었습니다. 내가 가만히 문을 두드리자 이내 문이 열렸습니다. 문지방을 넘어서니 안은 지척을 분간할 수 없을 만큼 캄캄했습니다.

"이리로! 기다리고 있습니다."

노파의 목소리가 들렸습니다.

손을 더듬어 두어 걸음 걸어가니 누구의 것인지 뼈뿐인 앙상한 손이 나의 손을 잡았습니다.

"당신이 프라우 루이제입니까?"

내가 물었습니다.

"그렇다오. 나예요, 젊은 미남자 양반."

같은 목소리가 대답했습니다.

노파는 나를 가파른 층계 위로 안내하여 3층 입구에서 발을 멈추었습니다. 조그마한 창문에서 새어 나오는 희미한 빛으로 나는 주름투성이 시장 미망인의 얼굴을 보았습니다. 달콤하고 능글맞은 미소가 우묵 들어간 노파의 입술을 늘어나게 하고, 흐릿한 눈을 오그라들게 했습니다. 노파는 내게 자그마한 문을 가리켰습니다. 나는 떨리는 손으로 문을 열고 들어가서는 쾅하고 닫아버렸습니다.

16

내가 들어간 자그마한 방은 너무 어두컴컴해서 금방 아아샤의 모습을 발견할 수는 없었습니다. 그녀는 기다란 숄에 몸을 감싸고, 마치 겁에 질린 새 새끼처럼, 얼굴을 돌렸다기보다는 머리를 감추다시피 하고 창가의 의자에 앉아 있었습니다. 그녀는 가쁘게 숨을 몰아쉬며, 온몸을 떨고 있었습니다. 나는 말할 수 없이 애처로운 생각이 들었습니다. 옆으로 다가서니, 아아샤는 더욱 얼굴을 돌렸습니다.

"안나 니콜라예브나."

내가 불렀습니다.

아아샤는 갑자기 몸을 치켜세우고 나를 바라보려 했으나, 그녀는 그럴 수 없었습니다. 나는 아아샤의 손을 잡았습니다. 죽은 듯이 싸늘한 그 손은 내 손바닥 위에서 움직이지 않았습니다.

"전……."

아아샤는 웃음을 띠려고 애쓰면서 이렇게 말문을 열었습니다. 그러나 그녀의 창백한 입술은 말을 듣지 않았습니다.

"전 원했어요……. 아니에요, 그럴 수 없어요."

그녀는 입을 다물고 말았습니다. 사실, 그녀의 목소리는 마디마디 끊어졌습니다.

나는 아아샤 옆에 앉았습니다.

"안나 니콜라예브나."

되풀이해서 불렀습니다만, 역시 아무 말도 덧붙일 수 없었습니다.

침묵이 흘렀습니다. 나는 여전히 아아샤의 손을 잡은 채 그녀의 얼굴을 바라보았습니다. 아아샤는 변함없이 몸을 쪼그리고 거칠게 숨을 쉬며, 북받쳐 오르는 눈물을 참으려고 아랫입술을 꼭 깨물고 있었습니다. 나는 물끄러미 바라보았습니다만, 겁에 질려 움직이지 않는 그녀의 모습은 애처로울 정도로 가엾어 보였습니다. 마치 피로에 지쳐 간신히 의자까지 와서는 그대로 털썩 주저앉을 것 같았습니다. 나는 심장이 녹아내리는 듯한 느낌이었습니다.

"아아샤."

나는 들릴락 말락 하는 소리로 말했습니다.

아아샤는 천천히 눈을 들었습니다. 오, 아무도 사랑하는 여자의 눈을 형용할 수는 없을 것입니다. 그것은, 그 눈은 빌고 있었고, 믿고 있었습니다. 물어보고 있었습니다. 몸도 마음도 내맡기고 있었습니다. 나는 그 매력에 항거할 수 없었습니다. 한 줄기 가냘픈 불길이 따가운 바늘처럼 온몸의 혈관을 줄달음쳤습니다. 나는 허리를 굽혀, 아아샤의 손에 입을 맞추었습니다.

숨이 막힐 듯한 거친 숨소리가 들리고, 나뭇잎처럼 바르르 떠는 손이 내 머리 위에 닿는 것을 느꼈습니다. 나는 머리를 들어 아아샤의 얼굴을 보았습니다. 그 얼굴은 어느새 그렇게 변했을까요! 공포의 빛은 사라지고 눈초리는 어딘지 먼 곳을 방황하면서, 나까지 끌고 갔습니다. 입술은 방긋이 열리고, 이마는 대리석처럼 창백하고, 머리칼은 마치 바람에 나부껴 흩어진 듯 뒤로 늘어져 있었습니다. 나는 모든 것을 잊어버리고 그녀를 내 곁으로 끌어당겼습니다. 그녀의 손은 순순히 말을 들었고 몸 전체가 그 손을 따라 쫓아왔습니다. 숄은 어깨에서 벗어지고, 그녀의 머리는 살그머니 내 가슴 위, 나의 뜨거운 입술 밑에 기댔습니다.

"당신 거예요……."

아아샤는 모기만 한 소리로 소곤거렸습니다.

이미 나의 손은 여자의 몸 위에서 미끄러졌습니다. 그런데 갑자기 가긴 생각이 번개처럼 내 가슴을 찔렀습니다.

"우린 무엇을 하고 있지!"

나는 이렇게 외치고 몸부림을 치며 뒤로 물러났습니다.

"당신의 오빠는…… 오빠는 모든 것을 압니다. 우리가 여기서 만나는 것까지 알아요."

아아샤는 의자에 주저앉았습니다.

"그렇습니다."

나는 일어서서 반대편 구석으로 걸어가면서 말을 이었습니다.

"오빠는 알고 계십니다. 전 그분에게 모든 것을 말하지 않을 수 없었습니다."

"말하지 않을 수 없었다고요?"

아아샤는 분명치 않은 어조로 말했습니다. 그녀는 아직껏 제정신으로 돌아올 수 없어서, 내가 무슨 말을 했는지 똑똑히 모르는 것 같았습니다.

"그렇습니다, 그렇습니다."

나는 냉정한 태도로 되풀이했습니다.

"그리고 이것은 당신 혼자만의 책임입니다. 당신 혼자만의 책임이에요. 당신은 어째서 자신의 비밀을 오빠한테 고백했습니까? 모든 것을 오빠에게 말해버리라고 누가 강요하던가요? 그분은 오늘 저를 찾아와서 당신하고 한 말을 제게 들려주었습니다."

나는 아아샤를 보지 않으려고 애쓰면서 커다란 걸음걸이로 방 안을 거닐었습니다.

"이젠 모든 것이 끝났습니다, 모든 것이."

아아샤는 의자에서 몸을 일으키려 했습니다.

"가만히 계십시오."

나는 외쳤습니다.

"제발, 그대로 계셔주세요. 저는 결백한 사람입니다. 암, 결백하고말고요. 그런데 제발 부탁이니 말해주십시오. 당신은 무엇 때문에 그렇게 흥분하셨나요? 혹시 제게서 무슨 변화라도 발견했던가요? 그러나 당신 오빠가 오늘 집으로 찾아왔을 때, 저는 그분 앞에서 숨길 수가 없었습니다."

'나는 무슨 말을 하는 걸까?' 하고 생각했습니다. 나는 철면피를 쓴 기만자다, 가긴은 우리의 밀회를 안다, 모든 것이 틀어지고 폭로되고 말았다. 이러한 생각들이 머릿속에서 웅웅 울렸습니다.

"제가 오빠를 부른 것은 아니에요. 오빠 스스로 온 거예요."

겁에 질린 듯한 아아샤의 나직한 목소리가 들려왔습니다.

"생각해보세요, 당신이 무슨 일을 저질렀는가를."

나는 말을 이었습니다.

"당신은 이제 떠나실 작정이신가요?"

"네, 떠나겠어요."

그녀는 여전히 나직한 소리로 대답했습니다.

"제가 당신을 이리로 오시라고 한 것도, 다만 이별의 인사를 드리기 위해서였어요."

"아니, 당신은 제가 그렇게 간단히 당신과 헤어질 수 있다고 생각하십니까?"

내가 물었습니다.

"그러시다면, 어째서 오빠에게 말씀하셨어요?"

아아샤는 못 미더워하는 표정으로 물어보았습니다.

"제겐 그 외의 다른 방법이 없었습니다. 만일 당신 쪽에서 먼저 얘기하시지 않았던들……."

"전 제 방에서 열쇠를 잠그고 있었어요. 그런데 주인아주머니가 다른 열쇠를 가지고 있다는 건 미처 몰랐어요."

아아샤는 순진하게 고백했습니다.

그녀의 입을 통해서 이와 같은 천진난만한 고백을 듣는 순간, 나는 하마터면 부아가 치밀어 오를 뻔했습니다. 그러나 지금은 무한한 감동을 느끼며, 그 말을 회상하게 됩니다. 그만큼 아아샤는 가련하고 순진한 어린애였습니다.

"이젠 모든 것이 끝났습니다!"

나는 다시 말하기 시작했습니다.

"모든 것이. 이젠 우리도 헤어져야 하는군요."

살짝 아아샤를 곁눈질해 보니, 그녀의 얼굴은 갑자기 빨갛게 물들기 시작했습니다. 그녀는 부끄럽기도 하고, 무섭기도 했을 것입니다. 나는 느낄 수 있었습니다. 나 자신도, 마치 전염병에라도 걸린 듯이 방 안을 거닐며 흥분한 어조로 말을 이었습니다.

"당신은 무르익어가는 우리의 감정을 죽여버렸습니다. 당신은 스스로 우리의 관계를 끊어버리고 말았습니다. 당신은 저를 믿지 않았습니다. 당신은 저를 의심했습니다."

내가 이런 말을 하는 동안 아아샤는 점점 앞으로 몸을 숙이더니 갑자기 무릎 위에 쓰러져 양손 위에 머리를 떨어뜨리고 흐느껴 울기 시작했습니다. 나는 옆으로 달려가서 그녀를 일으키려고 했으나 그녀는 말을 듣지 않았습니다. 나는 여자의 눈물에는 무척 약한 편이어서 우는 것을 보기만 하면 이내 어쩔 줄을 모릅니다.

"안나 니콜라에브나 아아샤."

나는 나직이 불렀습니다.

"제발 부탁입니다. 그쳐주세요……."

나는 다시 그녀의 손을 잡았습니다.

그러나 놀랍게도 아아샤는 벌떡 일어나더니 번개처럼 문으로 달려 나가 그대로 사라지고 말았습니다.

잠시 후 프라우 루이제가 방으로 들어왔을 때, 나는 여전히 벼락 맞은 사람처럼 멍청히 방 한복판에 서 있었습니다. 이 상봉이 어째서 이렇듯 빨리, 이렇듯 덧없이 끝나버렸는지, 나는 이해할 수 없었습니다. 나는 자신이 원했던 것, 마땅히 얘기하지 않으면 안 되었던 것을 백분의 일도 말하지 못하고, 또 이 일이 앞으로 어떻게 해결될 것인지 알 수 없었으면서도 이대로 끝장을 보고 말았습니다.

"프로일라인은 돌아가셨나요?"

프라우 루이제는 샛노란 눈썹을 이마 위의 머리칼까지 추켜올리며 물었습니다.

나는 얼빠진 사람처럼 멍청히 그 얼굴을 바라보고는 밖으로 나가 버렸습니다.

17

나는 거리에서 빠져나와 곧장 들로 향했습니다. 울분, 미칠 정도의 울분이 내 가슴을 짓눌렀습니다. 나는 스스로를 원망했습니다. 아아샤가 우리의 밀회 장소를 변경하지 않으면 안 되었던 까닭을 나는 어째서 이해하려고도 하지 않고, 고맙다고도 생각지 않았던가? 그녀가 그 노파의 집을 찾는 데는 얼마만 한 용기와 결심이 필요했을까? 어째서 나는 아아샤를 붙잡지 않았을까? 그녀와 단둘이, 그 어둠침침하고 으슥한 방 안에 있을 때는 힘과 용기가 넘쳐흘러 그녀를 떼어버리고, 그녀에게 핀잔을 줄 수도 있었는데……, 지금은 그녀의 모습이 나를 따라다녔습니다. 나는 그녀에게 용서를 빌었습니다. 파리한 얼굴, 눈물 어린 겁에 질린 눈, 기울어진 목덜미에 흩어진 머리칼, 살며시 내 가슴에 안기었던 그녀의 머리 등을 회상하니, 내 가슴은 타는 듯했습니다. "당신 거예요……"라고 말하던 그녀의 속삭임이 들려오는 듯했습니다.

'나는 양심의 명령대로 행동한 것이다' 하고 나 자신을 설복하려 했습니다만, '거짓말이다! 나는 정말 그러한 결말을 원했던 것일까? 정말 나는 그녀와 헤어질 수 있을까? 그녀 없이도 살아갈 수 있단 말인가? 바보 같으니!' 하고 울분에 싸여 마음속으로 자꾸만 되뇌었습니다.

그러는 사이에 밤이 다가와서 나는 아아샤가 사는 집을 향해 걸음을 서둘렀습니다.

18

가긴이 마중 나왔습니다.

"동생을 만났습니까?"

그는 멀리서부터 외쳤습니다.

"아니, 집에 있지 않습니까?"

내가 물었습니다.

"없어요."

"돌아오지 않았나요?"

"돌아오지 않았어요."

가긴은 말을 이었습니다.

"저는 참을 수가 없어서 우리의 약속엔 어긋나지만 예배당까지 가봤습니다. 그런데 그 애는 없지 않겠어요? 오지 않았던가요?"

"동생은 예배당에 가지 않았습니다."

"그래, 당신도 못 만났습니까?"

나는 만났다고 고백하지 않을 수 없었습니다.

"어디서요?"

"프라우 루이제의 집에서요. 우린 한 시간 전에 헤어졌기 때문에, 동생은 집에 돌아왔을 거라고 생각했는데요."

나는 덧붙였습니다.

"기다립시다."

가긴이 말했습니다.

우리는 집 안으로 들어가 서로 마주 앉은 채 아무 말도 하지 않았습니다. 우리 두 사람은 몹시도 기분이 언짢았습니다. 우리는 연방 문 쪽을 돌아보며 귀를 기울였습니다. 드디어 가긴은 참을 수 없다는 듯 일어서며 외쳤습니다.

"무슨 애가 그럴까! 저는 심장이 멈춰버릴 것 같습니다. 그 앤 저를 녹초로 만들어요, 정말이에요……. 우리 함께 찾으러 갑시다."

우리는 밖으로 나갔습니다. 밖은 벌써 완전히 어둠에 잠겼습니다.

"당신은 동생하고 무슨 말을 했습니까?"

가긴은 모자를 눈 밑으로 내려 쓰며 물었습니다.

"제가 아아샤하고 얘기한 건 모두 합해서 5분밖에 안 됩니다."

나는 대답했습니다.

"전 약속한 대로 얘기했어요."

"어떻게 하습니까?"

가긴이 말했습니다.

"갈라져서 찾는 편이 더 나을 것 같은데요. 그쪽이 더 빨리 찾을 수 있을 겁니다. 만나든 못 만나든 한 시간 후에 이리로 와주세요."

19

나는 빠른 걸음으로 포도밭을 내려가서 거리로 내달았습니다. 순식간에 거리라는 거리를 두루 돌아보고 이곳저곳, 심지어 프라우 루이제의 창문까지 들여다보고는 다시 라인강으로 돌아와서 강변을 끼고 달렸습니다. 때때로 여자의 모습이 눈에 띄긴 했지만 아아샤의 모습은 아무 데도 보이지 않았습니다. 이제는 부아가 치밀어 오르는 것이 아니라 알지 못할 공포가 나를 괴롭혔습니다. 그러나 내가 느낀 것은 공포뿐이 아니었습니다. 나는 후회와 타는 듯한 애련과 애정을 느꼈습니다. 그렇습니다! 한없이 상냥한 애정이었습니다. 나는 손을 쥐며 다가오는 밤의 어둠 속에서 아아샤를 불렀습니다. 처음엔 작은 소리였지만 다음엔 점점 높아갔습니다. 나는 아아샤를 사랑한다고 수없이 되풀이하고, 절대로 그녀와 헤어지지 않겠다고 나 자신에게 다짐했습니다. 다시 한번 그녀의 싸늘한 손을 잡고, 다시 한번 그 나직한 목소리를 듣고, 다시 한번 그 모습을 눈앞에 보기 위해서라면 이 세상의 어떤 것을 희생해도 아깝지 않을 정도였습니다.

'……그녀는 그렇게도 가까이 서 있었다. 그녀는 확고한 결심을 안고 천진난만한 심정을 가지고 나를 찾아왔다. 아직 누구 손에도 더럽혀지지 않은 청춘을 맡기려고 왔다. 그런데도 나는 그녀를 내 품에 안아주지도 않았다. 그 귀여운 얼굴이 고요한 환희와 기쁨 속에 꽃피는 모습을 바라볼 수도 있었는데, 나는 스스로 그 행복을 잃어버리고 말았다…….'

이런 생각들을 하니 나는 미칠 것만 같았습니다.

"도대체 어디로 간 것일까? 어떻게 된 것일까?"

나는 무력한 절망 속에서 애달프게 외쳤습니다. 갑자기 무엇인지 하얀 것이 강변에서 어른거렸습니다. 나는 그 장소를 알고 있었습니다. 거기는 17년 전에 익사한 사람의 무덤이 있고, 그 위에는 비문을 새긴 오래된 돌 십자가가 반쯤 땅 속에 파묻힌 채 서 있는 곳입니다. 나는 심장이 멎는 것 같았습니다. 돌 십자가 옆까지 달려가보니 하얀 모습은 사라지고 없었습니다. 나는 "아아샤!" 하고 불렀습니다만, 그 거친 목소리에 스스로 놀랐을 뿐 아무도 대답하는 사람은 없었습니다.

나는 가긴이 아아샤를 찾았는지 알아보려고 돌아가기로 결심했습니다.

20

포도밭의 오솔길을 서두르며 올라가고 있을 때, 나는 아아샤의 방에 불이 켜진 것을 보았습니다. 어느 정도 내 마음이 안정됐습니다.

집으로 다가가니, 아랫문은 잠겨 있었습니다. 노크하자 아래층의 캄캄한 창문이 조심스럽게 열리고 가긴의 머리가 나타났습니다.

"찾았습니까?"

내가 물었습니다.

"스스로 돌아왔어요. 자기 방에서 옷을 갈아입고 있습니다. 아무렇지도 않아요."

가긴은 속삭이는 소리로 대답했습니다.

"다행이군요!"

나는 형용할 수 없는 기쁨을 느끼며 외쳤습니다.

"정말 다행이군요. 이젠 만사 해결입니다. 그런데, 좀 더 의논할 문제가 있는데요."

"내일로 미룹시다. 내일로 미루고 오늘은 이만 헤어집시다."

가긴은 창문을 닫으며 대답했습니다.

"그럼, 내일 다시 만납시다. 내일은 만사가 해결됩니다."

나는 말했습니다.

"안녕히 가십시오."

가긴은 문을 닫았습니다.

나는 문을 두드려서 지금 당장이라도 동생하고 결혼하겠다는 것을 가긴에게 말하고 싶었습니다. 그러나 지금 그런 말을 한다는 것은 적절하지 않았습니다.

'내일까지 기다리자, 내일이면 나도 행복해진다…….'

내일이면 나도 행복해진다! 그러나 행복에는 내일이란 것이 없습니다. 어제라는 것도 없습니다. 행복은 과거의 일을 기억하지도 못하거니와, 미래를 생각지도 않습니다. 행복에는 현재만이 있습니다. 그것도 하루 종일이 아니라 다만 순간적입니다.

어떻게 해서 Z거리까지 왔는지 나는 기억하지 못합니다. 발이 나를 날라다 준 것도 아니고, 배가 건네 준 것도 아닙니다. 무언지 모를 커다랗고 힘센 날개가 나를 날게 했습니다. 꾀꼬리가 우는 관목 숲을 지나갈 때, 나는 발걸음을 멈추고 오랫동안 귀를 기울였습니다. 마치 나의 사랑과 나의 행복을 노래하는 듯 느꼈습니다.

21

이튿날 아침 내가 낯익은 집으로 가까이 갔을 때, 눈앞의 광경이 나를 놀라게 했습니다. 창문이란 창문은 모두 열렸고 현관문까지도 활짝 젖혀 있었습니다. 문지방 앞에는 조그만 종잇조각들이 뒹굴었습니다. 비를 든 하녀가 문 밖으로 나왔습니다.

나는 하녀에게로 다가갔습니다.

"떠나셨어요!"

내가 미처 물어보기도 전에 하녀는 이렇게 말했습니다.

"떠났다고요? 아니, 어디로?"

나는 되받았습니다.

"오늘 아침 여섯 시에 떠나셨는데, 어디라고는 말씀하시지 않으셨어요. 잠깐 기다리세요. 당신은 N 씨가 아니신가요?"

"그렇소, N이오."

"주인마님이 당신에게 드릴 편지를 가지고 계십니다."

하녀는 이층으로 올라가더니 편지 한 통을 가지고 왔습니다.

"이것입니다."

'그럴 리 없는데…… 어찌 된 영문일까?'

하녀는 흐릿한 눈초리로 내 얼굴을 바라보고는 이윽고 청소를 하기 시작했습니다.

나는 편지를 펼쳤습니다. 가긴이 나한테 보낸 편지로, 아아샤로부터는 일언반구도 쓰여 있지 않았습니다. 가긴은 먼저 제발 이 갑작스러운 출발에 화를 내지 말아달라는 것, 그러나 잘 생각해보시면 당신께서도 자기 결심에 찬성해주실 것으로 확신한다며, 곤란하고 위태로울 수 있는 이 상태에서 빠져나가기 위해서는 다른 방법을 발견하지 못했다는 취지를 말하고, "어젯밤 당신과 함께 말없이 아아샤를 기다리는 동안, 저는 이별이 절대적으로 필요하다고 확신했습니다. 세상에는 저의 존경을 받는 선입견도 있는가 봅니다. 따라서 당신께서 아아샤하고 결혼할 처지가 못 된다는 것도 알게 되었습니다. 동생은 저에게 모든 것을 얘기했습니다. 동생의 안정을 위해서는 저도 그 애의 끈기 있는 강력한 청에 양보하지 않을 수 없었습니다"라고 쓰고, 끝으로 서로의 교유가 이렇게 덧없이 끝나게 된 것을 몹시 유감스럽게 생각한다고 말한 뒤, 나의 행복을 빌며 친우로서의 악수를 보내지만, 부디 자기들을 찾으려는 생각은 하지 말아달라고 쓰여 있었습니다.

"선입견이란 건 뭐야?"

나는 마치 상대편이 내 음성을 듣기라도 하는 듯, 큰 소리로 외쳤습니다.

"에잇, 바보 자식! 그 앨 나에게서 빼앗아가다니, 도대체 누가 그런 권리를 줬어!"

나는 머리를 잡아 뜯었습니다.

하녀가 앙칼진 소리로 주인마님을 부르기 시작했으므로 그 소리에 나는 제정신으로 돌아왔습니다. 다만 한 가지 생각이 마음속에 불타올랐습니다. 다른 것이 아닙니다. 그 오누이를 찾겠다는 생각입니다. 무슨 일이 있어도 찾아내겠다는 생각입니다. 이러한 타격을 감수하고, 이러한 결과와 타협하는 것은 나로서는 도저히 불가능한 일이었습니다. 나는 주인아주머니에게서 두 사람이 아침 여섯 시에 기선을 타고 라인강을 내려갔다는 걸 알아냈습니다. 기선 사무소로 가서 물어보니 두 사람은 쾰른까지 표를 끊었다고 했습니다. 나는 곧 짐을 꾸려서 두 사람 뒤를 따라 배를 타기로 결심하고 집으로 향했습니다. 나는 프라우 루이제의 집 옆을 지나가야 했는데, 갑자기 누군지 나를 부르는 소리가 들려왔습니다. 머리를 들어보니 어젯밤 아아샤와 만난 그 방의 창문에서 시장 미망인이 얼굴을 내밀고, 그 능글맞은 미소를 띠고서 나를 불렀습니다. 나는 얼굴을 돌리고 그대로 지나가려고 했습니다만, 노파는 내게 전할 것이 있다고 뒤에서 외쳤습니다. 이 말에 걸음을 멈추고 나는 집 안으로 들어갔습니다. 다시 그 방을 보았을 때의 나의 심정을 뭐라고 형용해야 좋을지요.

"사실 당신 스스로 찾아오지 않는다면 이것을 드리지 말라는 부탁이었습니다만, 당신이 하도 훌륭한 분이시기에 드리는 겁니다."

노파는 조그마한 쪽지를 보이면서 이런 말을 했습니다. 나는 쪽지를 받아 들었습니다.

자그마한 종이 조각에는 성급한 연필 글씨로 다음과 같은 말이 적혀 있었습니다.

안녕히 계세요, 우리는 두 번 다시 만나지는 못할 거예요. 제가 떠나는 것은 거만한 기분에서가 아닙니다. 아니에요, 제게는 그 밖의 다른 길이 없었기 때문이에요. 어제 제가 당신 앞에서 눈물을 흘렸을 때, 만일 당신께서 단 한마디라도 말씀해주셨더라면 저도 여기에 남았을는지 모르지만, 당신은 아무 말씀도 없으셨습니다. 짐작건대 그것이 좋았던 것 같기도 합니다. ……그럼 영원히 안녕히 계세요!

단 한마디……. 아, 나는 바보다! 그 한마디를, 나는 어젯밤 눈물을 머금으며 되풀이했고, 불어오는 바람에 날려 보내지 않았던가. 공허한 벌판에서 수없이 외쳤던 것이 아닌가! 그러나 나는 그녀에게 그 말을 하지 않았습니다. "나는 당신을 사랑합니다"라고는 말하지 않았습니다. 그리고 그때는 그 말을 입 밖에 낼 수도 없었습니다. 그 숙명적인 방에서 그녀와 만났을 때, 내 마음속에는 아직 선명한 사랑의 의식이 없었습니다. 가긴과 단둘이서 무의미하고 괴로운 침묵 속에 앉아 있을 때조차도 사랑은 아직 눈뜨지 않았던 겁니다. 그러고 나서 잠시 후, 혹시 불행한 일이 일어나지나 않을까 하는 불안에 사로잡혀 아아샤의 이름을 외치며 그녀를 찾아 헤맸을 때, 그 말은 걷잡을 수 없는 힘으로 불타올랐습니다. 그러나 그땐 이미 늦었습니다. "아니, 그런 일은 있을 수 없다!" 하고 사람들은 말할 것입니다. 그런 일이 있을 수 있는지, 나는 모르겠습니다만, 그것이 사실이라는 것만은 알고 있습니다. 만일 아아샤에게 조금이라도 아양을 떨 기분이 있고, 그녀의 신분이 꺼림칙하지 않았던들 그녀는 떠나지 않았을 것입니다. 다른 여자라면 누구든지 참을 수 있었지만 그녀는 참을 수 없었습니다. 나는 그것을 몰랐습니다. 그 캄캄한 창문 앞에서 마지막으로 가긴과 만났을 때 나의 좋지 않은 근성이 입에서 나오려는 고백을 막아버렸습니다. 이렇게 해서 아직 잡으려면 잡을 수 있었던 마지막 줄이 내 손에서 미끄러져 나갔습니다.

바로 그날로 나는 트렁크에다 짐을 꾸리고 L거리로 돌아와서 배를 타고 쾰른으로 떠났습니다. 지금도 생각나지만, 기선이 강변을 떠나려고 할 때, 한평생 잊을 수 없는 거리거리며, 낯익은 모든 장소에 대해서 마음속으로 이별을 고하노라니, 한헨의 모습이 눈에 띄었습니다. 그녀는 강변의 돌 위에 앉아 있었는데, 그 얼굴은 파리하긴 했지만 슬퍼 보이지는 않았습니다. 그녀 옆엔 얼굴이 잘생긴 젊은 남자가 서서 싱글벙글 웃으며 그녀에게 무슨 말을 들려주고 있었습니다. 라인강 저쪽에는 내가 좋아하는 조그마한 마돈나가 늙은 오리나무의 짙은 녹음 속에서 여전히 슬픈 표정으로 바라보고 있었습니다.

22

쾰른에서 가긴 오누이가 런던으로 갔다는 소식을 듣고 나는 곧 그 뒤를 따랐습니다. 그러나 런던에서 갖은 노력을 다해보았으나, 모두 헛수고에 지나지 않았습니다. 나는 오랫동안 단념하려 하지 않고 꽤 고집을 부렸습니다만, 결국에 가선 그들을 찾겠다는 희망을 버리지 않을 수 없게 되었습니다.

그러고는 두 번 다시 그들을 만나지 못했습니다. 아아샤를 보지 못했습니다. 가긴의 소식은 어렴풋이 풍문에 들은 적이 있습니다만, 아아샤는 내게서 영원히 사라지고 말았습니다. 아직 그녀가 살아 있는지조차도 모를 정도입니다.

몇 해가 지나고, 어느 날 나는 외국의 어느 기차 안에서 한 사람의 부인을 보았습니다. 그 얼굴은 잊을 수 없는 그녀의 얼굴과 너무나 흡사했습니다. 그러나 우연히 닮은 사람이었습니다. 아아샤는 나의 기억 속에 내가 행복했던 시절에 알던 여인의 모습으로, 나직한 나무 의자에 등을 기대고 있던, 그 최후의 모습으로 남아 있습니다.

그런데 한 가지 고백해야 할 것은, 그리 오랫동안 아아샤의 일을 생각하고 슬퍼하지는 않았습니다. 오히려 운명이 나하고 아아샤를 결합시키지 않은 것은 잘된 일이라고까지 생각했습니다. 그런 여자를 아내로 맞았다면 틀림없이 행복할 순 없었으리라는 생각으로 자신을 위로했습니다. 그땐 나도 젊었으며 미래, 그 번개처럼 빠르고 짧은 미래가 한없이 긴 것이라고 생각되었던 겁니다. 앞에 있었던 일, 그뿐 아니라, 그것보다 더 좋고 더 멋있는 일이 다시 반복되지 않는다고 누가 장담할 수 있겠는가……? 나는 이렇게 생각했습니다.

나는 뭇 여자들을 알았습니다만, 아아샤에게 느꼈던 타는 듯한, 그러면서도 부드럽고 깊은 감정은 두 번 다시 경험할 수는 없었습니다. 그렇습니다! 어떤 여자의 눈이건, 언젠가 애정이 깃든 눈초리로 나를 바라보던 그녀의 눈에 비할 수 있는 눈은 없었고, 누구의 심장이 내 가슴 위에 안겨도 나의 심장이 그때처럼 기쁘고 숨이 막힐 듯한 달콤한 기분으로 공명한 적은 없습니다! 가족이 없는 쓸쓸하고 고독한 운명을 지닌 나는 지루한 나날을 보냅니다. 아아샤의 편지와 시들어버린 제라늄 꽃, 언젠가 그녀가 창문에서 던져준 그 꽃만은 거룩하게 보존하고 있습니다. 꽃은 아직까지 가냘픈 향기를 풍기지만, 그것을 내게 던져준 손, 내가 단 한 번 입을 맞출 수 있었던 손은 이미 오래전에 무덤 속에서 썩고 말았을지도 모릅니다.

그리고 나 자신도, 나는 어떻게 됐습니까? 나라는 인간, 그 행복하고 어수선하던 시절, 날개가 돋친 듯한 그 희망과 동경, 이런 것에서 도대체 무엇이 남아 있을까요? 이렇게 보잘것없는 화초의 가냘픈 향기라도 인간의 온갖 기쁨과 슬픔보다는 수명이 깁니다. 인간보다도 수명이 깁니다.

밀회

9월 중순의 어느 가을날, 나는 자작나무 숲속에 앉아 있었다. 아침부터 보슬비가 내리고 때때로 따스한 햇빛도 비치는, 몹시 고르지 못한 날씨였다. 텁수룩한 흰 구름이 하늘 전체를 뒤덮는가 하면, 갑자기 군데군데 구름이 벗겨지며 그 사이에서 맑게 개인 정다운 파란 하늘이 아름다운 눈길을 던지기도 했다. 나는 앉아서 주위를 바라보며 귀를 기울였다.

머리 위에서 나뭇잎이 산들거리고 있었는데, 그 소리만 들어도 계절을 알 수 있었다. 즐거운 듯이 설레는 봄의 웃음소리가 아닌, 들릴락 말락 간신히 들을 수 있는 꿈속의 중얼거림이었다. 산들바람이 살며시 나무 위를 스쳐 지나가고, 비에 젖은 수풀 속은 구름 속의 태양이 나오고 들어감에 따라 쉴 새 없이 변하고 있었다. 어떤 때는 숲속의 모든 것이 갑자기 웃음 짓듯 찬란히 빛나서, 드문드문 서 있는 가느다란 자작나무 가지가 별안간 흰 명주처럼 부드러운 반사를 받는가 하면, 여기저기 흩어져 있는 나뭇잎들이 황금빛으로 얼룩지며 반짝였다. 키가 크고 곱슬곱슬한 아름다운 양치식물의 줄기는 무르익은 포도처럼 가을빛으로 물들고 눈앞에 끝없이 뒤엉킨 채 말갛게 투명해 보였다. 그런가 하면 갑자기 주위는 푸르스름한 빛을 띠곤 했다. 선명한 빛깔은 순식간에 사라지고, 하얀 자작나무도 빛을 잃은 채 마치 싸늘하게 빛나는 겨울 햇빛을 받지 못한 눈(雪)처럼 허연 모습으로 서 있을 뿐이었다.

이윽고 보슬비가 소리도 없이 내리며 숲속에 속삭이기 시작했다. 자작나무 잎은 눈에 띄게 색이 바랬으나, 그래도 아직은 파란 편이었다. 다만 군데군데 섞인 어린 자작나무는 모조리 빨갛게 물들거나 노랗게 물들어서, 방금 비에 씻긴 가느다란 나뭇가지 사이로 햇빛이 미끄러지듯 반짝이며 스며들어 그 잎이 빨갛게 타오르는 모습은 정말 볼 만한 경치였다. 한 마리의 새 소리도 들려오지 않았다. 모두 숨어서 침묵을 지켰다. 다만 때때로 사람을 비웃는 듯한 박새 소리만이 강철 방울처럼 울려 퍼졌다.

나는 이 자작나무 숲으로 오기 전에 높은 사시나무 숲을 개를 데리고 지나왔다. 나는 사실 그 사시나무라는 것을 그다지 좋아하지 않는다. 연보랏빛 줄기에 녹회색 금속성을 띤 나뭇잎을 될 수 있는 대로 높이 추켜올리려고 애쓰면서, 흔들리는 부채처럼 하늘에 너울너울 펼쳐 있는 모습도 싫거니와, 그 기다란 줄기에 멋없이 매달린 둥글고 지저분한 나뭇잎이 건들건들 흔들리는 모습도 싫었다. 이 나무가 좋을 때는 낮은 관목 숲속에 높이 솟아서, 빨간 석양빛을 담

뿍 받아, 뿌리에서 우죽까지 동일한 적황색으로 물들면서 푸른 하늘에 이야기를 전하고, 나뭇잎 하나하나가 바람결에 나부끼며, 마치 나무에서 떨어져 멀리 날아가고 싶은 듯이 보일 때이다. 그러나 대체로 나는 이 나무를 좋아하지 않는다. 그러기에 사시나무 숲에 선 쉴 생각도 하지 않고 바로 이 자작나무 숲까지 와서는, 낮게 가지를 벌리고 있어서 자연히 비를 피할 수 있는 어느 나무 그늘에 자리를 잡은 다음 주위의 경치를 감상하면서, 사냥꾼이 아니고선 맛볼 수 없는 그 고요하고 부드러운 꿈속으로 빠져 들어갔다.

얼마나 잠을 잤는지는 몰라도 눈을 떠보니 숲속은 햇빛이 가득 넘치고, 어디를 보나 기쁜 듯이 속삭이는 나뭇잎 사이로 파란 하늘이 눈부시게 빛나고 있었다. 구름은 기쁨에 날뛰는 바람에 쫓겨 자취를 감추고 하늘은 맑게 개어 있었다. 공기 속에는 사람의 마음을 설레게 하는 이상한 냉기가 감돌고 있었다. 이것은 거의 언제나 하루 종일 궂은 날씨가 계속된 다음에 맑게 개인 고요한 저녁을 예언해주는 징조다. 나는 자리에서 일어나 다시 한번 사냥에서 행운을 기대해보리라 생각했다. 그러나 이때 갑자기 움직이지 않고 가만히 앉아 있는 사람의 모습이 눈에 띄었다. 자세히 보니 시골 여자였다. 내게서 스무 걸음쯤 떨어진 곳에서, 생각에 잠긴 듯 머리를 숙이고 두 손을 무릎 위에 얹고 앉아 있었다. 반쯤 벌려진 한쪽 손에는 두툼한 들꽃 다발이 들려 있었으나, 그녀가 숨을 쉴 때마다 조금씩 바둑무늬 치마 밑으로 흘러내렸다. 목과 손목에 단추를 끼운 깨끗한 흰 루바슈카가 보드라운 잔주름으로 그녀의 몸을 감싸고 있었고, 목과 가슴에는 굵직한 노란 목걸이가 두 겹으로 늘어져 있었다. 그녀는 매우 아름다웠다.

단정히 빗어 넘긴 숱이 많은 아름다운 은회색 머리칼은 상아처럼 새하얀 이마 뒤로 깊숙이 동여맨 좁다랗고 빨간 머리띠 밑에 두 개의 반원으로 갈라져 있었다.

그녀의 얼굴은 황금빛으로 그을었으나, 그것은 엷은 피부에서나 볼 수 있는 그을음이었다. 나는 그녀의 얼굴을 볼 수가 없었다. 그녀는 눈을 들지 않았기 때문이다. 그러나 가늘고 아름다운 눈썹과 기다란 속눈썹만은 똑똑히 알아볼 수 있었다. 속눈썹은 촉촉이 젖었고, 한쪽 볼에서 파르스름한 입술가에 걸쳐 한 줄기 눈물 자국이 햇빛에 빛났다. 그녀의 얼굴은 어디를 보나 아름다웠다. 조금 크고 둥그스름한 코까지도 눈에 거슬리지 않았다.

무엇보다도 마음에 든 것은 그녀의 얼굴 표정이었다. 조금도 구김살이 없고 부드러우며, 무척 슬픈 듯이 보이긴 하지만 거기에는 갈피를 못 잡는 듯한 천진난만한 앳된 슬픔이 가득 넘쳐흘렀다. 여자는 누구를 기다리는 것이 분명했다. 숲속에서 바스락 소리만 나도 그녀는 곧 머리를 들어 사방을 둘러보았다. 그리고 그때마다 투명해 보이는 나무 그늘에서 사슴처럼 겁에 질린 듯한 커다랗고 맑은 눈이 반짝거렸다. 그녀는 잠시 동안 바스락 소리가 난 쪽을 커다란 눈으로 물끄러미 바라보며 귀를 기울였으나, 이윽고 한숨을 지었다. 그녀의 눈까풀이 살며시 빨갛게 물들고, 입술이 바르르 떨렸다. 다시 짙은 속눈썹 아래로 한 방울의 눈물이 흐르고 볼 근처에 멎으며 반짝 빛났다. 이렇게 제법 많은 시간이 흘렀다. 가련한 여자는 꼼짝달싹 않고 앉아서 가끔 괴로운 듯 손을 움직일 뿐, 여전히 귀를 기울였다. 또다시 숲속에서 바스락 소리가 났다. 여자는 몸부림을 쳤다. 바스락 소리는 끊이지 않고 점점 뚜렷이 들리며 다가왔다. 드디어 그 소음이 민첩하고 믿음직스러운 발소리로 변했다. 그녀는 꼿꼿이 몸을 폈으나 불안스러운 눈초리가 바르르 떨리면서 조바심으로 불타는 듯했다. 수풀 속에서 어떤 사나이의 모습이 어른거리기 시작했다. 그녀는 뚫어지게 그쪽을 바라보더니 얼굴을 붉히며 즐겁고 행복해 보이는 웃음을 지었다. 그녀는 몸을 일으키려다가 다시 털썩 주저앉고는 파랗게 질린 채 어쩔 줄을 몰라했다. 그 사나이가 그녀 옆에 와서 발을 멈추었을 때에야 그녀는 비로소 근심 어린, 애원하는 듯한 눈을 들었다.

나는 호기심을 가지고 나무 밑에서 사나이를 바라보았다. 솔직히 말해서 그는 내게 좋은 인상을 주지 못했다. 그는 어느 모로 보나, 부유한 젊은 지주 댁의 바람둥이 머슴이 틀림없었다.

옷은 지나치게 화려했고 무척 멋을 부리려고 애썼다. 우선 주인한테 물려받은 듯한 청동색 짧은 외투를 입고, 위에서 아래까지 단정히 단추를 채웠으며 끝이 보랏빛으로 물든 장밋빛 넥타이에, 금테가 달린 검정 빌로드 모자를 눈썹 밑까지 내려썼다. 하얀 루바슈카의 깃은 정답게 두 귀를 받쳐주면서 볼 깊이 파고들고, 빳빳이 풀먹인 커프스는 빨갛게 마디진 손가락이 보이지 않을 정도로 손 전체를 가렸고, 그 손가락에는 물망초를 본뜬 튀르키예 구슬의 금은 반지가 여러 개였다. 뻘겋고 싱싱하고 뻔뻔스러운 얼굴은 나의 관찰에 의하면, 거의 예외 없이 남자들의 반감을 사는 것이 일쑤지만, 유감스럽게도 여자들에겐 그런 얼굴이 곧잘 마음에 드는 모양이었다. 그는 초라한 자기 얼굴에 사람을 멸시하는 듯한 지루한 표정을 지으려고 애쓰는 듯, 본래 조그마한 잿빛 눈을 더 가늘게 뜨면서 얼굴을 찌푸리는가 하면, 입술 끝을 실룩거리기도 하고, 일부러 하품을 하기도 했다. 그리고 거드름을 피우며 조금도 기분이 내키지 않는다는 듯, 멋있게 구부러진 관자놀이께의 붉은 털을 매만지기도 하고, 두툼한 윗입술 위에 튀어나온 노란 콧수염을 잡아당겨 보는 둥, 한마디로 말해서 도저히 눈을 뜨고는 볼 수 없을 정도로 거만을 떨었다. 그는 자기를 기다리는 시골 여자를 보자 곧 이렇게 거만을 떨기 시작했다. 사나이는 건들거리며 그녀 곁으로 다가와서는 잠시 그대로 선 채 어깨를 한 번 흔들고, 두 손을 외투 주머니에 찌른 다음, 무관심한 눈길로 흘끗 그녀를 바라보고 땅 위에 앉았다.

"그래, 어때?"

그는 여전히 딴 곳을 바라보며 한쪽 다리를 흔들고 하품을 하며 물었다.

"기다린 지 오랜가?"

여자는 한참 만에야 입을 열었다.

"네, 오래됐어요, 빅토르 알렉산드리치."

그녀는 간신히 알아들을 수 있는 목소리로 대답했다.

"그래."

그는 모자를 벗고, 거의 눈썹 옆에서 자라기 시작한 곱슬곱슬 물결치는 짙은 머리칼을 의젓이 한 번 쓰다듬고, 거만하게 주위를 둘러본 다음, 다시 조심스레 모자를 써서 귀중한 머리를 감춰버렸다.

"난 깜박 잊었댔어. 게다가 이렇게 비가 오니! (그는 다시 하품을 했다.) 일이 산더미처럼 많아서 일일이 다 볼 수 없을 정돈데도 자칫하면 잔소리를 듣는단 말야. 그건 그렇고 우린 내일 떠나게 됐어…….”

“내일이라뇨?”

그녀는 이렇게 말하고 놀란 눈으로 사나이를 바라봤다.

“그래, 내일……. 아니, 이러지 말아, 제발.”

그녀가 온몸을 떨며 말없이 고개를 숙이는 것을 보자 그는 황급히 불쾌한 어조로 말을 이었다.

“부탁이니 아쿨리나, 울지 말아줘. 그걸 내가 제일 싫어한다는 걸 잘 알잖아. (그는 이렇게 말하고 뭉툭한 코에 주름살을 모았다.) 그래도 운다면 난 갈 테야! ……뭘, 훌쩍훌쩍 바보같이 운담!”

“네, 안 울겠어요, 안 울겠어요.”

아쿨리나는 꿀꺽꿀꺽 눈물을 삼키며 재빨리 말했다.

“정말 내일 떠나시는 거예요?”

잠시 말이 없다가 그녀는 덧붙였다.

“이젠 또 언제 만나게 될까요, 빅토르 알렉산드리치?”

“만나게 되지, 만나게 돼. 내년 아니면 그 후년에라도. 주인은 페테르부르크에서 일하기를 원하시는 것 같아.”

그는 약간 코맹맹이 소리로 무뚝뚝하게 말을 이었다.

“자칫하면 외국에 가게 될지도 몰라.”

“당신은 저를 잊어버리실 테죠, 빅토르 알렉산드리치.”

아쿨리나는 슬픈 표정으로 말했다.

“아니, 잊어버리다니? 난 잊지 않을 거야. 그러나, 너도 좀 똑똑해져서 바보 짓은 말아. 아버지 말씀도 잘 듣고……. 어쨌든 난 너를 잊지 않을 거야. 잊지 않다마다."

이렇게 말하며 그는 태연히 허리를 펴고 하품을 했다.

"저를 잊지 말아주세요, 빅토르 알렉산드리치."

그녀는 애원하는 듯한 목소리로 말을 이었다.

"전 어쩌면 이다지도 당신을 사랑하게 됐을까요? 세상의 모든 것이 당신을 위해서만 있는 것 같아요. 빅토르 알렉산드리치, 당신은 아버지 말씀을 들으라 하시지만……, 글쎄, 어떻게 제가 아버지 말씀을 들을 수 있겠어요?"

"아니, 왜?"

그는 팔베개를 하고 누워서 뱃속에서 나오는 목소리로 말했다.

"그건, 빅토르 알렉산드리치, 당신도 잘 아시잖아요."

여자는 입을 다물었다. 빅토르는 강철로 만든 시곗줄을 꺼내서 장난하기 시작했다.

그는 마침내 이렇게 말했다.

"아쿨리나, 너도 그렇게 바본 아닐 테니, 그런 못난 소린 하지도 말아. 난 너를 생각하기 때문에 그러는 거야. 내 말을 알겠어? 물론 넌 바보가 아니야. 다시 말해서 완전한 시골뜨기가 아니란 말야. 너희 어머니만 해도 늘 농사꾼만은 아니었으니까. 그러나 어쨌든 넌 교육을 받지 못했어. 그러니까 남이 가르쳐주면 그걸 잘 들어야 하는 거야."

"그래도 무서운걸요, 빅토르 알렉산드리치."

"글쎄, 실없는 소린 말아. 도대체 무엇이 무섭단 말야! 그건 뭐지?"

그가 그녀 곁으로 다가가며 덧붙였다.

"꽃인가?"

아쿨리나는 힘없이 대답했다.

"네, 꽃이에요. 들에서 모과나무 잎을 뜯어왔어요."

그녀는 약간 활기를 띠며 말을 이었다.

"이건 송아지에게 먹이면 좋아요. 그리고 바로 이게 금잔화인데 습진에 잘 들어요. 자, 보세요. 얼마나 아름다운 꽃이에요. 이렇게 아름다운 꽃은 생전 처음 봐요. 이것이 물망초, 그리고 이건 향기 나는 오랑캐 꽃……. 그리고 또 이건 당신 드리려고 뜯은 거예요."

여자는 노란 모과나무 잎 밑에서 가는 풀로 묶은 파란 들국화 다발을 꺼내면서 덧붙였다.

"원하세요?"

빅토르는 느릿느릿 손을 뻗쳐서 꽃을 받아 들고, 되는 대로 냄새를 맡은 다음 생각에 잠긴 듯한 거만한 표정으로 하늘을 쳐다보면서 손가락으로 빙글빙글 꽃다발을 돌리기 시작했다. 아쿨리나는 물끄러미 사나이를 바라보았다……. 그녀의 슬픈 눈초리 속에는 몸과 마음을 다 바쳐 신처럼 숭배하고 복종하겠다는 갸륵한 사랑의 정신이 넘쳤다. 그녀는 빅토르를 무서워했으므로 마음속으로 작별을 고하면서, 마지막으로 사나이를 눈여겨보았다. 그러나 사나이는 마치 술탄처럼 거만하게 드러누운 채, 너그럽게 봐준다는 듯이, 그녀가 바라보는 거룩한 눈길을 그대로 내버려두었다. 나는 정말이지, 의분을 금하지 못하며 그 불그죽죽한 얼굴을 유심히 바라보았다. 일부러 사람을 멸시하는 듯한 무표정한 얼굴에는 자만심이 철철 넘쳤다. 그러나 아쿨리나는 이때도 아름다웠다. 그녀는 남자를 믿는 듯 정열에 불타면서, 마음속의 모든 것을 툭 털어놓고 애절히 사랑을 호소하고 있었다……. 그런데 빅토르는 꽃다발을 풀 위에 떨어뜨리고 외투 옆 주머니에서 청동 테를 두른 둥근 유리알을 꺼내서 한쪽 눈에 끼우기 시작했다. 그러나 아무리 눈썹을 찌푸리고 볼과 코까지 들먹거리며 끼우려고 애썼지만, 안경은 자꾸 빠지며 손바닥으로 떨어졌다.

"그건 뭐예요?"

아쿨리나가 놀란 표정으로 물었다.

"로레스*야."

그는 점잖게 대답했다.

"뭘 하는 거예요?"

"더 잘 볼 수 있지."

"좀 보여주세요."

빅토르는 얼굴을 찌푸렸으나 그래도 할 수 없다는 듯 아쿨리나에게 안경을 넘겨주었다.

"깨뜨리지 말아. 조심해."

"걱정 마세요, 깨뜨리지 않을 테니."

아쿨리나는 조심스레 안경을 눈으로 가져갔다.

"아무것도 안 보여요."

그녀는 천진난만하게 말했다.

---

* 알만 있는 외짝 안경

"눈을 가늘게 떠야 하는 거야."

그는 선생이 학생을 훈계하는 투로 말했다. 아쿨리나는 안경을 댄 눈을 가늘게 했다.

"아니, 그쪽이 아냐, 그쪽이 아냐. 바보 같으니! 이쪽이란 말야!"

빅토르는 이렇게 외치고는 아쿨리나가 미처 잘못을 고치기도 전에 안경을 빼앗아버렸다.

아쿨리나는 낯을 붉히고 살며시 웃음을 지으며 얼굴을 돌리고 말았다.

"아무래도 제가 가질 건 못 되는군요."

아쿨리나가 말했다.

"물론이지!"

가련한 여자는 입을 다물고 깊이 한숨을 내쉬었다.

"아아, 빅토르 알렉산드리치, 당신이 떠나시면 전 어떻게 될까요?"

빅토르는 옷자락으로 안경을 닦고, 다시 외투 주머니에 집어넣었다.

"그래, 그래. 처음 한동안은 괴롭겠지. 괴로울 거야."

마침내 그는 입을 열었다. 빅토르는 동정해주는 듯이 그녀의 어깨를 두드렸다. 그러자 그녀는 자기 어깨에서 살며시 빅토르의 손을 잡더니 그 손에 키스를 했다.

"암, 그렇다마다, 넌 정말 착한 여자야."

그는 자기만족의 미소를 지으며 말을 이었다.

"그러나 어떻게 할 도리가 있어야지? 너도 잘 생각해봐! 주인 나리나 나나 여기 그대로 남아 있을 순 없잖아. 이제 곧 겨울이 되지만 시골의 겨울이란, 너도 알다시피 정말 참을 수 없는 거야. 그런데 페테르부르크라면 그렇지 않거든! 거기 가면 모든 것이 다 신기할 뿐이야. 아마 너 같은 시골뜨긴 꿈에도 상상 못 할걸. 훌륭한 집에 멋있는 거리, 교육받은 상류 사회의 사람들, 정말 눈알이 돌 지경이야……!"

아쿨리나는 어린애처럼 방긋이 입을 벌리고 열심히 그의 말을 들었다.

"그러나 네게 이런 말을 해봤자 아무 소용이 없겠구나. 내 말을 이해하지 못할 테니 말야."

빅토르는 땅바닥에서 몸을 뒤척이며 말을 덧붙였다.

"왜 그래요, 빅토르 알렉산드리치? 저도 알아요. 모두 알겠는걸요."

"그렇다면 굉장하군!"

아쿨리나는 눈을 내리깔았다.

"그전 같으면 당신도 그렇게 말하진 않았어요, 빅토르 알렉산드리치."

그녀는 눈을 내리깐 채 말했다.

"그전이라니……? 아니 무슨 말을 하는 거야! 그전이라고!"

빅토르는 성난 어조로 말했다.

두 사람은 잠시 말이 없었다.

"이젠 가봐야겠어."

빅토르가 일어서려고 팔꿈치를 세웠다.

"조금만 더 기다려주세요."

아쿨리나는 애원하는 듯한 어조로 말했다.

"무엇을 기다려? 이미 작별 인사도 끝났는데."

"기다려주세요."

아쿨리나는 되풀이했다.

빅토르는 다시 벌렁 나자빠지며 휘파람을 불기 시작했다. 아쿨리나는 여전히 그에게서 눈을 떼지 않았다. 그녀가 점점 흥분하는 모습을 내 눈으로도 충분히 알 수 있었다. 입술이 바르르 경련을 일으키고 파리한 두 볼이 연분홍빛으로 물들어갔다.

"빅토르 알렉산드리치."

마침내 그녀는 토막토막 끊어지는 목소리로 말하기 시작했다.

"당신은 너무해요……. 너무해요, 빅토르 알렉산드리치, 정말이에요!"

"뭐가 너무해?"

그는 미간을 찌푸리고 묻더니 약간 몸을 일으켜서 그녀 쪽으로 머리를 돌렸다.

"너무해요, 빅토르 알렉산드리치. 떠나시는 길에 단 한마디라도 좀 살가운 말을 해주시면 어때요? 단 한마디라도 좋으니, 이 의지할 데 없는 불쌍한 저에게……."

"아니, 무슨 말을 하라는 거야?"

"몰라요. 그건 당신이 더 잘 아실 거예요, 빅토르 알렉산드리치. 떠나시는 마당에 한마디쯤……. 난 왜 이런 일을 겪어야 할까?"

"정말 넌 이상해. 내가 무슨 말을 할 수 있단 말야?"

"단 한마디라도……."

"같은 소리만 지껄이는군."

그는 화가 나는 듯 이렇게 말하고 일어났다.

"성내지 마세요, 빅토르 알렉산드리치."

간신히 눈물을 참으면서 그녀는 황급히 말했다.

"성난 건 아니야. 그저 네가 바보 같은 소리를 해서……. 도대체 어떻게 하라는 거야? 그렇다고 난 너하고 결혼할 순 없잖아? 자, 그런데 무엇을 바라는 거야? 뭣을?"

그는 대답을 기다리는 듯 얼굴을 들이대고 손가락을 폈다.

"전 아무것도……, 아무것도 바라지 않아요."

그녀는 떨리는 두 손을 가까스로 빅토르에게 내밀며 더듬더듬 대답했다.

"그저 작별하는 길에 한마디라도……."

아쿨리나의 눈에서 눈물이 비 오듯이 쏟아졌다.

"그래, 드디어 눈물을 터뜨렸군."

빅토르는 모자를 깊숙이 내려 쓰며 냉정한 어조로 말했다.

"전 아무것도 바라지 않아요."

그녀는 두 손으로 얼굴을 가리고 흑흑 흐느끼며 말을 이었다.

"집에 남아 있는 제 심정은 어떻겠어요? 제 마음은 어떻겠어요? 그리고 제 몸은 어떻게 되겠어요, 네? 어떻게 되겠어요? 사랑하지도 않는 사람에게 시집을 가야 해요. 아아, 난 왜 이렇게 불행할까!"

"마음대로 지껄여봐!"

빅토르는 발을 옮겨 디디며 나직한 소리로 중얼거렸다.

"그래도 단 한마디, 한마디쯤은…… '아쿨리나, 난……' 하고 말해줄 수 있을 텐데……."

갑자기 울음이 복받쳐서 그녀는 말을 끝맺을 수가 없었다. 그녀는 풀밭에 머리를 파묻고 애절하게 흐느끼기 시작했다. 온몸이 경련을 일으키듯 물결치고, 머리 뒤가 세차게 들먹거렸다. 오랫동안 참고 참았던 슬픔이 폭포수처럼 터지고 말았다. 빅토르는 잠시 아쿨리나를 노려보며 서 있었으나, 어깨를 흠칫하고 돌아서더니 성큼성큼 커다란 걸음으로 그 자리를 떠났다.

잠시 시간이 흘렀다……. 아쿨리나는 울음을 멈추고 머리를 들었다. 그러고는 벌떡 일어나서 주위를 둘러보고, 깜짝 놀란 듯 손바닥을 쳤다. 그녀는 뒤따라 달려가려 했으나, 발이 휘청거려 무릎을 꿇으며 넘어지고 말았다. 나는 참다못해 그녀 곁으로 달려갔다. 그러나 그녀는 내 모습을 보자 어디서 그런 힘이 솟았는지 가냘픈 비명을 지르며 일어나서는 황급히 나무 뒤로 자취를 감추고 말았다. 땅에는 꽃잎만이 쓸쓸히 흩어져 있었다.

나는 잠시 그대로 서 있었다. 이윽고 꽃다발을 손에 들고 숲을 지나 들판으로 나왔다. 태양은 파르스름한 하늘에 나직하게 걸려서, 그 햇빛도 창백하고 싸늘했다. 이미 햇빛은 빛나는 것이 아니라 창백한 물빛으로 고루고루 넘칠 뿐이었다. 해가 지기까지는 반 시간밖에 남지 않았는데도, 저녁놀은 이제 간신히 물들기 시작했다. 세찬 바람이, 추수를 마치고 노랗게 마른 밭이랑을 거쳐 정면으로 휘몰아쳐왔다. 조그만 가랑잎이 급작스레 공중으로 날아오르며 내 옆을 지나 한길을 가로질러 숲 가를 따라 질주했다. 병풍처럼 들판에

면한 숲 가는 온통 뒤흔들리면서, 눈부시지는 않지만 뚜렷한 빛으로 반짝거렸다. 벌겋게 물든 풀이며, 풀 줄기며, 지푸라기 할 것 없이 보이는 곳마다 가을의 거미줄이 빛나며 물결쳤다. 나는 슬픈 마음이 앞서서 걸음을 멈추었다……. 시들어가는 자연의 슬픔 어린 산뜻한 웃음 속에 우울한 겨울의 공포가 스며드는 듯이 느껴졌다. 겁이 많은 까마귀 한 마리가 요란스레 날개를 퍼덕이며 머리 위로 높이 날아올랐다. 까마귀는 고개를 돌려 나를 흘긋 보고는 날쌔게 위로 솟구쳐 오르더니, 까옥까옥 울면서 숲 뒤로 사라지고 말았다. 수많은 비둘기 떼가 탈곡장에서 날아와서는, 갑자기 기둥처럼 맴돌더니 허둥지둥 들판으로 흩어져 내렸다. 완연한 가을이다! 누군가가 벌거숭이 언덕을 지나는 듯, 빈 달구지 소리가 요란스레 덜커덩거렸다.

나는 집으로 돌아왔다. 그러나 가련한 아쿨리나의 모습은 오랫동안 내 머리에서 떠나지 않았다. 그녀의 들국화 다발은 이미 오래전에 시들어버렸으나, 나는 아직도 그 꽃을 고이 간직하고 있다.

사랑의 개가(凱歌)

다음의 이야기는 이탈리아의 옛 기록에서 읽은 것이다.

1

16세기 중엽, 이탈리아의 페라라(그때 이 도시는 문학과 예술의 애호가들인 유명한 공후(公侯)들의 통치하에 번영하고 있었다)에는 파비오와 무치오라는 두 청년이 살았다. 나이가 비슷한 데다가 가까운 친척 간인 그들은 지금까지 한 번도 헤어진 적이 없었다. 진정한 우정은 어릴 때부터 그들을 결속시켜주었다. 그리고 동일한 운명은 그 결속을 한층 더 굳게 만들어주었다. 두 사람 모두 명문가에 태어난 재산가로, 남의 구속이라는 것을 모르는 자유로운 청년들이었고, 게다가 그들에게는 가족이라는 연줄이 없었다. 그리고 취미, 경향마저 흡사했다. 무치오는 음악을 공부하고 파비오는 그림을 그렸다.

그래서 두 청년은 궁전, 사회, 도시의 아무도 따를 수 없는 총아로서 모든 페라라 시민의 사랑을 독차지했다. 두 청년 모두 균형 잡힌 미남자로 손색이 없었으나 생김새는 매우 달랐다. 파비오는 후리후리한 키에 얼굴이 희고, 금발에 파란 눈이었다. 그러나 무치오는 거무스름한 얼굴에 까만 머리칼을 지녔고, 그의 암갈색 눈에는 파비오에게서 볼 수 있는 즐거움이 없었고, 그의 입술에는 상냥한 미소도 없었다. 게다가 좁다란 눈까풀을 뒤덮을 듯한 짙은 눈썹은, 깨끗하고 넓은 이마에 가느다란 반원을 그린 파비오의 금빛 눈썹과는 닮지도 않았다. 이야기를 할 때도 무치오는 그다지 활기가 없었다. 그렇지만 두 청년은 기사도의 겸손과 관대함을 지닌 탓으로 모두 한결같이 귀부인들의 사랑을 받았다.

그 당시 페라라에는 발레리아라는 여자가 살았다. 그녀는 교회에 갈 때에만 외출하고, 축제가 와야 산책을 할 정도로 무척 고독한 생활을 즐기는 여자였다. 그래서 사람들 눈에 띄는 일은 거의 없었으나, 도시에서는 그녀가 절세미인이라는 소문이 떠돌았다. 그녀는 어머니와 함께 살았다. 어머니는 과부로, 부자는 아니었지만 훌륭한 가문 출신이었고, 발레리아는 그녀의 무남독녀 외딸이었다. 발레리아를 만나는 사람이면 누구든지 자기도 모르는 놀라움에 사로잡혀, 문득 부러움과 존경을 품었다. 그러나 그녀 자신은 자기의 아름다움을 조금도 마음에 두는 기색이 없었다. 그만큼 그녀는 겸손한 여자였다. 물론, 어떤 사람은 그녀의 얼굴빛이 약간 창백하다는 것을 알았다. 거의 언제나 살며시 내리깐 그녀의 시선은 내성적인 성격 때문이라기보다도 어떤 두려움을 말해주는 듯싶었다. 가끔 가다가 그녀의 입술이 방긋 웃을 때가 있지만, 그것도 살짝 웃어넘길 뿐으로, 그녀의 목소리를 들은 사람은 아무도 없었다. 그렇지만 그녀의 목소리가 아름답다는 소문만은 떠돌았다. 이른 아침, 온 도시 사람들이 아직 고요히 잠들었을 때, 그녀는 자물쇠를 채운 방에 홀로 들어앉아서 칠현금을 타고 옛 노래를 부르는 것을 낙으로 삼고 있다고 했다. 발레리아의 얼굴은 창백했으나, 그녀의 몸에서는 건강이 넘쳐흘렀다. 그래서 노인들까지도 그녀를 보면, "아아, 사람 손이 닿지 않은 꽃봉오리, 이것을 꺾는 젊은이는 그 얼마나 행복하랴!" 하고 감탄을 아끼지 않았다.

2

파비오와 무치오가 처음으로 발레리아를 본 것은 호화로운 대제전 때였다. 이 제전은 유명한 루크레치아 보르지아의 아들인, 당시의 페라라 공후 에르콜의 명으로 베풀어졌고, 프랑스 왕 루이 12세의 왕녀인 에르콜 공후 부인의 초대로, 멀리 파리에서 온 유명한 귀족들을 환영하기 위해 열렸다. 팔라디오가 페라라 대광장에 화려한 귀부인석을 마련했는데, 발레리아는 어머니와 나란히 그 가운데에 자리 잡았다. 파비오와 무치오 두 청년은 바로 그날로 발레리아에게 반하고 말았다. 두 청년은 서로 아무 일이나 감추는 일이 없었으므로, 곧 상대편 마음속에 무슨 일이 일어났는지를 알았다. 그래서 두 청년은 함께 발레리아에게 구애해서 만일 그녀가 둘 중 누구 하나를 택한다면, 다른 한 사람은 아무 이의 없이 그 선택에 따르기로 하자고 서로 약속을 했다.

몇 주일이 지난 후, 두 청년은 정당한 방법으로 얻은 좋은 기회를 이용해 웬만해서는 들어가기 어려운 과부의 집에 들어갈 수 있었다. 어머니가 그들에게 딸을 방문해도 좋다고 허락했다. 그때부터 그들은 매일같이 발레리아를 만나서는 이야기를 주고받았다. 두 청년의 가슴속에 한 번 타오르기 시작한 불길은 날이 갈수록 점점 더해갈 뿐이었다. 그러나 발레리아는 두 사람 가운데 어느 한쪽에만 유달리 마음을 기울이지는 않았다. 그렇지만 발레리아도 그들의 방문을 꺼리는 것 같지는 않았다. 그녀는 무치오와 함께 음악을 즐기기는 했으나, 파비오하고 더 많은 이야기를 주고받았다. 다시 말해서 파비오에게는 더 많은 것을 털어놓았다.

마침내 두 청년은 각자 최후의 운명을 알아보기로 결심하고, 발레리아에게 편지를 보냈다. 그 속에 누구의 청혼을 받아들일지 하루속히 말해주기를 부탁한다고 썼다. 발레리아는 그 편지를 어머니에게 보이고 자기는 어디까지나 독신으로 살고 싶다고 말했다. 그러나 어머니께서 반드시 시집을 가야 한다고 말씀하신다면 누구든지 어머니의 마음에 드는 분하고 결혼하겠다고 덧붙였다. 마음이 어진 과부는 사랑하는 딸과 헤어져야 한다는 생각을 하고 잠시 눈물에 젖었다. 그렇다고 해서 구혼자들을 거절할 만한 구실도 없었다. 두 청년이 모두 사윗감으로서는 적당한 인물이라고 생각했기 때문이었다. 그러면서도 마음 한구석으로는 파비오 쪽을 좋아하면서, 그 청년이라면 발레리아도 무척 마음에 들리라고 생각하여 결국 어머니는 파비오를 선택해주었다. 이튿날 파비오는 그 길보(吉報)를 받았다. 한편, 무치오는 약속한 대로 그 선고에 따르지 않을 수 없었다.

무치오는 약속대로 이행했다. 하지만 그는 경쟁자의 승리를 눈앞에 보면서 그 증인으로 남아 있을 수는 없었다. 그는 재빨리 대부분의 재산을 청산하여 몇천 두카트*를 만들어서 먼 동쪽 나라를 향하여 기나긴 여정에 올랐다. 무치오는 파비오하고 헤어지면서, 자기 정열의 마지막 흔적이 사라졌다고 느끼기 전에는 절대로 귀국하지 않겠다고 맹세했다. 어릴 때부터 청년 시절에 이르기까지 한 번도 떨어진 적이 없는 친구와 헤어진다는 것은 파비오에게도 여간 고통스러운 일이 아니었다. 그렇지만 가까운 행복에 대한 즐거운 기대는 순식간에 다른 모든 감정을 집어삼키고 말았다. 그는 성공한 사랑의 기쁨 속에 온몸을 내맡겼다.

얼마 후 파비오는 발레리아와 결혼했다. 그리고 결혼했을 때, 그는 비로소 자기 손에 들어온 보물의 가치를 깨닫게 되었다. 파비오는 페라라에서 가까운 곳에, 녹음이 우거진 정원으로 둘러싸인 훌륭한 별장을 가지고 있었다. 그는 아내와 장모를 데리고 그곳으로 옮겨갔다. 그때야말로 그들에게는 가장 즐거운 시절이었다. 신혼생활의 새롭게 빛나는 광채 속에서 발레리아의 많은 미덕이 발휘되었다. 파비오는 저명한 화가가 되었다. 이미 단순한 애호가가 아니라 떳떳한 중진이 되었다. 발레리아의 어머니는 행복한 부부를 보

---

* 이탈리아에서 사용되던 금화

고, 무척 기뻐하며 하느님께 감사드렸다. 어느새 4년이란 세월이 달콤한 꿈속에 흘러가버렸다. 만일 신혼부부에게 한 가지의 부족, 한 가지의 슬픔이 있다면, 그들 사이에는 자식이 없었다……. 그러나 그들은 희망을 버리지 않았다. 그런데 4년째의 마지막 고비에 들어서자 이번에는 정말 커다란 슬픔이 그들 위에 내려앉고 말았다. 발레리아의 어머니가 며칠 동안 앓다가 그만 세상을 떠나고 만 것이다.

발레리아는 하염없이 울었다. 그녀는 한동안 이 불행에 익숙해질 수 없었다. 그러나 한 해가 지나자 생활은 다시 그전의 모습으로 되돌아와서, 전과 같은 물줄기를 따라 흘렀다. 그 어느 아름다운 여름날 저녁, 무치오는 아무에게도 알리지 않고 살며시 페라라로 돌아왔다.

3

페라라를 떠난 지 5년, 그동안 무치오에 대해서 아는 사람은 아무도 없었다. 마치 땅 위에서 꺼지기라도 한 듯, 그에 대한 소식은 끊어져버리고 말았다. 그래서 파비오는 페라라의 어느 거리에서 옛 친구를 대했을 때, 처음은 놀란 나머지, 나중엔 기쁜 나머지 하마터면 함성을 지를 뻔했다. 그는 즉시 무치오를 자기 별장으로 초대했다. 별장 정원에는 따로 떨어진 별관이 있었다. 파비오는 친구에게 이 별관에서 지내기를 권했다. 무치오는 친구의 호의를 달갑게 여겨, 그날로 자기 하인을 데리고 그곳으로 옮겨왔다. 머슴은 말레이인으로, 그의 혀는 잘려 있었다. 말을 못 하기는 했지만 들을 수는 있었다. 게다가 또렷또렷한 눈초리로 보아서 무척 영리한 사람인 듯싶었다. 무치오는 수십 개의 트렁크를 가지고 왔는데, 그 속에는 여러 해를 여행하는 동안에 수집한 가지각색의 보물이 가득했다. 발레리아도 무치오의 귀국을 기뻐했고, 무치오도 반갑게 다정한 인사를 했다. 그렇지만 무치오의 태도는 매우 침착했다. 그리고 어느 모로 보나 파비오와의 약속을 이행한 듯이 보였다.

그는 낮 동안에 머슴과 함께 별관을 정리하고, 가지고 온 진기한 물건들을 정돈했다. 양탄자, 비단, 찻잔, 접시, 에나멜을 칠한 쟁반, 진주와 보석을 박은 금은 장식품, 호박과 상아로 조각된 상자, 반짝반짝 빛나는 병, 향료, 약, 동물 가죽, 이상한 새털……. 그 밖에도 여러 가지가 있었지만, 어느 것이든 그 사용법을 알 수 없는 신비로운 것들뿐이었다. 금은보석 가운데는 진주 목걸이가 있었는데, 어느 날 무치오가 멋지고 신기한 재주를 보여주어 페르시아 왕이 하사한 목걸이라고 했다. 그는 손수 그 목걸이를 발레리아의 목에 걸게 해달라고 그녀에게 청했다. 목걸이는 묵직하면서도 이상한 온기가 느껴졌다……. 이윽고 목걸이는 발레리아의 목에 걸렸다.

점심을 마치고 저녁 무렵에 별장 테라스의 협죽도와 계수나무 그늘에 앉아서, 무치오는 마침내 자기의 여행담을 이야기하기 시작했다. 그는 자기가 본 먼 나라들이며, 구름을 찌를 듯이 높은 산이며, 물 없는 사막, 바다와 같은 큰 강 들을 말하고 나서, 대건축물과 대사원들, 천 년 묵은 고목, 무지갯빛과 새 이야기, 그리고 자기가 방문한 도시라는 도시, 민족이란 민족을 일일이 세어 보였다. 그 이름을 듣는 것만으로도 동화 세계가 연상되었다. 무치오는 동방에 있는 나라들을 골고루 잘 알았다. 그는 페르시아와 아라비아를 지나갔는데, 그곳에서는 다른 어떤 동물보다도 말을 가장 귀엽고 훌륭한 것으로 여겼으며, 인도의 내륙 지방으로 들어가니, 거기서는 사람이 거목을 닮았고, 그다음 중국과 티베트 경계선에 도달하니, 그곳에선 달라이 라마라고 불리는 생불(生佛)이 눈을 감고 묵상하는 인간의 모습으로 지상에 살더라고 이야기했다.

어쨌든 들으면 들을수록 신기한 이야기들이었다. 파비오와 발레리아는 얼빠진 사람처럼 그의 말을 들었다. 무치오의 용모 자체는 그다지 변한 것 같지 않았다. 다만 어릴 때부터 거무스름하던 얼굴이 강한 햇볕에 타서 한층 검어지고, 눈이 예전보다 우묵 들어간 듯 보일 정도였으나, 단 한 가지 그의 표정만은 완전히 달랐다. 빈틈없이 긴장된 장중한 표정은 여러 가지 위험, 그중에서도 캄캄한 밤에 호랑이의 으르렁대는 소리에 놀라고, 낮에는 한적한 산길에서 악신(惡神)의 제물로 삼으려고 길 가는 나그네를 노리는 산적을 만났다는 이야기를 할 때에도 조금도 놀라는 기색이라고는 없었다. 목소리는 나직하면서도 단조로웠고, 손놀림을 비롯하여 온몸의 동작까지도 이탈리아 민족의 특유성을 잃었다. 무치오는 온순하고 민첩한 말레이인 머슴의 도움으로, 인도의 바라문(婆羅門)한테서 배운 몇 가지의 요술을 주인들에게 보여주었다. 예를 들면, 몸을 휘장으로 가리는가 했더니, 갑자기 수직으로 세운 대나무 지팡이에 손끝을 가볍게 의지하면서 공중에 책상다리하고 앉은 모습으로 나타났다. 파비오도 놀랐지만, 발레리아의 놀라움은 말할 수 없었다.

'아니, 저분은 마법사가 된 것이 아닐까?'

그녀는 마음속으로 이렇게 생각했다. 무치오가 가느다란 피리를 불면서, 뚜껑이 달린 광주리 속에서 길든 뱀을 불러냈을 때, 그리고 그 뱀이 혀를 날름거리며 얼룩진 천 밑으로부터 까맣고 납작한 대가리를 도사렸을 때, 발레리아는 무서워서 그 기분 나쁜 뱀을 치워달라고 무치오에게 애원했다. 저녁 식사가 끝난 후, 무치오는 목이 긴 둥근 병에 담긴 시라즈의 술을 파비오 부부에게 대접했다. 술은 유달리 향기가 깊고 짙었으며, 파르스름한 금빛으로 빛났다. 게다가 자그마한 벽옥(碧玉)으로 만든 잔에 부어서인지, 더욱 이채로운 빛을 발했다. 술맛은 유럽 술과 달리 몹시 달고 향기로워서, 천천히 몇 모금만 들이켜도 온몸이 달콤한 잠에 취하는 듯한 느낌을 주었다. 무치오는 파비오와 발레리아에게 다시 한 잔씩을 권하고 자기도 마셨다. 그때 무치오는 발레리아의 잔으로 몸을 숙이고 손가락을 떨면서 무엇인지 중얼거렸다. 발레리아도 그것을 알았으나 그의 태도와 행동이 대체로 그 전과는 너무나 달랐으므로 과히 마음에 두지 않고, '저분은 인도에서 새로운 종교를 받아들인 것이 아닐까, 그렇지 않으면 그곳 풍속이 저런 것일까?' 하고 생각했을 따름이었다.

잠시 아무 말이 없다가, 발레리아는 무치오에게 물었다.

"여행 도중에도 여전히 음악을 하셨나요?"

무치오는 대답 대신에 말레이인에게 인도의 바이올린을 가져오라고 명했다. 바이올린은 요즈음 것과 다름이 없었다. 단지 현이 네 개가 아니라 셋이었고, 위에는 푸릇푸릇한 뱀 가죽이 덮여 있었으며, 거기에 삼으로 만든 가늘고 긴 반원의 활이 달려 있고, 그 끄트머리에 뾰족한 보석이 반짝이고 있었다.

무치오는 먼저 몇 개의 비곡(悲曲)을 켰다. 그의 말로는 그 곡들은 민요로, 이탈리아인의 귀에는 이상하다기보다는 오히려 조잡한 느낌을 주었다. 금속으로 만든 현의 음향은 나직하고 구슬펐다. 그러나 무치오가 마지막 노래를 시작했을 때, 그 음향은 갑자기 높아져서 힘차게 울리기 시작했다. 힘 있게 활을 올리고 내릴 때마다 그 밑에서 타는 듯한 정열의 곡조가 흘러내렸다. 마치 바이올린 거죽을 덮은 뱀처럼 아름다운 굴곡을 보여주어서, 한결 감정을 더해주었다. 파비오와 발레리아는 마음이 벅차올라 그들의 눈에는 글썽하니 눈물이 고였다. 그만큼 이 멜로디는 정열과 환희에 불타고 있었다. 그러나 한편, 무치오는 아래로 몸을 굽혀 바이올린에다 머리를 밀착시킨 채 뺨은 점점 창백해지고 양 눈썹은 한 일 자로 굳게 굳어졌다. 그의 표정은 긴장될 대로 긴장되어, 한층 더 엄숙해 보였다. 활 끄트머리의 보석은 그 신기한 음악의 불길에 타오르기라도 한 듯 시종 광선 모양의 불꽃으로 반짝였다. 무치오가 음악을 끝마치고, 계속해서 바이올린을 턱과 어깨 사이로 힘 있게 틀어넣으면서 활을 쥔 손을 내렸다.

"도대체 그건 뭔가? 자넨 무슨 곡을 켰나?"

파비오가 외쳤다. 발레리아는 어안이 벙벙해서 아무 말도 하지 않았지만, 그녀의 모습은 남편의 물음을 되풀이하는 것 같았다. 무치오는 바이올린을 책상 위에 놓고, 가볍게 머리를 흔들더니, 정다운 웃음을 띠며 말했다.

"이거 말인가? 이 곡은……, 이 노래는 실론섬에서 한 번 들은 일이 있지. 그곳에선 이 노래가 행복하고 만족스러운 사랑의 개가라고 해서 널리 유행하고 있다네."

"한 번 더 들려주게."

파비오가 속삭였다.

"안 돼, 이건 반복할 순 없는 거야. 벌써 늦었는데 발레리아 부인도 주무셔야 할 거고, 나도 잘 때가 됐어. 몹시 고단하군."

무치오는 대답했다.

이날 하루 동안 무치오가 발레리아를 대하는 태도는, 다만 옛 친구를 대하듯 어디까지나 정중했다. 그렇지만 헤어지게 되었을 때, 그는 힘 있게 발레리아의 손을 붙잡고 얼굴이 닿을 정도로 그녀의 얼굴을 뚫어지듯 바라보면서, 그녀의 손바닥을 꼭 눌러주었다. 그때 발레리아는 얼굴을 쳐들 수 없었지만, 확 타오르는 자기 볼 근처에서 무치오의 시선을 느꼈다. 그녀는 아무 말 없이 손을 빼냈지만, 그래도 무치오가 밖으로 나갔을 때 그가 걸어나간 문 쪽을 바라보았다. 그녀는 그 전에 무치오가 얼마나 무서웠는가를 상기해보았다. 그리고 지금도 그녀는 미덥지 않아 하는 눈치였다. 무치오는 자기 숙소로 돌아가고, 파비오 부부는 그들의 침실로 들어갔다.

4

발레리아는 한참 동안 잠들 수 없었다. 온몸의 피가 괴로움 속에 잔잔히 물결치고, 머릿속은 종이라도 치는 듯 뒤흔들렸다. 발레리아가 추측한 대로 이상한 술 때문이기도 했지만, 무치오의 이야기와 바이올린의 연주도 어느 정도 원인인 듯싶었다. 결국 그녀는 새벽녘에야 잠들었는데, 곧 이상한 꿈을 꾸었다.

발레리아는, 먼저 자기가 천장이 나직한 널찍한 방 안에 들어왔다고 느꼈다. 그녀는 지금까지 한 번도 이런 방을 본 적이 없었다. 사방의 벽은 금빛 '풀'이 자란 가느다란 청색 타일로 싸여 있고, 우아하게 조각된 석고 기둥은 대리석 천장을 떠받들었다. 그 천장은 어렴풋이 투명해 보였다. 연한 분홍빛은 모든 사물을 똑같이 신비로움으로 물들게 하면서, 사방에서 방 안에 비쳐 내렸다. 거울같이 미끄러운 마루 한복판의 폭 좁은 양탄자 위에는 비단 방석이 놓여 있었고, 방구석마다 괴물을 상징하는 키다리 향로가 있어 가느다란 연기를 내뿜었다. 어디를 보나 창문이 없었다. 벨벳 커튼을 늘어뜨린 문은 우묵 들어간 벽 위에서 말없이 검은빛을 발했다. 그런데 갑자기 커튼이 살랑살랑 미끄러지며 움직이더니, 살며시 무치오가 들어오지 않는가. 그는 인사를 하고 두 손을 벌리며 빙긋이 웃었다……. 이윽고 그의 무쇠 같은 두 손은 발레리아의 몸을 얼싸안으며 메마른 입술로 그녀의 온몸을 더듬었다……. 그리고 그녀는 방석 위에 거꾸러졌다.

발레리아는 무서운 악몽에 사로잡혀 고통스러운 신음을 하다가 간신히 눈을 떴다. 그녀는 자기의 몸이 어디에 있는지, 무슨 일이 일어났는지 알 수가 없어서, 침대에서 반쯤 몸을 일으키고 사방을 둘러보았다. 그녀의 온몸에 오싹 소름이 끼쳤다. 파비오는 그녀 옆에 나란히 누워 있었다. 잠든 그의 얼굴은 때마침 창문으로 스며드는 둥글고 환한 달빛을 받아 죽은 사람같이 파리했다……. 죽은 사람의 얼굴보다 더 슬퍼 보였다. 발레리아는 남편을 깨웠다.

"왜 그러오?"

잠에서 깬 남편은 발레리아를 보자 곧 물었다.

"저…… 전 무서운 꿈을 꾸었어요."

아직 부들부들 몸을 떨면서 발레리아는 중얼거렸다.

그러나 이때, 별관 쪽에서 힘찬 멜로디가 울려 나왔다. 파비오와 발레리아는 그 음악이 분명 만족스러운 사랑의 개가라고 하면서 무치오가 연주하던 곡임을 알았다. 파비오는 이상하다는 듯 발레리아를 바라보았다……. 발레리아는 눈을 감고 얼굴을 돌렸다. 두 사람은 숨을 죽이고 노래가 끝날 때까지 들었다. 마지막 선율이 끊어졌을 때, 달은 구름 속으로 기어들고, 방 안은 갑자기 어두워졌다. 두 부부는 말없이 베개 위에 누웠다. 그리고 누가 먼저 잠들었는지 모르게 두 사람은 잠들어버렸다.

5

다음 날 아침에 무치오는 아침 식사를 하러 왔다. 그는 무척 만족스러운 표정으로 발레리아에게도 즐겁게 인사를 했다. 발레리아는 말을 더듬으며 그에게 대답하고는 살짝 무치오를 훔쳐보았다. 만족스러운 듯한 즐거운 얼굴이며, 날카로운 호기심에 찬 눈초리가 그녀에겐 어쩐지 무서움을 주었다. 무치오는 다시 이야기를 시작하려고 했다. 그러나 파비오는 곧 그의 말을 가로챘다.

"잠자리가 바뀌어서 자넨 자지 못한 것 같군그래? 나는 처와 함께 어젯밤 자네가 연주하는 노래를 들었다네."

"그래? 자네도 들었나?"

무치오는 중얼거렸다.

"나는 그 곡을 켰어. 그러나 그전에 한잠 자면서 굉장한 꿈을 꾸었다네."

발레리아는 솔깃하여 귀를 기울였다.

"어떤 꿈인가?"

파비오가 물었다.

무치오는 발레리아를 물끄러미 바라보며 말을 이었다.

"이런 꿈을 꾸었어. 먼저 내가 천장이 낮은, 동양식으로 꾸며진 넓은 방에 들어갔다고 생각하게. 조각한 기둥이 천장을 떠받들고 벽은 타일로 발려진 채, 창문도 등불도 없었지만, 장밋빛 광선이 방 전체에 넘쳐흘러서 그 방은 마치 투명한 돌로 만든 것 같았어. 방 구석구석에는 중국의 향로가 놓였고, 마루 위에는 비단 방석이 폭 좁은 양탄자 위에 있었어. 나는 커튼을 드리운 문을 통해 들어갔지. 그러자, 갑자기 다른 문에서 부인 한 사람이 나를 향해서 걸어오지 않겠나. 그 부인은 한때 내가 사랑하던 여자로, 매우 미인이었어. 나도 예전의 사랑이 불타올랐을 정도였다네."

무치오는 의미심장하게 입을 다물었다. 발레리아는 옴짝달싹 않고 앉아서 점점 파랗게 질려갈 뿐이었다. 그녀의 호흡은 더욱 거칠어졌다.

무치오는 말을 이었다.

"그때 나는 잠을 깨서 그 곡을 켠 거라네."

"그 부인이 누군가?"

파비오가 물었다.

"그 부인이 누구냐고? 어느 인도인의 마누라야. 나는 그 부인과 델리에서 만났지. 그런데 그 여자는 이미 이 세상 사람이 아니야. 죽고 말았다네."

"그러면 남편은?"

파비오는 까닭 없이 이렇게 물었다.

"소문으로는, 남편 역시 죽었다더군. 두 사람 다 너무 빨리 죽었어."

"이상한데! 내 처도 어젯밤 이상한 꿈을 꾸었어."

파비오는 외쳤다.

그때 무치오는 뚫어질 듯 발레리아를 바라보았다.

"아직 처에게서 꿈 얘기를 듣지는 못했지만."

파비오는 덧붙였다.

그러나 이때 발레리아는 자리에서 일어나 밖으로 나갔다. 무치오도 조반을 마치고 페라라까지 가야 할 일이 있어서 밤에야 돌아오겠다고 말하고는 나가버렸다.

6

무치오가 돌아오기 몇 주일 전, 파비오는 성녀 세실리아의 형상으로 아내의 초상화를 그리기 시작했다. 그의 실력은 현저하게 늘었다. 레오나르도 다빈치의 문하생이자, 유명한 화가인 루이니는 자주 파비오를 찾아 페라라로 와서는, 개인적인 조언으로 파비오를 도와주면서 대선생의 교훈을 전달했다. 초상화는 거의 완성되어 갔으나, 다만 얼굴 몇 군데만이 아직도 완성되지 않은 상태였다. 그 그림만 완성되는 날이면 파비오는 정당하게 자기 실력을 자랑할 수도 있으리라.

파비오는 무치오를 페라라로 떠나보내고, 화실로 발을 옮겼다. 거기서는 발레리아가 언제나 자기를 기다렸다. 그런데 오늘따라 그는 발레리아를 찾아볼 수 없었다. 소리쳐 불러보았으나 대답이 없었다. 그는 이상한 불안에 사로잡혔다. 그는 발레리아를 찾기 시작했다. 집에는 없었다. 파비오는 정원으로 뛰어나갔다. 그리고 멀리 떨어진 가로수 길에서 발레리아를 찾아냈다. 그녀는 머리칼을 가슴 위로 늘어뜨리고, 두 손을 열십자로 무릎 위에 올려놓은 채 벤치에 앉아 있었다. 그녀 뒤에서는 험상궂은 비웃음으로 얼굴을 찡그린 대리석 괴물이 암녹색의 카파리스* 속에서 튀어나와, 까부라진 입술을 갈대 피리에 갖다 대고 있었다. 발레리아는 남편을 보고 무척 기뻐했다. 그리고 남편의 장황한 질문에 대해서, 머리가 좀 아프기는 하지만 아무렇지도 않다며, 화실로 가고 싶다고 대답했다.

---

* 녹색 식물의 일종

파비오는 그녀를 화실로 데려다가 앉히고는 붓을 들었다. 그러나 유감스럽게도 자기가 원하는 대로 얼굴을 완성시킬 수가 없었다. 그녀의 얼굴이 다소 창백하고 피곤해 보였기 때문만은 아니다……. 그렇진 않았다. 그러나 그가 예전에 마음에 들어 하던 얼굴, 즉 그에게 성녀 세실리아의 모습으로 표현해보겠다는 마음을 일으켰던, 깨끗하고 거룩한 표정을 오늘 발레리아에게서 찾아볼 수 없었다. 그는 결국 붓을 던지고, 그림을 그릴 기분이 나지 않는다며, 발레리아에게도 안색이 좋지 않은 것 같으니 잠시 자리에 누워서 쉬는 편이 나을 것이라고 말했다. 그러고 나서 그는 초상화를 벽 위에 세워놓았다. 발레리아는 쉬면 좋을 것이라는 남편의 의견을 따라서, 정말 머리가 아프다고 되풀이해서 말하고 침실로 사라졌다.

파비오는 혼자 화실에 남았다. 왠지 모를 이상한 동요를 느꼈다. 파비오는 자진해서 무치오를 자기 집에 머물게 했지만, 이제 와서는 오히려 화근이 되고 말았다. 질투하는 것은 아니었다. 어떻게 발레리아에게 질투할 수 있으랴. 그러나 그는 자기의 친구가 예전의 친구가 아님을 알았다.

무치오가 머나먼 나라에서 가지고 온 여러 가지 신기한 것, 알지 못할 것, 그의 피와 살에 깊이 아로새겨진 것, 그러한 모든 요술, 가곡, 이상한 술, 벙어리 말레이인, 게다가 무치오의 의복이며, 머리털이며, 호흡에서 내뿜는 향기, 이 모든 것은 파비오의 마음에 의혹이라기보다는 오히려 불안한 감정을 일으켰다. 그리고 어째서 말레이인은 책상 뒤에서 일하면서도 그렇게 불쾌한 눈초리로 자기를 노려보는 것일까? 물론, 다른 사람은 그가 이탈리아어를 이해한다고 생각할는지도 모르리라. 무치오는 이 말레이인은 혀를 대가로 해서 막대한 희생을 치렀으며, 그 때문에 지금은 대단한 힘을 가지고 있다고 말했다. 그렇지만 어떤 힘으로, 또 어떻게 그는 혀의 대가로 그 힘을 얻었을까. 그 점이 매우 이상한 일이다! 정말 모를 일이다! 파비오는 아내의 침실로 갔다. 발레리아는 옷을 입은 채로 침대에 누워 있었다. 그러나 자지는 않았다. 파비오의 발소리를 듣고 그녀는 몸부림을 쳤으나, 곧 정원에서 만났을 때와 같이 기뻐했다. 파비오는 침대맡에 앉아서 발레리아의 손을 잡은 채, 잠시 아무 말이 없다가 이렇게 물었다.

"어젯밤 이상한 꿈이 당신을 몹시 놀라게 했겠구려. 그래, 그 꿈은 무치오가 얘기한 것과 비슷한 것이었소?"

발레리아는 얼굴을 붉히며 황급히 중얼거렸다.

"오, 아니에요! 아니에요! 제가 본 것은…… 어떤 이상한 괴물이 저를 잡아먹으려고 한 것이었어요."

"괴물이라니? 그건 사람의 탈을 썼소?"

파비오는 물었다.

"아니에요, 짐승…… 짐승이었어요."

발레리아는 이렇게 대답하고 돌아누워서, 빨갛게 상기된 얼굴을 베개 속에 파묻었다. 파비오는 잠시 아내의 손을 잡고 있다가 말없이 그 손을 자기 입술에 대고는 밖으로 나갔다.

두 부부는 불쾌한 기분으로 이날 하루를 보냈다. 그들 머리 위에는 갑자기 무엇인지 검은 것이 걸린 듯이 느껴졌다. 그렇지만, 그것이 무엇인지 그들은 알 수 없었다. 마치 어떤 위험이 그들을 위협하는 듯해서 그들은 서로 떨어지고 싶지 않았다. 그러나 그들은 무슨 말을 해야 할지 갈피를 잡을 수 없었다. 파비오는 초상화를 그려보기도 하고, 요즈음에 페라라에서 출판되어 벌써 전 이탈리아를 휩쓴 아리오스토의 서사시를 읽어보려고도 했으나 아무 소용이 없었다. 무치오는 밤늦게, 저녁 식사를 할 무렵이 되어서 집으로 돌아왔다.

7

무치오는 변함없이 침착하고 만족스러워 보였다. 그러나 얘기는 많지 않았다. 그는 파비오에게 옛 친구들의 소식이며, 독일 원정이며, 대제(大帝)의 일들을 물어보았다. 그리고 신임 교황을 배알하기 위해서 로마로 가고 싶다는 희망을 말하기도 했다. 무치오는 또다시 시라즈의 술을 발레리아에게 권했지만, 그녀가 거절하자, "이젠 필요가 없군" 하고 혼잣말로 중얼거렸다.

파비오는 처와 함께 침실로 돌아와서 잠시 후 잠들어버렸다. 한 시간가량 지나서 눈을 떠보니, 옆에는 아무도 누워 있지 않았다. 발레리아가 없었다. 파비오는 황급히 몸을 일으켰다. 바로 그 순간, 잠옷 바람인 발레리아가 정원 쪽에서 방으로 들어오는 것을 보았다. 조금 전만 해도 보슬비가 내리는 듯했으나, 이미 달은 환히 빛났다. 발레리아는 눈을 내리감고 죽은 듯이 움직이지 않는 얼굴에 이상한 공포의 빛을 보이면서 침대로 다가왔다. 그녀는 앞으로 손을 내밀어 침대를 더듬고는 털썩 침대 위에 누워버린 채 말이 없었다. 파비오는 그녀를 만져보았다. 그녀의 잠옷이며 머리칼은 빗방울에 젖었고, 맨발의 발바닥에는 모래가 묻었다. 깜짝 놀란 파비오는 벌떡 일어나, 반쯤 열린 문을 박차고 정원으로 달려 나갔다. 무서울 정도로 밝은 달빛은 만물을 비춰주었다. 파비오는 사방을 둘러보았다. 그 순간 좁다란 모랫길 위에 두 사람의 발자국이 남아 있는 것을 발견했다. 한 사람은 맨발이었다. 그 발자국을 따라가니, 별관과 본관의 중간에 있는 재스민이 가득한 정자까지 이어졌다. 파비오는 어리둥절하여 걸음을 멈추었다. 그러자 갑자기 어젯밤 들은 것과 같은 곡이 다시 울려 나오지 않는가!

파비오는 부르르 몸을 떨고는 별관 안으로 뛰어들었다. 무치오는 방 한복판에 서서 바이올린을 연주하고 있었다. 파비오는 그에게 달려들었다.

"자네, 정원에 나갔지? 밖에 나갔지? 자네 옷은 비에 젖어 있어."

"아니, 모르겠는데…… 나가지 않은 것 같은데……."

뜻하지 않은 파비오의 방문과 그의 흥분에 놀란 무치오는 말을 더듬으며 대답했다.

파비오는 그의 한 손을 잡으면서 물었다.

"왜 자넨 그 곡을 다시 켜고 있어? 또 그 꿈을 꾸었나?"

무치오는 여전히 놀라움에 사로잡혀 파비오를 바라볼 뿐, 말이 없었다.

달은 방패처럼 둥글고

강은 별처럼 반짝이노라

친구는 눈뜨고 적은 잠잔다

독수리는 병아리를 할퀸다

살려다오!

무치오는 마치 실성한 사람처럼 느릿느릿 중얼거렸다.

파비오는 두어 걸음 물러나서, 무치오를 뚫어질 듯 바라보며 생각에 잠겼다. 이윽고 그는 침실로 되돌아왔다.

발레리아는 머리채를 어깨 위에 늘어뜨리고, 힘없이 두 손을 벌리고서 괴로운 꿈속에 잠겨 있었다. 파비오는 잠시 후 그녀를 깨웠다. 파비오의 모습을 본 그녀는 남편의 가슴에 몸을 던지고 힘껏 목을 끌어안았으나, 온몸은 부들부들 떨렸다.

"아니, 당신 왜 그러오! 무슨 일이라도 있었소?"

파비오는 그녀의 마음을 안정시키려고 두 번을 되풀이해서 물었다. 그러나 그녀는 파비오의 가슴에 안긴 채 점점 정신을 잃어갔다.

"아아, 굉장히 무서운 꿈을 꾸었어요."

그녀는 파비오의 가슴에 얼굴을 파묻으며 중얼거렸다. 파비오는 그녀에게 물어보고 싶은 말이 많았다. 그러나 그녀는 여전히 덜덜 떨 뿐이었다.

발레리아가 파비오의 팔에 안겨서 간신히 잠든 것은 이미 아침놀에 유리창이 빨갛게 물들기 시작한 무렵이었다.

8

이튿날, 무치오는 아침부터 어디로 갔는지 보이지 않았다. 발레리아는 이웃 수도원에 다녀오겠다고 남편에게 말했다. 그 수도원에 그녀의 교부(敎父)인 동시에 예전부터 그녀가 무한히 존경하는, 매우 근엄한 사제가 살았다. 그녀는 이 기회에 모든 것을 교부에게 고백하고, 요즈음 이상한 인상 때문에 고통받고 있는 마음의 짐을 덜고 싶어서라고 말했다. 파비오는 아내의 수척해진 얼굴과 목멘 소리를 듣고는 아내의 의견을 승낙해주었다. 특히 존경하는 교부 로렌초라면 그녀에게 유익한 충고를 해줄 것이고, 그녀의 의심을 풀어줄 수 있으리라고 믿는 터였다. 발레리아는 네 사람의 하인을 데리고 수도원으로 떠났다.

한편 파비오는 혼자 집에 남았다. 그는 발레리아가 돌아올 때까지 정원을 거닐면서, 그녀에게 어떤 일이 있었는가를 끈기 있게 생각해보았다. 그러노라니 평상시의 공포와 분노가 치밀어 오르기도 하고, 그 어떤 것을 의심하는 고통도 느껴졌다. 그는 여러 번 별관에 들러보았으나 무치오는 돌아와 있지 않았다. 그러나 말레이인 머슴은 우상에게라도 비는 듯 비굴하게 머리를 숙이고, 파비오에게는 이렇게밖에 생각되지 않았다. 그 청동색 얼굴에 능글맞은 조소를 띠면서, 멀리서 파비오를 노려보았다.

그동안 발레리아는 부끄럽다기보다는, 오히려 공포에 떨면서 모든 것을 숨기지 않고 교부에게 고백했다. 교부는 주의 깊이 그 고백을 듣고는 그녀를 축복하고, 자기도 모르게 저지른 죄를 용서해주었다. 그러나 교부는, '마법, 요술……, 이런 것들을 그대로 내버려

둘 수는 없다'라고 마음속으로 느끼고 발레리아와 함께 그녀의 집으로 돌아왔다. 아마 끝까지 발레리아를 안심시키고 위로해주기 위해서였으리라.

파비오는 교부를 보자 어쩔 줄을 몰라 했다. 그러나 경험 많은 노사제는 파비오에게 어떻게 행동할 것인가를 미리 생각해두었다. 그는 파비오와 단둘이 되어서도 물론 발레리아가 고백한 비밀을 이야기하지는 않았지만, 될 수 있는 대로 빨리 초대한 손님을 멀리하라는 충고를 해주었다. 그 손님의 이야기며, 노래며, 그 밖의 여러 가지 행위 때문에 발레리아의 상상이 혼란을 일으킨다는 것이었다. 게다가 노사제의 생각으로는, 무치오는 이전부터 신앙이 건실하지 못한 데다가, 오랫동안 기독교의 빛을 받지 못하는 여러 나라를 돌아다녀서, 가지각색의 이단사설(異端邪說)의 병독을 가져올 수도 있고, 마법의 도를 닦았을지도 모른다고 말했다. 그러니, 오랜 우정을 끊기 힘든 점도 있겠지만 총명한 이성은 이별이 불가피하다고 말해준다고 충고했다. 파비오는 존경하는 교부의 의견에 완전히 동의했고, 발레리아도 남편에게서 교부의 권고를 듣고 무척 기뻐했다. 이윽고 로렌초 교부는 두 부부에게서 수도원과 가난한 사람들을 위한 많은 선물과 마음속에서 우러나오는 축복을 받으면서 별장을 떠났다.

파비오는 저녁 식사가 끝나면 곧 무치오에게 이야기하려고 했으나, 이상한 손님은 저녁때가 되어도 돌아오지 않았다. 그래서 파비오는 무치오하고의 이야기를 내일로 미루기로 하고, 두 사람은 침실로 들어갔다.

9

발레리아는 눕자마자 잠들어버렸으나, 파비오는 잠을 이룰 수 없었다. 지금까지 보고 느낀 모든 것이, 고요한 밤의 정적 속에서 생생하게 머리에 떠올랐다. 그는 아직까지 대답을 얻을 수 없었던 여러 가지 문제를 다시 끈기 있게 자신에게 물어보았다. 무치오는 정말 마법사가 된 것일까? 그가 벌써 발레리아를 해치지나 않았을까? 발레리아는 앓고 있다. 그런데 어떤 병일까? 파비오가 머리에 손을 얹고 거친 호흡을 억제하며 괴로운 사색에 잠긴 사이에, 달은 다시금 맑게 개인 하늘 위에 떠올랐다. 그리고 달빛과 함께 반투명의 유리창을 통하여 향기 높은 흐름과도 같은 숨결이 별관 쪽에서 흘러들어왔다, 아니 파비오에게는 그렇게 느껴졌다. 거기다가 시끄러운 정열의 속삭임까지 들려오지 않는가.

바로 그 순간, 파비오는 발레리아가 조금씩 움직거리는 것을 보고, 오싹 소름이 끼쳤다. 자세히 바라보니, 발레리아는 반쯤 몸을 일으키고 먼저 오른쪽 다리, 다음엔 왼쪽 다리를 침대에서 내려놓았다. 그리고 몽유병자와 같이 흐리멍덩한 눈으로 앞을 바라보면서, 두 손을 뻗은 채 정원으로 나가는 문을 향해 걸어갔다. 파비오는 재빨리 침실의 다른 문으로 뛰어나가 날쌔게 집 모퉁이를 돌아서, 정원으로 나가는 문을 밖에서 잠가버렸다. 그가 간신히 자물쇠를 채우고 나니, 누군가가 안에서 문을 열려고 애쓰는 기색이 보였다. 계속해서 문을 떠미는 것 같았다. 나중엔 떨리는 신음까지 들려왔다.

'그런데 무치오는 아직 돌아오지 않았을까?'

생각이 여기에 미치자, 파비오는 얼른 별관으로 달음질쳤다.

이때 그는 무엇을 보았을까?

달빛을 가득 안은 정원 길을 역시 몽유병자와 같이 두 손을 앞으로 뻗은 채 흐리멍덩한 눈을 하고 어슬렁어슬렁 걸어오는 것은 바로 그 무치오가 아닌가……. 파비오는 무치오 쪽으로 달려갔으나 무치오는 파비오를 알아보지 못하고, 한 걸음 두 걸음 절도 있게 발을 옮겼다. 그의 움직이지 않는 얼굴은 말레이인과 같이, 달빛을 받아 웃고 있었다. 파비오는 소리를 쳐서 그의 이름을 부르려고 했다. 그러나 그 순간, 그는 자기 뒤의 집 안에서 유리창을 두드리는 소리를 들었다. 그는 뒤돌아보았다.

침실의 유리창은 아래에서 위까지 활짝 열려 있었다. 발레리아는 문지방을 넘어서 창문 안에 서 있었다. 그녀의 손은 마치 무치오를 부르는 듯했고, 그녀의 온몸은 무치오에게 끌렸다.

말할 수 없는 분노의 불길은 별안간에 휘몰아친 파도처럼 파비오의 가슴을 뒤흔들어놓았다.

"이 저주받을 마법사 녀석이!"

그는 미친 듯이 외쳤다. 그러고는 한 손으로 무치오의 목덜미를 붙잡고, 다른 손으로 허리띠에서 단검을 더듬어서, 바로 칼 손잡이까지 무치오의 옆구리를 찔렀다.

무치오는 찢어질 듯한 비명을 지르고 손바닥으로 상처를 누르고는, 비틀거리며 별관 쪽으로 되돌아갔다. 그런데 무치오를 찌른 바로 그 순간, 발레리아 역시 째지는 듯한 처참한 소리를 내며 나뭇단처럼 털썩 땅 위에 쓰러졌다.

파비오는 달려가서 그녀를 일으키고 침대로 안아왔다. 그리고 그녀와 이야기하기 시작했다. 그녀는 침대에 누워서 한참 동안 움직이지를 않았으나 잠시 후 눈을 떴다. 그녀는 피할 수 없는 죽음에서 방금 깨어난 사람처럼 반색하며 거칠게 한숨을 내쉬었다. 이윽고 남편이라는 것을 알자, 두 손으로 그의 목을 얼싸안으며 남편의 가슴에 안겼다.

"여보, 여보, 저 여보……."

그녀는 말했다. 차츰차츰 그녀의 팔에 힘이 빠지고 머리는 뒤로 늘어졌다. 그리고 행복한 미소를 머금고, "당신 덕분에 안심했어요. 하지만 무척 고단하군요." 이렇게 소곤거리며 깊은 잠에 빠지고 말았다. 그러나 그것은 이미 괴로운 꿈은 아니었다.

10

파비오는 그녀의 침대맡에 앉아서 파리하게 야윈, 그러나 지금은 안도의 빛이 감도는 그녀의 얼굴을 물끄러미 바라보며 무슨 일이 일어났는가를 생각하기 시작했다. 무치오를 어떻게 처리해야 할 것인가? 무엇을 해야 할 것인가? 만일 무치오를 죽였다면……. 칼날이 얼마나 깊이 들어갔는가 떠올랐다. 만일 무치오를 죽였다면……, 도저히 숨길 수는 없는 일이다! 공후와 재판관에게 신고하지 않으면 안 된다. 그렇지만 어떻게 이것을 설명할 것인가, 이렇게 괴이한 사건을 어떻게 이야기할 것인가? 그놈, 파비오는 자기 집에서, 자기의 친척, 자기의 둘도 없는 친구를 죽였다! 무엇 때문에? 어떤 동기에서?라고 심문하리라……. 그러나, 만일 무치오가 죽지 않았다면? 어쨌든 파비오는 그것을 확인하지 않고 그대로 있을 수는 없었다. 파비오는 발레리아가 잠든 것을 확인하고, 가만히 안락의자에서 일어나 밖으로 나갔다.

그는 별관으로 향했다. 별관 안은 고요했다. 다만 한 개의 창문에서 불빛이 보일 뿐이었다. 파비오는 조마조마한 마음으로 바깥문을 열었다. 문 위에는 피 묻은 손가락 자국이 있었고, 모래를 깐 길에는 핏방울이 검게 빛났다. 캄캄한 첫 번째 방을 지나자, 파비오는 그만 소스라치게 놀라 문지방 위에 걸음을 멈추었다.

방 한복판, 페르시아제 양탄자 위에는 사지를 빳빳이 뻗은 무치오가 양단 베개에 머리를 얹고, 검정 테두리를 두른 폭넓은 빨간 숄을 덮고 누워 있었다. 눈은 내리감고, 눈가죽은 파랗게 색이 변했으며, 황랍(黃蠟)처럼 샛노란 얼굴은 천장을 향했고, 게다가 숨소리도 들리지 않아 마치 죽은 사람 같았다.

그의 발 옆에는 역시 빨간 숄로 몸을 감싼 말레이인이 무릎을 꿇고 앉아 있었다. 말레이인 머슴은 양치류 식물의 가지를 왼손에 들고 약간 앞으로 몸을 숙인 채 열심히 자기 주인을 바라보았다. 마루에 달린 자그마한 등잔불은 파르스름한 불길로 간신히 방 안을 비췄으나, 불길은 잔잔하고 연기도 나지 않았다. 말레이인은 파비오가 들어왔을 때, 별로 움직이는 기색도 없이 흘긋 쳐다보았을 뿐, 다시 무치오에게로 시선을 돌렸다. 그는 이따금 가지를 올렸다 내렸다 하면서 그것을 공중에서 흔들었다. 말 없는 그의 입술이 슬금슬금 열려서, 마치 소리 없는 이야기를 중얼거리듯 씰룩거렸다. 말레이인과 무치오 사이의 마루 위에는 파비오가 친구를 찌른 단검이 놓여 있었다.

말레이인은 피에 묻은 칼날을 식물의 가지로 한 번 내리쳤다. 1분이 지났다. 그리고 또 1분……. 파비오는 말레이인에게 다가서서, 몸을 굽히고 나직한 소리로, "죽었나?" 하고 물었다. 말레이인은 머리를 아래위로 끄덕이고는 숄 밑에서 오른손을 꺼내서 명령하듯 문을 가리켰다. 파비오는 다시 묻고 싶었으나, 한 번 명령한 말레이인의 손은 그 운동을 반복했다. 파비오는 놀라는 한편 화가 치밀어 오르기도 했지만 그의 명령대로 밖으로 나왔다.

발레리아는 침실에서 여전히 곤하게 잠든 채였다. 그녀의 얼굴에는 한층 더 안도의 빛이 감돌았다. 파비오는 옷을 입은 채, 창가에 턱을 괴고 앉아 다시 생각에 잠겼다. 훤히 밝은 아침, 하늘에 떠오르기 시작한 태양이 그를 비춰주었지만, 파비오는 그대로 그 자리에 앉아 있었다. 발레리아도 잠에서 깨어나지를 않았다.

11

파비오는 발레리아가 일어나기를 기다렸다가 함께 페라라로 떠나리라 생각했는데, 갑자기 가볍게 침실 문을 두드리는 소리가 들려왔다. 나가 보니 별장 관리인인 안토니오 노인이었다.

"나리, 방금 말레이인이 와서, 무치오 나리께서 앓으시기 때문에 일단 가구와 함께 시내로 옮기고 싶다고 말하고 있습니다. 그래서 짐을 나르기 위해 인부를 보내달라고 합니다. 게다가 정오까지는 짐 실을 사람이 탈 말, 그리고 몇 사람의 안내인을 보내달라고 하는

데, 주인님 의향은 어떠신지요?"

"말레이인이 그런 말을 하던가? 어떻게 말할 수 있어? 그는 벙어린데."

파비오가 물었다.

"이 종이를 보십시오, 나리! 이탈리아어로 쓰여 있는데, 하나도 틀린 데가 없습니다."

"무치오가 앓는다고 말했지?"

"네, 대단히 중환이신 모양입니다. 그래서 면회도 할 수 없다더군요."

"의사를 데리러 보냈나?"

"아뇨, 말레이인이 안 된다고 합니다."

"그래, 이건 말레이인이 쓴 건가?"

"네, 그 사람이 쓴 것입니다."

파비오는 한동안 말이 없었다.

"그럼, 도와드리도록 해."

그는 마침내 이렇게 말했다.

안토니오는 물러났다.

파비오는 이상한 눈길로 노인의 뒷모습을 바라보았다.

'그럼 죽지 않았구나.'

그는 이렇게 생각하고 이런 경우에 기뻐해야 좋을지 슬퍼해야 좋을지 갈피를 잡을 수 없었다. 앓는다니? 바로 몇 시간 전만 해도 그는 분명히 무치오를 죽은 사람으로 보지 않았던가.

파비오는 발레리아에게로 돌아왔다. 그녀는 눈을 뜨고 머리를 들었다. 두 사람은 의미심장한 눈초리로 서로를 한참 동안이나 바라보았다.

"그분은 안 계셔요?"

발레리아는 문득 이렇게 물었다.

파비오는 몸을 부르르 떨었다.

"어때요, 안 계셔요? 여보, 그분은 떠나셨나요?"

그녀는 계속 물었다.

파비오는 안도의 숨을 내쉬고 말했다.

"아니, 아직 있소. 그러나 오늘 떠날 거요."

"앞으로 전 언제까지나, 언제까지나, 그분을 만나지 않을 테죠?"

"그렇소, 언제까지나!"

"다시는 그 꿈도 꾸지 않겠죠?"

"안 꿀 거요!"

발레리아는 기쁜 나머지 다시 깊은 한숨을 몰아쉬었다. 행복한 웃음이 다시 그녀의 입가에 떠올랐다. 그녀는 남편에게 두 손을 내밀었다.

"우리도 이제부턴 그분에 대해선 절대로 말하지 않기로 해요, 네? 그리고 전 그분이 떠날 때까지는 이 방에서 나가지 않겠어요. 제 몸종을 이리 보내주세요. ……잠깐만! 여보, 저걸 집으세요."

그녀는 화장대 위에 놓인, 무치오에게서 받은 진주 목걸이를 가리켰다.

"그걸 빨리 가장 깊은 우물 속에 던져주세요! 여보, 저를 좀 안아줘요. 전 당신의 발레리아예요. 그리고 여보, 그분이 떠날 때까지는 저한테 오지 마세요."

파비오는 목걸이를 들고 아내의 명령대로 실행했다. 그에게는 진주가 투명해 보이지 않았다. 그는 멀리서 별관 쪽을 바라보며 정원을 산책했다. 별관 주위에선 벌써 짐을 꾸리고 있었다. 짐을 나르는 머슴도 있고, 마차에 말을 다는 사람도 있었다. 그러나 그들 속에서 말레이인의 모습은 찾아볼 수 없었다. 파비오의 참기 힘든 감정은 한 번 더 별관 안의 상태를 살펴보고 싶어졌다. 그는 문득 정자 뒤에 비밀 문이 있다는 것을 상기하고, 그 문을 거치면 오늘 아침 무치오가 누워 있던 방으로 통할 수 있겠다고 생각했다. 파비오는 살금살금 문으로 걸어갔다. 다행히 문은 잠기지 않았다. 파비오는 묵직한 커튼을 젖히고 겁에 질린 시선을 던졌다.

12

무치오는 이미 양탄자 위에 누워 있지 않았다. 그는 값비싼 옷을 입고 안락의자에 앉아 있었다. 그러나 어제 보았을 때와 같이 송장과 다름없었다. 돌처럼 무거운 머리는 안락의자 뒤에 늘어지고, 손바닥을 위로 향하고 뻗은 노르스름한 두 손은 무릎 위에서 움직이지를 않았다. 가슴은 웅크린 채 올라오지 않았다. 안락의자 주위, 건초가 흩어진 마루 위에는 액체가 든 몇 개의 납작한 잔이 놓여 있었다. 그 안에서는 지독히 독한, 숨 막힐 듯한 냄새가 풍겨 나왔다. 모든 잔마다 그 주위에 자그마한 구릿빛 뱀이, 때때로 금빛 눈을 반짝이면서 돌돌 말려 있었다. 그리고 무치오 바로 앞에는 두어 걸음가량 간격을 두고 말레이인의 기다란 모습이 우뚝 서 있었다.

그는 알록달록한 양단 두루마기에, 뱀 꼬리로 허리띠를 묶고, 머리에는 뿌리가 돋친 관 모양의 높다란 모자를 썼다. 정중히 꿇어 엎드려 기도를 드리는가 하면, 다시 온몸을 꼿꼿이 일으켜서 발꿈치로 서기도 하고, 혹은 알맞게 손을 벌려서는 열심히 무치오를 향해서 움직이기도 했다. 그러고는 위협을 하는지, 혹은 명령을 하는지 눈썹을 찌푸리고, 발을 동동 구르기도 했다. 이와 같은 동작은 대단한 노력과 고통이 필요한 것 같았다. 말레이인의 호흡은 거칠어지고, 그의 얼굴에선 억수처럼 땀이 흘러내렸다. 별안간 그는 장승처럼 얼어붙더니, 가슴 가득히 공기를 들이마시고 이맛살을 찌푸리며, 말고삐라도 쥔 듯이 힘 있게 움켜잡은 손을 천천히 자기 쪽으로 끌어당겼다. 그러자 파비오는 깜짝 놀랐다. 무치오의 머리가 천천히 안락의자의 등을 떠나 말레이인의 손이 움직이는 대로 끌려오지 않는가. 말레이인이 손을 놓으니, 무치오의 머리는 덜컥 뒤로 자빠지고, 말레이인이 다시 운동을 반복하니까, 머리가 온순히 그를 따라 움직였다. 그러는 사이에 잔 속의 검정 액체가 끓어오르고, 잔이 가냘픈 소리를 내며 울리기 시작했다. 그리고 구릿빛 뱀들은 잔 주위에서 구불구불 물결쳤다. 그때 말레이인은 한 걸음 앞으로 나서서, 눈썹을 높이 추켜올리고 눈을 크게 부릅뜨고는 무치오의 머리를 흔들었다. 그러자 죽은 사람의 눈까풀이 바르르 떨리면서 서서히 열리고, 그 밑에서 납처럼 흐릿한 눈동자가 나타났다. 말레이인의 얼굴은 개선장군처럼 능글맞은 웃음으로 빛났다. 그는 입을 커다랗게 벌리고 길게 끄는 신음 소리를 간신히 목구멍 속에서 끓어버렸다. 무치오의 입술도 같이 열렸다. 그리고 짐승 같은 말레이인의 외침에 따라, 그의 입술에서는 약한 신음 소리가 새어 나왔다.

한편, 파비오는 더는 참을 수가 없었다. 그는 악마의 저주 속에 휩쓸려 든 듯한 느낌을 받았다. 그래서 파비오도 같이 고함을 지르고, 뒤돌아보지도 않고, 기도를 드리면서 성호를 그으며 쏜살같이 집으로 도망쳐 왔다.

13

약 세 시간 후, 안토니오가 와서 모든 준비가 끝나고 짐도 정리해서 무치오 나리께서 떠날 채비를 하고 있다고 알려주었다. 파비오는 노인에게 아무 말도 하지 않고 테라스로 나왔다. 짐을 실은 몇 필의 말이 별관 앞에 모였고 현관 바로 앞에는 건장한 검정 말이 두 사람을 태울 만한 넓은 안장을 얹은 채 서 있었다. 거기에는 머리에 아무것도 쓰지 않은 몇 명의 하인들과 무장을 한 안내인도 서 있었다.

이윽고 별관의 문이 열리고 다시 평복으로 갈아입은 무치오가 말레이인의 부축을 받으며 끌려 나왔다. 그의 얼굴은 죽은 사람과 같았다. 그리고 손도 송장처럼 힘없이 늘어졌다. 그러나 그는 발을 옮겼다. 사실이다! 그는 발을 옮겼다. 그리고 말에 올라 몸을 바로 세웠을 뿐만 아니라 손을 더듬어 말고삐를 잡았다. 말레이인은 그의 발을 발판에 괴고 자기는 뒷안장으로 뛰어올라 무치오의 허리를 안았다. 이윽고 행렬이 움직이기 시작했다. 말들이 걸음을 옮겨 집 앞을 돌아가려 할 때, 파비오는 무치오의 까만 얼굴에서 두 개의 하얀 반점이 번쩍이는 것을 보았다. 틀림없이 무치오가 그에게 눈동자를 돌린 것이리라……. 말레이인은 파비오에게 인사를 했다. 그러나 여전히 비웃는 듯한 태도였다.

발레리아도 이 모든 광경을 보았을지? 그녀의 방문은 닫혀 있었다. 그러나 그녀는 창문 뒤에 서 있었을지도 모른다.

14

점심때 발레리아는 식당으로 왔다. 몹시 안정되고 명랑한 빛이었다. 하지만 아직도 피곤하다고 불평을 늘어놓았다. 그러나 그녀에게는 불안이라는 것이 없었다. 예전에 줄곧 느끼던 놀라움도, 공포심도 없었다. 무치오가 떠난 다음 날, 파비오가 다시 그녀의 초상화를 그리기 시작했을 때, 그는 그녀의 모습에서 다시 순결한 표정을 찾을 수가 있었다. 한동안 그 모습을 잃어버려 얼마나 괴로워했던가……. 그런데 지금은 붓도 저절로 캔버스를 따라 가볍게 똑바로 달렸다.

부부는 다시 예전의 생활로 되돌아왔다. 무치오는 그들에게는 이 세상에 존재하지 않았던 것처럼 사라지고 말았다. 파비오도 발레리아도 무치오에 대해서는 한마디도 하지 않기로 약속을 했다. 그리고 그의 장래 운명에 대해서도 결코 묻지 않기로 했다. 무치오의 운명은 다른 모든 사람에게도 비밀로 남았다. 무치오는 땅속으로 들어간 듯, 소멸하고 말았다.

어느 날 파비오는 그날 밤에 일어났던 숙명적인 사건을 발레리아에게 이야기해야겠다고 느꼈다. 그러나 그녀는 남편의 의향을 알았는지 숨을 죽이고, 마치 무슨 타격이라도 기다리는 듯, 눈을 가늘게 떴다. 그래서 파비오도 그녀의 심정을 이해하고, 결국 그 타격을 가하지 못하고 말았다.

어느 아름다운 가을밤, 파비오는 성 세실리아의 초상화를 완성했다. 발레리아는 오르간 앞에 앉아 있었다. 그녀의 손가락은 건반 위로 미끄러졌다. 그런데 문득, 손 밑에서 자기도 모르게 언젠가 무치오가 들려주던 그 사랑의 개가가 울려 나왔다. 그리고 이 순간 그녀는 결혼 후 처음으로 새롭게 눈뜨기 시작한 생명의 고동을 마음속에 느꼈다. 그녀는 몸부림을 치며 손을 멈추었다.

"내가 왜 이럴까? 아니 그렇다면……."

여기서 옛 기록은 끝났다.

작품 해설

이반 세르게예비치 투르게네프는 러시아 문학이 낳은 수많은 천재 가운데서도 그 우아한 예술적 향기와 미에 대한 섬세한 감각, 완전무결하다고도 할 수 있는 풍부한 필치, 예리한 관찰력의 소유자로서 다른 작가의 추종을 불허하는 천재적인 문호이자 시인이다. 이런 점에서 투르게네프는 다른 어느 작가보다도 제일 먼저 외국에 알려졌고 가장 많이 읽힌 작가로 손꼽을 수 있다. 그는 톨스토이, 도스토옙스키와 더불어 러시아 작가로서 전 세계 독자의 사랑을 독차지하게 되었다. 투르게네프는 자기표현과 형식의 완비, 치밀한 인생 관찰, 진지한 성격 해부, 훌륭한 음악과도 같이 전편에 흘러내리는 세련된 예술적 감성으로 러시아 문학사에서 확고부동한 위치를 점하고 있다.

투르게네프는 1818년 11월 9일, 모스크바 남쪽의 스파스코예루

토비노보 마을의 부유한 지주의 가정에서 태어났다. 투르게네프의 예술을 이해하기 위해서 우리는 먼저 그의 어머니의 전기(傳記)를 간단히 알아볼 필요가 있다. 가정적인 요소가 그의 작품 활동에 절대적인 역할을 하였기 때문이다.

어머니는 어릴 때 아버지를 여의고 계부의 손에 자랐는데, 계부의 학대와 모욕을 못 이겨, 열네 살 때 숙부의 집으로 옮겨갔다. 그러나 그녀는 여기서도 따스한 안식처를 발견할 수 없었다. 그녀는 서른다섯 살까지 마치 죄수와 같은 생활을 했다. 그러다 숙부가 급사하고 5,000명의 농노와 거액의 재산을 상속받은 그녀는 균형 잡힌 미남자 세르게이 투르게네프와 결혼하게 되었다.

그러나 집안에는 남편의 방종으로 풍파가 끊이지 않아서 그녀의 히스테리를 더욱 조장했다. 그리고 그녀의 질투와 불안은 언제나 아들 투르게네프를 향한 부당한 욕설로 옮겨갔다. 남편이 세상을 떠나자, 그녀의 히스테리는 더욱 심해졌다. 그녀는 사소한 과실에도 하인과 농노들에게 참혹한 체형을 주기도 하고, 멀리 시베리아로 유형을 보내기도 했다.

이러한 환경 속에서 자라난 투르게네프는 어릴 때부터 농민에 대한 동정심을 품었으며, 부정과 불합리의 근본인 농노 제도에 대한 증오가 그의 뼛속에까지 사무치게 되었다.

투르게네프는 모스크바대학교의 문학부와, 페테르부르크대학교 역사언어학부에서 배우고, 스무 살 때 베를린으로 가서 베를린대학교의 학생이 되었다.

그 후 투르게네프는 생애의 태반을 외국에서 보냈다. 그중에서도 특히 프랑스는 그에게 '제2의 고향'이라고 불릴 만하다.

투르게네프는 1843년, 그가 스물다섯 살 때 첫 작품인 서사시 〈파라샤〉를 발표했다.

이때부터 그의 문학 활동은 시작되었다. 1847년 문학잡지《현대인》에 소설 〈호리와 카리느이치〉를 발표했는데, 이 작품이야말로 작가의 문학적 위상과 그 진로를 결정할 초석이 되었다.

〈호리와 카리느이치〉의 눈부신 성공은 아직도 자신의 재능을 의심하던 투르게네프에게 용기와 희망을 불러일으켰다. 그는 계속해서 농민 소설을 쓰기 시작해서 드디어《사냥꾼의 수기》(1852)를 완성하기에 이르렀다.《사냥꾼의 수기》 이후 투르게네프는《루딘》(1856),《귀족의 보금자리》(1859),《그 전날 밤》(1860), 그리고 신구(新舊) 양세대의 갈등을 묘사한《아버지와 아들》(1862) 등 많은 장편을 발표하여 러시아 문단에서 제일인자로 군림하게 되었다.

〈첫사랑〉은 그 예술적 구성, 완성미, 진지한 성격 해부, 섬세한 여성 심리 묘사 등으로, 중편 〈아아샤〉와 함께 투르게네프의 작품 중에서 쌍벽을 이루는 명편(名篇)이다.

투르게네프는 1858년에 〈첫사랑〉을 착상하여 초고를 잡았고, 세상에 발표되기는 2년 후인 1860년 페테르부르크의 문예지《독서문고》에서였다.

'사랑의 가수' 혹은 '여성 심리의 명수'라는 칭호를 받는 작가가 이 〈첫사랑〉을 쓰는 데는 여러 가지 숨은 애로가 있었다.

노년에 이르러서 투르게네프는 이렇게 말했다.

"〈첫사랑〉은 아직까지도 내게 만족을 주는 유일한 작품입니다. 왜냐하면, 〈첫사랑〉은 창작이 아니라, 나 자신의 생활이기 때문입니다……. 〈첫사랑〉은 나의 과거입니다."(《러시아 통보》, 1883년 제270호)

이 작품이 이렇게 자전적인 요소를 많이 내포하는 작품이었으므로, 그는 등장인물 사이에서 가족 관계를 어떻게 묘사해야 할 것인지 오랫동안 주저하지 않을 수 없었다.

1860년에 〈첫사랑〉이 출판되자, 사회에서는 찬부 양론으로 상당한 논란이 일어났다. 그러나 찬성론이 지배적이었다는 것은 말할 필요도 없다. 투르게네프 자신이 귀족이면서 자기 가족을 모델로 작품화했다고 비난하는 보수적인 귀족들이 없지 않았으나, 대개의 비평가들은 〈첫사랑〉을 극구 찬양하면서 작가에게 최고의 영예를 부여했다.

당대의 유명한 러시아 작가 게르첸은 1860년 5월 18일에 투르게네프에게 보내는 편지에서 "……당신의 〈첫사랑〉은 매혹적인 작품입니다"라고 말하며 감탄을 아끼지 않았다.

1860년 3월 비평지 《러시아어》는 이렇게 평했다.

"……투르게네프의 두 개의 작품 〈그 전날 밤〉과 〈첫사랑〉은 청춘의 정열을 최고형으로 전달한 주옥같은 일품(逸品)이다……."

투르게네프는 〈첫사랑〉에서 섬세한 필치, 탁월한 성격 묘사, 풍부한 기교를 자유자재로 구사하면서 한 사람의 거만한 여성을 선명하게 그려냈고, 동시에 그녀를 둘러싼 많은 남성과의 관계를 정확하게 묘파하고 있다. 여주인공 지나이다는 명석한 두뇌와 풍부한 재능, 그윽한 여성적인 매력을 지니고 있으면서도 냉소적 경향과 교만한 잔인성을 가진 수수께끼 같은 존재다. 야심을 품은 수많은 경쟁자에 둘러싸인 그녀는 결단성 있고 순결한 여왕의 느낌을 준다. 이와 같이 투르게네프의 여주인공은 독특한 기상을 구비하고, 결코 남자의 조력을 바라지 않는다. 언제나 남자보다 의지가 굳고, 게다가 열렬한 정열을 지녔으며, 그 감정 또한 성실하고 순결하고, 헌신적이다. 이에 비해서 남자들은 언제나 의지가 약하다. 이런 모습은 당시 러시아 지식 계급의 통폐라고도 할 수 있다.

'사랑의 가수'인 투르게네프의 작품 곳곳에서 사랑의 갈등을 볼 수가 있다. 그의 작품 내용은 주로 연애를 골자로 했다. 연애의 묘사가 그의 창작의 근본적인 특징이라 해도 과언이 아닐 것이다. 그는 인간의 심정을 깊이 이해하고 있었다. 특히 젊고 정직하고 영리한 소녀가, 고상한 감정과 사상에 눈뜨고, 저도 모르게 사랑의 상태로 빠져들어가는 심정을 잘 알고 있었다. 그의 여성들은 이상적인 남자를 만나기만 하면 모든 것을 내버리고 사랑에 빠진다. 그리고 일생에 단 한 번 사랑할 뿐이다. 사랑과 죽음은 그녀들에게 동일하다. 순결하고 고상한 사랑이 여자를 멸망으로 이끄는 경로는 투르게네프가 가장 좋아하는 창작의 동기였다. 따라서 그의 연애 묘사는 우울한 색조를 띠고 있다. 이러한 특징은 사랑에 실패하고 일생을 고독하게 지낸 작가의 깊은 우수를 말해주는 것일지도 모른다.

〈아아샤〉는 1858년《현대인》에 발표된 작품으로, 예술적 완성, 미의 감각, 훌륭한 자연 묘사 등으로 해서, 〈첫사랑〉과 함께 쌍벽을 이루는 일품이다.

투르게네프가 묘사하는 여주인공은 대개가 독특한 용모와 매력을 가지고 있지만, 그중에서도 〈아아샤〉의 아아샤만큼 이채롭고 독특한 빛을 발하는 여성은 없다. 그녀는 순진하고 명랑하고, 그러면서도 타는 듯한 정열과 적극성을 지니고 있다. 따라서 이상적인 남자를 만나게 되자, 물불을 가리지 않고 사랑에 빠지고 만다. 조금도 야비하거나, 부자연스러운 데가 없는 헌신적이고 고상한 사랑이다. 그녀는 일생 동안 단 한 번 순간적으로 사랑할 뿐이다. 그녀에게 사랑과 죽음은 동일하다. 그러나 〈아아샤〉의 남주인공은 정열적인 아아샤에 비해서 너무나 소극적이고 이기적이다. 그는 아아샤를 사랑하면서도 고백하지 못한다. 그리고 아아샤가 영원히 자기 앞에서 사라졌을 때, 비로소 몸부림치며 그녀를 찾아 헤맨다. 이러한 모습은 러시아의 인텔리들이 지니고 있는 통속적인 폐단이라고도 할 수 있겠으나, 한편 사랑에 실패하고 일생 동안 고독하게 지낸 투르게네프 자신의 이지(理智)와 우수를 말해주는 것일지도 모른다.

〈아아샤〉는 작가의 독일 유학 시절의 추억을 소설화한 것으로 보인다. 그는 1859년 4월 레프 톨스토이에게 보낸 편지에서, "나는 시종 눈물을 머금으며 이 소설을 썼습니다"라고 고백했다.

〈아아샤〉가 나오자, 당대의 유명한 시인 네크라소프는 다음과 같이 찬사를 아끼지 않았다.

"……이 작품에는 청춘의 힘이 넘친다. 〈아아샤〉는 순금의 서사시다! 전편에 흐르는 미적 감각은 독자들을 스스로 시경(詩境)에 빠지게 한다……."

〈사랑의 개가〉는 투르게네프가 죽기 2년 전에 발표한 최후의 단편으로, 1881년《유럽 통보》11호에 실려 있다. 이 작품은 이탈리아의 고전에서 자료를 얻은 것으로, 단편이기는 하지만 말할 수 없이 풍부한 환상과 매력으로 해서 누구를 막론하고 신비로운 환상에 사로잡히게 하는 명편이다.

당대의 유명한 평론가 브베젠스키는 〈사랑의 개가〉에 대한 장문의 논문을 게재하고 그의 재능을 찬양하면서 "……투르게네프의 새로운 단편 〈사랑의 개가〉는 전 세계 독자들의 시선을 집중시키는 위대한 작품이다"라고 썼다. 그는 계속해서 환상적인 모티브로 기울어진 작가의 권리를 옹호하면서 섬세한 심리 분석과 감정의 정열적인 표현을 높이 평가했다(《포랴도크》, 1881년 313호).

문학평론가 베추이코 역시 이 단편의 신비성을 높이 평가했다.

"……〈사랑의 개가〉는 신비로운 미로 충만하다. 이 작품은 서사시이다. 정서적인 고귀한 진주다!"(《노브스키》, 1881년 306호)

특히 이 〈사랑의 개가〉에서는 청년 시절에 실연하고 일생을 고독하게 지낸 작가가, 늙은 다음의 적막을 신비로운 사랑의 개가로 자위하려고 한 심정을 엿볼 수 있다.

투르게네프는 〈사랑의 개가〉를 쓴 다음부터 병석의 몸이 되어 2년 후인 1883년 9월 2일 파리의 교외에서 세상을 떠났다. 그의 불멸의 유해는 러시아로 옮겨져 10월 초 벨린스키가 잠든 페테르부르크 묘지에 안치되었다.

옮긴이

이반 투르게네프 연보

1818년 10월 28일(러시아력 기준, 그레고리력으로는 11월 9일) 러시아 모스크바 남쪽의 오룔에서 태어났다. 아버지는 기병 장교 출신으로 방탕과 도박을 일삼다가 여섯 살 연상의 부유한 여지주와 결혼해 투르게네프를 낳았다.

1829년 형 니콜라이 세르게예비치와 아르메니아 전문학교 부속 기숙학교에 입학했다.

1833년 모스크바대학교 어문학과에 입학했다.

1834년 7월에 페테르부르크대학교 철학과로 옮겼다. 10월에 아버지가 사망했고 12월에 첫 모방 극시 〈스테노〉를 썼다.

1836년 6월 페테르부르크대학교를 졸업하고 셰익스피어의 《오셀로》, 《리어왕》과 바이런의 《만프레드》를 러시아어로 번역했다.

1838년 5월 베를린대학교에 입학하기 위해 독일에 갔다.

1841년 베를린에서 학업을 마치고 귀국했다. 이듬해 페테르부르크대학교 박사 학위 청구를 위한 철학, 라틴어 시험을 치러 합격했으며 어머니의 농노인 이바노바 사이에서 딸을 낳았다.

1843년 4월에 서사시 〈파라샤〉를 발표해 비평가 벨린스키의 호명을 받았다. 7월부터 내무성에서 근무를 시작했다. 11월에 페테르부르크에 온 이탈리아 오페라 가수 폴리나 비아르도를 만나 사랑에 빠졌다.

1845년 4월에 내무성을 그만두고 창작 활동에 전념하기로 결심했다.

1847년 문학잡지《현대인》에《사냥꾼의 수기》중 첫 작품 〈호리와 카리느이치〉를 발표했다.

1850년 11월 모스크바에서 어머니가 사망했다.

1852년 4월 고골의 사망을 애도하는 추도문 '페테르부르크에서 보낸 편지'를 쓴 것이 문제가 되어 체포되었다. 한 달간 구금되었다가 5월에 스파스코예로 추방되어 다시 1년 반 동안 연금 생활을 했다. 8월에 〈늑대〉, 〈밀회〉 등의 단편이 수록된《사냥꾼의 수기》가 책으로 출간되었다.

1855년 여름 동안 스파스코예에서《루딘》을 집필하고, 11월에 톨스토이가 그를 방문했다. 이듬해《현대인》에《루딘》을 발표하고, 11월《투르게네프 중단편집》이 출판되었다.

1858년 《현대인》에 단편소설 〈아아샤〉를 발표하고 로마, 빈, 런던을 전전하다가 러시아로 귀국했다.

1859년 1월 러시아문학 애호가 협회의 정회원이 되었다.《현대인》에 장편소설《귀족의 보금자리》를 발표했으며, 8월에 단행본으로 출간했다.

1860년 《러시아 통보》에《그 전날 밤》을 발표하고 문예지《독서문고》에 〈첫사랑〉을 발표했다. 11월 러시아어 문학분과 회의에서 학술원의 준회원으로 선출되었다.

1861년 2월 농노 제도 폐지에 환영을 표했다. 5월에 톨스토이와 심한 언쟁을 벌였다.

1862년 《러시아 통보》에 장편소설《아버지와 아들》을 발표하고 5월, 런던에 가서 작가이자 사상가인 게르첸과 철학자 바쿠닌을 만났다. 게르첸의 사회주의 이론에 반대하고 러시아의 자유주의적 진로를 주장했다.

1867년 《러시아 통보》에《연기》를 발표했다. 8월 도스토옙스키와 언쟁을 벌였다.《연기》가 프랑스어로 번역, 출간되었다.

1876년 《유럽 통보》에 〈시계〉를 발표했다.

1878년 5월 톨스토이가 화해의 편지를 보내와 기쁜 마음으로 우정을 회복하자고 답신했다. 6월 파리에서 열린 '국제 문학가 회의'에 참석해 부의장으로 뽑혔다.

1879년 형 니콜라이가 사망했다. 6월 옥스퍼드대학교에서 명예 법학 박사 학위를 받았다.

1881년 마지막으로 고향을 방문해 여름을 보냈다. 11월에 마지막 단편 〈사랑의 개가〉를《유럽 통보》에 발표했다.

1882년 3월 척추암을 진단받고 이후 병세가 점차 악화되었다. 12월 《유럽 통보》에 산문시 50편을 발표했다.

1883년 4월 병세 악화로 프랑스 파리에서 부지발로 건너갔다. 6월 말 문학 활동을 재개하라는 간곡한 내용을 담은 마지막 편지를 써서 톨스토이에게 보냈다. 8월 22일, 부지발의 별장에서 폴리나가 지켜보는 가운데 세상을 떠났다. 유언에 따라 유해는 9월 고국으로 옮겨와 10월 초 페테르부르크의 볼코프 공동묘지의 벨린스키 무덤 옆에 안장되었다.

옮긴이 김학수

한국외국어대학교 노어과를 졸업하고 미국 인디애나대학교 대학원을 졸업했으며 한국외국어대학교와 고려대학교 교수를 역임했다. 옮긴 책으로 체호프의 《체호프 단편선》, 투르게네프의 《사냥꾼의 수기》, 《루딘》, 톨스토이의 《인생의 길》, 《부활》, 두딘체프의 《빵만으로는 살 수 없다》, 도스토옙스키의 《죄와 벌》, 《신과 인간의 비극》, 솔제니친의 《이반 데니소비치의 하루》, 《1914년 8월》, 《수용소군도》 등이 있다.

투르게네프 중단편선

첫사랑

1판 1쇄 발행 2006년 8월 10일
2판 1쇄 발행 2025년 4월 28일

지은이 이반 투르게네프 | 옮긴이 김학수
펴낸곳 (주)문예출판사 | 펴낸이 전준배
출판등록 2004. 02. 11. 제 2013-000357호 (1966. 12. 2. 제 1-134호)
주소 04001 서울시 마포구 월드컵북로 21
전화 02-393-5681 | 팩스 02-393-5685
홈페이지 www.moonye.com | 블로그 blog.naver.com/imoonye
페이스북 www.facebook.com/moonyepublishing | 이메일 info@moonye.com

ISBN 978-89-310-2484-5 04800
ISBN 978-89-310-2365-7 (세트)

■ 문예세계문학선

★ 서울대, 연세대, 고려대 필독 권장 도서 ▲ 미국대학위원회 추천 도서
● 《타임》 선정 현대 100대 영문 소설 ▽ 《뉴스위크》 선정 세계 100대 명저

1 **젊은 베르테르의 슬픔** 괴테 / 송영택 옮김
▲▽ 2 **멋진 신세계** 올더스 헉슬리 / 이덕형 옮김
▲●▽ 3 **호밀밭의 파수꾼** J. D. 샐린저 / 이덕형 옮김
4 **데미안** 헤르만 헤세 / 구기성 옮김
5 **생의 한가운데** 루이제 린저 / 전혜린 옮김
6 **대지** 펄 S. 벅 / 안정효 옮김
●▽ 7 **1984** 조지 오웰 / 김승욱 옮김
▲●▽ 8 **위대한 개츠비** F. 스콧 피츠제럴드 / 송무 옮김
▲●▽ 9 **파리대왕** 윌리엄 골딩 / 이덕형 옮김
10 **삼십세** 잉게보르크 바흐만 / 차경아 옮김
★▲ 11 **오이디푸스왕 · 안티고네** 소포클레스 · 아이스킬로스 / 천병희 옮김
★▲ 12 **주홍글씨** 너새니얼 호손 / 조승국 옮김
▲●▽ 13 **동물농장** 조지 오웰 / 김승욱 옮김
★ 14 **마음** 나쓰메 소세키 / 오유리 옮김
★ 15 **아Q정전 · 광인일기** 루쉰 / 정석원 옮김
16 **개선문** 레마르크 / 송영택 옮김
★ 17 **구토** 장 폴 사르트르 / 방곤 옮김
18 **노인과 바다** 어니스트 헤밍웨이 / 이경식 옮김
19 **좁은 문** 앙드레 지드 / 오현우 옮김
★▲ 20 **변신 · 시골 의사** 프란츠 카프카 / 이덕형 옮김
★▲ 21 **이방인** 알베르 카뮈 / 이휘영 옮김
22 **지하생활자의 수기** 도스토옙스키 / 이동현 옮김
★ 23 **설국** 가와바타 야스나리 / 장경룡 옮김
★▲ 24 **이반 데니소비치의 하루** A. 솔제니친 / 이동현 옮김
25 **더블린 사람들** 제임스 조이스 / 김병철 옮김
★ 26 **여자의 일생** 기 드 모파상 / 신인영 옮김
27 **달과 6펜스** 서머싯 몸 / 안흥규 옮김
28 **지옥** 앙리 바르뷔스 / 오현우 옮김
★▲ 29 **젊은 예술가의 초상** 제임스 조이스 / 여석기 옮김
▲ 30 **검은 고양이** 애드거 앨런 포 / 김기철 옮김
★ 31 **도련님** 나쓰메 소세키 / 오유리 옮김
32 **우리 시대의 아이** 외된 폰 호르바트 / 조경수 옮김
33 **잃어버린 지평선** 제임스 힐턴 / 이경식 옮김
34 **지상의 양식** 앙드레 지드 / 김붕구 옮김
35 **체호프 단편선** 안톤 체호프 / 김학수 옮김
36 **인간 실격** 다자이 오사무 / 오유리 옮김
37 **위기의 여자** 시몬 드 보부아르 / 손장순 옮김
●▽ 38 **댈러웨이 부인** 버지니아 울프 / 나영균 옮김
39 **인간희극** 윌리엄 사로얀 / 안정효 옮김
40 **오 헨리 단편선** O. 헨리 / 이성호 옮김
★ 41 **말테의 수기** R. M. 릴케 / 박환덕 옮김
42 **파비안** 에리히 케스트너 / 전혜린 옮김
★▲▽ 43 **햄릿** 윌리엄 셰익스피어 / 여석기 옮김
44 **바라바** 페르 라게르크비스트 / 한영환 옮김
45 **토니오 크뢰거** 토마스 만 / 강두식 옮김
46 **첫사랑** 이반 투르게네프 / 김학수 옮김
47 **제3의 사나이** 그레이엄 그린 / 안흥규 옮김
★▲▽ 48 **어둠의 속** 조셉 콘래드 / 이덕형 옮김
49 **싯다르타** 헤르만 헤세 / 차경아 옮김
50 **모파상 단편선** 기 드 모파상 / 김동현 · 김사행 옮김
51 **찰스 램 수필선** 찰스 램 / 김기철 옮김
★▲▽ 52 **보바리 부인** 귀스타브 플로베르 / 민희식 옮김
53 **페터 카멘친트** 헤르만 헤세 / 박종서 옮김
★ 54 **몽테뉴 수상록** 몽테뉴 / 손우성 옮김
55 **알퐁스 도데 단편선** 알퐁스 도데 / 김사행 옮김
56 **베이컨 수필집** 프랜시스 베이컨 / 김길중 옮김
★▲ 57 **인형의 집** 헨리크 입센 / 안동민 옮김
★ 58 **소송** 프란츠 카프카 / 김현성 옮김
★▲ 59 **테스** 토마스 하디 / 이종구 옮김
★▽ 60 **리어왕** 윌리엄 셰익스피어 / 이종구 옮김
61 **라쇼몽** 아쿠타가와 류노스케 / 김영식 옮김
▲▽ 62 **프랑켄슈타인** 메리 셸리 / 임종기 옮김
▲●▽ 63 **등대로** 버지니아 울프 / 이숙자 옮김
64 **명상록** 마르쿠스 아우렐리우스 / 이덕형 옮김
65 **가든 파티** 캐서린 맨스필드 / 이덕형 옮김
66 **투명인간** H. G. 웰스 / 임종기 옮김
67 **게르트루트** 헤르만 헤세 / 송영택 옮김
68 **피가로의 결혼** 보마르셰 / 민희식 옮김

(뒷면 계속)

★ 69 **팡세** 블레즈 파스칼 / 하동훈 옮김
70 **한국 단편 소설선** 김동인 외
71 **지킬 박사와 하이드** 로버트 L. 스티븐슨 / 김세미 옮김
▲ 72 **밤으로의 긴 여로** 유진 오닐 / 박윤정 옮김
★▲▽ 73 **허클베리 핀의 모험** 마크 트웨인 / 이덕형 옮김
74 **이선 프롬** 이디스 워튼 / 손영미 옮김
75 **크리스마스 캐럴** 찰스 디킨슨 / 김세미 옮김
★▲ 76 **파우스트** 요한 볼프강 폰 괴테 / 정경석 옮김
▲ 77 **야성의 부름** 잭 런던 / 임종기 옮김
★▲ 78 **고도를 기다리며** 사뮈엘 베케트 / 홍복유 옮김
★▲▽ 79 **걸리버 여행기** 조너선 스위프트 / 박용수 옮김
80 **톰 소여의 모험** 마크 트웨인 / 이덕형 옮김
★▲▽ 81 **오만과 편견** 제인 오스틴 / 박용수 옮김
★▽ 82 **오셀로 · 템페스트** 윌리엄 셰익스피어 / 오화섭 옮김
★ 83 **맥베스** 윌리엄 셰익스피어 / 이종구 옮김
▽ 84 **순수의 시대** 이디스 워튼 / 이미선 옮김
★ 85 **차라투스트라는 이렇게 말했다** 니체 / 황문수 옮김
★ 86 **그리스 로마 신화** 에디스 해밀턴 / 장왕록 옮김
87 **모로 박사의 섬** H. G. 웰스 / 한동훈 옮김
88 **유토피아** 토머스 모어 / 김남우 옮김
★▲ 89 **로빈슨 크루소** 대니얼 디포 / 이덕형 옮김
90 **자기만의 방** 버지니아 울프 / 정윤조 옮김
▲ 91 **월든** 헨리 D. 소로 / 이덕형 옮김
92 **나는 고양이로소이다** 나쓰메 소세키 / 김영식 옮김
★ 93 **폭풍의 언덕** 에밀리 브론테 / 이덕형 옮김
★▲ 94 **스완네 쪽으로** 마르셀 프루스트 / 김인환 옮김
★ 95 **이솝 우화** 이솝 / 이덕형 옮김
★ 96 **페스트** 알베르 카뮈 / 이휘영 옮김
▲ 97 **도리언 그레이의 초상** 오스카 와일드 / 임종기 옮김
98 **기러기** 모리 오가이 / 김영식 옮김
★▲ 99 **제인 에어 1** 샬럿 브론테 / 이덕형 옮김
★▲100 **제인 에어 2** 샬럿 브론테 / 이덕형 옮김
101 **방황** 루쉰 / 정석원 옮김
102 **타임머신** H. G. 웰스 / 임종기 옮김
●103 **보이지 않는 인간 1** 랠프 엘리슨 / 송무 옮김
●104 **보이지 않는 인간 2** 랠프 엘리슨 / 송무 옮김
▲105 **훌륭한 군인** 포드 매덕스 포드 / 손영미 옮김
106 **수레바퀴 아래서** 헤르만 헤세 / 송영택 옮김
▲107 **죄와 벌 1** 표도르 도스토옙스키 / 김학수 옮김
▲108 **죄와 벌 2** 표도르 도스토옙스키 / 김학수 옮김
109 **밤의 노예** 미셸 오스트 / 이재형 옮김
110 **바다여 바다여 1** 아이리스 머독 / 안정효 옮김
111 **바다여 바다여 2** 아이리스 머독 / 안정효 옮김
112 **부활 1** 레프 톨스토이 / 김학수 옮김
113 **부활 2** 레프 톨스토이 / 김학수 옮김
▲●114 **그들의 눈은 신을 보고 있었다**
조라 닐 허스턴 / 이미선 옮김
115 **약속** 프리드리히 뒤렌마트 / 차경아 옮김
116 **제니의 초상** 로버트 네이선 / 이덕희 옮김
117 **트로일러스와 크리세이드**
제프리 초서 / 김영남 옮김
118 **사람은 무엇으로 사는가**
레프 톨스토이 / 이순영 옮김
119 **전락** 알베르 카뮈 / 이휘영 옮김
120 **독일인의 사랑** 막스 뮐러 / 차경아 옮김
121 **릴케 단편선** R. M. 릴케 / 송영택 옮김
122 **이반 일리치의 죽음** 레프 톨스토이 / 이순영 옮김
123 **판사와 형리** F. 뒤렌마트 / 차경아 옮김
124 **보트 위의 세 남자** 제롬 K. 제롬 / 김이선 옮김
125 **자전거를 탄 세 남자** 제롬 K. 제롬 / 김이선 옮김
126 **사랑하는 하느님 이야기** R. M. 릴케 / 송영택 옮김
127 **그리스인 조르바** 니코스 카잔차키스 / 이재형 옮김
128 **여자 없는 남자들** 어니스트 헤밍웨이 / 이종인 옮김
129 **사양** 다자이 오사무 / 오유리 옮김
130 **슌킨 이야기** 다니자키 준이치로 / 김영식 옮김
131 **실종자** 프란츠 카프카 / 송경은 옮김
132 **시지프 신화** 알베르 카뮈 / 이가림 옮김
133 **장미의 기적** 장 주네 / 박형섭 옮김
134 **진주** 존 스타인벡 / 김승욱 옮김
135 **황야의 이리** 헤르만 헤세 / 장혜경 옮김